# L'AVIS DES LECTRICES DIVA

« C'est un roman frais, plein d'humour, à l'écriture légère et captivante. Une vraie histoire mise en scène avec séduction, émotions, bonne humeur et de l'espoir à ne plus savoir qu'en faire ! » **Joséphine, du blog *Psychedeslivres***

« Une joyeuse comédie sur fond de pâtisseries alléchantes et d'éclats de rire. » **Camille, du blog *Rue Camille***

« C'est un joli livre plein d'espoir et d'émotion. Je pense même que c'est mon coup de cœur depuis le début de l'aventure Diva. Je le conseille à tous ceux qui auront envie de douceurs. » **Marie-Eve, du blog *Mademoiselle Maeve***

« L'amour à pleines dents de Cali Keys fait partie de ces romans qui se savourent (...). Une belle romance sucrée et saupoudrée de paillettes. » **Sandrine, du blog *Comme dans un livre***

« Une comédie romantique rafraîchissante qui nous embarque au cœur d'une émission de télé-réalité mais également dans la vie de deux héroïnes qui, si tout semble les opposer au premier abord, sont en quête d'un sens à leur existence monotone. » **Stéphanie, du blog *Sariah Lit***

# L'AMOUR À PLEINES DENTS !

29 boulevard Raspail
75007 Paris – France
contact@editionscharleston.fr
www.editionscharleston.fr

ISBN : 978-2-36812-160-3

Maquette : Patrick Leleux PAO

Pour suivre notre actualité, rejoignez-nous sur la page Facebook :
www.facebook.fr/EditionsCharleston et sur Twitter @LillyCharleston

Cali Keys

# L'AMOUR À PLEINES DENTS !

*Roman*

DIVA ROMANCE

# 1

# JAMBON-FROMAGE À LA GARE

*Mélissa*

Le prochain qui me demande un sandwich jambon-fromage, je lui balance un cornichon à la figure ! Il est à peine 7 heures du matin et je sens la motivation m'abandonner tandis que je glisse mon centième croissant dans un sac en papier blanc. La gare de Lausanne fourmille depuis une bonne heure déjà. Des hommes d'affaires en costume défilent en jetant un rapide coup d'œil au panneau d'affichage, des ribambelles de jeunes femmes sautillent sur leurs talons aiguilles, le téléphone collé à l'oreille, et quelques touristes traînent de lourdes valises en parlant vacances. Un jour de semaine comme les autres en somme, venant s'ajouter aux derniers mois qui m'ont paru durer une éternité.

— Deux sandwichs jambon-fromage, s'il vous plaît !

— Gniii !

Je reporte mon attention sur un homme rondouillard, accompagné d'un enfant si mignon qu'il me redonne le sourire. Âgé d'environ six ans, les cheveux ébouriffés, les yeux écarquillés et la bouche ouverte, le petit garçon hypnotisé par les viennoiseries a l'air de sortir tout droit de *Charlie et la Chocolaterie*. Je saisis les sandwichs, puis les glisse dans le sachet de la boulangerie de la gare. Dans une semaine tout sera fini et je partirai pour le plus grand voyage de ma vie.

Dans une semaine, je recommencerai ma vie ailleurs.

Dans sept petits jours, je suivrai Steve pour une nouvelle aventure.

Dans cent soixante-huit heures, je serai à Montréal !

Bye-bye la fondue au fromage, le chocolat, le monde aseptisé des banques, et bonjour la poutine, le smoked-meat et le hockey sur glace !

Rassérénée par cette pensée, je tends un pain au chocolat et une serviette au petit garçon perplexe :

— Tiens, c'est cadeau pour le petit-déjeuner.

— Oh ! merci, m'dame, vous êtes la meilleure ! s'écrie-t-il, toutes dents dehors.

Je lui souris à mon tour et passe au client suivant en retenant le bâillement qui me tiraille les mâchoires.

Ce rythme infernal prend fin vers 9 heures, l'occasion pour moi de m'isoler enfin cinq minutes dans la petite pièce qui jouxte le comptoir et d'envoyer un message à Steve, mon amoureux. L'impression qu'une foule affamée s'apprête à me sauter dessus pour m'arracher une oreille et la dévorer sous mes yeux s'estompe et je soupire d'aise en m'asseyant deux minutes.

*J'ai récupéré des salées au sucre pour le dessert, on va se régaler.*

Je souris à l'idée de remplacer bientôt ces pâtisseries régionales à la crème par les biscuits canadiens en forme de feuille d'érable que j'ai repérés sur Internet. Je me ferai vite à ce changement culturel, c'est certain. Après tout, la vie est forcément plus facile avec du sirop d'érable, non ?

En début d'après-midi, je retire enfin mon tablier en couinant de bonheur et m'attelle au rangement de l'arrière-boutique. Sabine, venue pour me remplacer, s'adosse à une étagère, croise les bras, et m'observe d'un œil suspicieux :

— Alors, combien de pains au chocolat as-tu offerts avec ta paie à de pauvres enfants sans défense ce matin ?

Je me détourne pour me retenir de rire. Elle me connaît trop bien. Je sens son regard insistant dans mon dos :

— Alors ?

Je me mords la lèvre puis me décide à la regarder en face :

— Seulement… une petite dizaine.

Devant son silence soupçonneux, j'avoue :

— Bon, OK, vingt. Mais ils étaient tellement mignons avec leurs yeux fatigués !

— Mélissa ! Tu te rends compte que ton salaire part en viennoiseries pour les enfants ?

— Je sais mais quand ils me regardent avec leur moue toute déçue parce que leurs parents achètent juste un sandwich, ça me fend le cœur !

Sabine remplit les caisses en plastique vert de sandwichs au roastbeef et au thon puis retourne à l'avant de la boutique pour les disposer dans la vitrine avant de revenir vers moi. Elle recommence la manœuvre avec des sandwichs tomates-mozzarella. À ses gestes précis et mécaniques, on voit tout de suite qu'elle travaille ici depuis plusieurs années. Elle fait une petite pause pour m'observer, puis soupire :

— Et dire que tu pars vivre la grande aventure de l'autre côté de l'Atlantique… la chance ! Tu as un mec super pour s'occuper de toi, et en plus il gagne plein de fric. Tu vas avoir tout le temps du monde pour profiter de la vie et découvrir Montréal, alors que moi je vais rester là, dans ce hall, à servir des…

— Jambon-fromage, hurlons-nous en cœur avant d'éclater de rire.

Elle ajoute :

— N'empêche que tu as de la chance.

Comment lui dire sans trahir mon secret que je ne compte pas me laisser entretenir par mon homme et que j'aurai bien assez de choses à faire ? Pour éviter de lui répondre, je plaque un grand sourire sur mes lèvres et la prends dans mes bras. Vu mes impératifs de ces prochains jours, nous ne nous reverrons plus avant mon départ.

— Tu vas me manquer, ma belle, je murmure en retenant mes larmes.

Un vif pincement au cœur me serre la poitrine.

— Toi aussi. Tu as intérêt à me donner des nouvelles. Et j'espère que tu trouveras enfin un job qui te plaira !

— Oh ! mais j'aime bien passer la journée entourée de salés au sucre et de croissants…

— Menteuse…

— C'est à moitié vrai, je précise en retenant un éclat de rire.

Elle me sourit et, pour éviter de me lancer dans des explications compliquées et décousues, j'ajoute :

— Je vais tout faire pour trouver un métier épanouissant, je t'assure !

Ce qu'elle ignore, c'est que j'ai déjà établi mon plan de carrière. Le seul problème ? Ça n'a rien d'un travail conventionnel. Je m'engage même dans une véritable galère. Pour tout vous avouer, quand j'y pense, je me fais peur !

Après cinq minutes de câlin et un dernier au revoir, je quitte la boulangerie sans me retourner (sinon, je vais vraiment me mettre à pleurer) et sors de la gare. J'observe les rues de Lausanne comme si je n'allais plus jamais revenir, comme si je devais me remplir de ses sons, de son odeur, de son ambiance et de ses petits pavés.

J'ai toujours vécu dans cette région de la Suisse, au bord du lac Léman, bercée par les cloches de la cathédrale. Lausanne est ma ville de cœur. J'ai passé tant de temps à flâner dans ses rues en pente, à boire des panachés sur les quais d'Ouchy, à papoter dans les cafés de Grancy et du Saint-Pierre, à remonter de la place Saint-François jusqu'à la place de l'Ours en m'émerveillant devant chaque café ou bar sur le chemin. Aujourd'hui, la Suisse semble trop petite pour mes rêves et pour l'ambition de Steve.

Il y a tout juste un mois maintenant, Steve m'annonçait que sa direction l'avait promu responsable du développement de la banque Odier et Schmitt. Le nouveau marché visé se trouvait à plusieurs milliers de kilomètres et nous devions déménager rapidement pour qu'il prenne ses nouvelles fonctions au début de l'été.

Toujours prête à partir à l'aventure, j'ai accueilli cette nouvelle avec le sourire et me suis ruée sur l'ordinateur. L'un de mes rêves les plus chers était dorénavant à portée de main et, malgré l'angoisse qui me tiraillait le ventre, je ne comptais pas laisser filer ma chance.

J'accélère le pas en passant devant le McDonald's, le nez froncé pour m'épargner les odeurs de friture et de viande grillée, puis je remonte l'avenue du Petit-Chêne en soufflant comme un bœuf. Oui, les rues de Lausanne sont plutôt raides et pentues – garantissant soi-disant aux Lausannoises des mollets musclés et des fesses galbées.

Personnellement, j'attends toujours le résultat.

Je tourne la tête en passant devant mon magasin de cupcakes préféré pour ne pas succomber à la tentation et continue mon chemin en empruntant le passage sous voie qui débouche de l'autre côté de la place Saint-François.

Quinze minutes plus tard, je pousse la porte de notre appartement situé avenue de Béthusy, juste sous le Centre hospitalier universitaire vaudois. Après avoir dégagé d'un coup de pied le sac en plein milieu du passage, j'avise avec un pincement au cœur les piles de cartons qui annoncent notre déménagement imminent.

Le sachet de salés au sucre une fois déposé dans la cuisine, je pénètre dans l'espace que je me suis aménagé pour composer – soit un tout petit coin de canapé gris et moelleux, puisque le gigantesque bureau en verre noir de Steve prend presque toute la place. Le mobilier va rester ici, l'employeur de Steve nous a déniché une location meublée dans le quartier de Mont-Royal.

Affalée sur le canapé, j'allonge le bras vers l'étagère d'angle en bois clair pour saisir mon carnet mauve et relire les dernières paroles que j'ai écrites. La chanson s'intitule *If you knew* et il faudrait la terminer rapidement pour compléter l'EP (extended play) que j'aimerais produire. Je n'ai pas encore assez de morceaux pour réaliser un album complet, ni l'argent pour le financer, mais je compte y arriver bientôt.

*If you knew, you'd be there,*
*If you knew, you'd stay*
*Don't ignore my pain*
*It burns in my veins*
*If you knew, if only you knew*

Je biffe quelques mots, mordille le stylo, puis repose le tout et saisis ma guitare pour jouer quelques accords et vérifier que les phrases collent avec ma mélodie. Mes doigts glissent sur les cordes et je ferme les yeux, fredonnant les paroles, quand un bruit me stoppe dans mon élan. Je grogne.

La porte d'entrée claque et j'entends Steve poser sa mallette, retirer ses chaussures, suspendre son manteau dans la penderie. Sa voix chaude emplit la pièce :

— Mél ?

— Je suis là, je lance m'acharnant pour la troisième fois sur l'accord qui me pose problème depuis quelques jours.

Rien à faire, même en regardant mes doigts. Peut-être qu'en les fixant intensément ils y arriveront tous seuls ? Steve passe la tête dans l'encadrement de la porte et fronce les sourcils :

— Qu'est-ce que tu fais là, ma puce ?

Chaque fois que je travaille dans le petit bureau, il me pose cette même question comme s'il était en plein déni. Moi, une guitare à la main, avec pour résultat de la musique résonnant dans la pièce, représente apparemment une équation trop difficile à résoudre pour lui.

Il finit par entrer, dépose un rapide baiser sur mes lèvres, puis me regarde comme si j'étais un chameau chantant La Carioca devant des touristes médusés.

Steve a tout du golden boy. Cheveux blonds, rasé de près, épaules carrées, nez aquilin et lèvres fines, yeux bleu acier capables de vous transpercer d'un seul regard, il porte des costumes sur mesure et respire la confiance en soi. Mon exact opposé.

Tirant la chaise de son bureau pour s'y installer, il me demande le plus naturellement du monde :

— Tu peux me laisser seul un moment et aller au salon ? Je voudrais travailler encore quelques heures.

J'aimerais lui répondre poliment, trouver une réplique douce ou simplement acquiescer avant de m'éclipser, mais j'en suis tout simplement incapable. Alors je serre les dents avant de lancer :

— Parce que moi, je fais quoi là ? De l'*air guitar* pour m'amuser peut-être ? Tu n'as pas remarqué que j'avais un véritable instrument entre mes mains ? Et que j'arrivais même à produire un son avec ?

Il ne daigne pas répondre, trop occupé à lire ses e-mails. Son attitude me rend folle. La musique représente toute ma vie et Steve se borne à croire que je suis une douce rêveuse, incapable de percer dans le milieu. J'avais trouvé ce travail à la boulangerie Polli, pour me faire un peu d'argent de poche pendant mon master en composition musicale au conservatoire de Genève – des études que j'avais terminées l'an dernier tout en prenant des cours de piano et de guitare. Disons que mon job d'étudiante s'était un peu prolongé…

Si Steve avait écouté une seule de mes chansons, il aurait compris que j'ai du talent et que je suis prête à travailler comme une forcenée pour réaliser mon rêve. Mais il préfère me regarder comme si j'étais un Teletubbie choupinet tout juste bon à émettre des sons monosyllabiques.

Pour calmer mes nerfs mis à rude épreuve par ces réflexions et par un réveil à 4 heures du matin, je me répète intérieurement « pense au sirop d'érable, pense au sirop d'érable, pense au » … mais ça ne fonctionne pas cette fois-ci. Incapable de me retenir plus longtemps, j'ajoute :

— J'ai pris mon service à 5 heures du matin et j'ai beurré des centaines de sandwichs. J'estime que j'ai le droit de m'accorder quelques heures pour composer en rentrant à la maison sans avoir à subir ton attitude condescendante, non ?

Il me jette un regard étonné. D'habitude, je fais ce qu'il me demande en grognant dans ma barbe (c'est une image, hein, je n'ai pas de barbe), mais là j'ai vraiment envie de terminer ma chanson. Il pince les lèvres et réplique froidement :

— Je bosse comme un malade tous les jours. Alors, quand JE rentre à la maison, j'estime que j'ai le droit d'être au calme et de ne pas devoir subir tout ce…

— Ce quoi ?

— Ce bruit.

Mon cœur se serre. J'aimerais répondre mais tout mon corps se tord de l'intérieur. Je bondis du fauteuil, sors de la pièce en trombe et claque la porte.

Je me réfugie dans la salle de bains, loin de lui, pour fixer mon reflet dans le miroir : yeux rouges, cheveux bruns légèrement indisciplinés. Je sens mon nez qui me pique. Ma tête est prête à exploser et les larmes ne tardent pas à me brûler les yeux et à tracer des lignes noires de mascara jusqu'à mon menton. D'un geste brusque, j'essuie mes joues mouillées. Le sentiment de colère qui grandit dans mon ventre me donne envie de vomir. Je suis en train de renifler bruyamment quand j'entends frapper trois petits coups et la voix douce de Steve demander :

— Mél, tu es là ?

Non, je suis partie très loin et ce que tu entends là, c'est un éléphanteau échappé du zoo qui essaie de jouer « YMCA » avec sa trompe. Bien sûr, je n'ai pas répondu ça. Apparemment, Steve n'a pas l'intention de me laisser tranquille avec ma morve et mes larmes, puisqu'il murmure à travers la porte :

— Excuse-moi, ma puce, je ne voulais pas être méchant. Je crois que je suis un peu stressé par notre départ. Allez, ouvre-moi ... j'ai les salées au sucre !

Incapable de faire la tête plus longtemps (je déteste le conflit) et appâtée par le bruit du sachet de viennoiseries, je sèche mes larmes, tourne la clé dans la serrure et ouvre doucement la porte pour me retrouver devant... une petite tarte à la crème. Je souris et ouvre la bouche pour parler, mais Steve en profite pour me glisser la pâtisserie entre les lèvres. La bouchée que je mâche est si grosse que j'ai du mal à articuler :

— Tu me prends en traître ! C'est injuste !

Il sourit à son tour, m'attrape par la taille pour m'attirer à lui, puis enfouit son visage dans mon cou et commence à m'embrasser, provoquant des frissons dans tout mon dos.

— Pardon, pardon, pardon, susurre-t-il contre ma peau en déposant des petits baisers.

Il a beau avoir plein de défauts, il faut reconnaitre qu'il est très doué avec ses doigts et sa langue. Son parfum frais et léger de genévrier provoque des papillons dans mon ventre tandis qu'il m'entraîne dans la chambre en déboutonnant mon jean.

Les vêtements s'envolent dans la pièce. Tout en m'embrassant profondément, Steve me fait basculer sur le lit. Les caresses se font plus passionnées, les élans plus intenses, et nous gémissons en chœur jusqu'au summum du plaisir. Une fois sa respiration calmée, il me sourit, m'embrasse le front, et je profite de ces quelques minutes pendant lesquelles je me sens toute molle et détendue pour me blottir contre lui. La tête sur son torse, caressant son ventre, je le sens dessiner du bout des doigts des cercles sur mon dos.

Je reste encore un peu au lit en rêvassant à la vie qui nous attend à Montréal, mais Steve se lève aussitôt pour se remettre au boulot. Un vrai bourreau de travail. Comment fait-il pour ne pas balancer son ordinateur et ses patrons par la fenêtre ? Moi, je péterais les plombs à rester assise douze heures par jour en costard et cravate si serrée qu'elle m'empêche de déglutir ! Je finirai par taper une crise, traiter mes collègues de tous les noms et les poursuivre dans les couloirs de l'entreprise en les menaçant avec une lampe de bureau !

Pourtant je passe des heures avec ma guitare, à noter des mélodies, des paroles de chansons, des phrases qui m'inspirent. Je bosse pendant tous mes jours de repos, sans pause.

Ma passion, c'est toute ma vie.

Au prix d'un effort surhumain, j'arrive à m'extirper des draps pour fourrer dans quelques cartons les piles de livres et de partitions qui traînent encore dans la chambre, puis j'attrape mon ordinateur et me rassieds un instant sur le lit, trépignant d'impatience. C'est ce soir que doit arriver la réponse que j'attends depuis plus de deux semaines, celle qui pourrait changer ma carrière du tout au tout. J'ai rarement stressé à ce point.

Vous voulez que je vous confie quelque chose ? Le jour de mes seize ans, je me suis fait une promesse : sortir mon premier album avant mes vingt-cinq ans.

J'en ai vingt-quatre.

J'ai donc pris une décision pour changer mon destin. Pour le moment, c'est un secret. Je me suis inscrite au casting de l'émission québécoise *Best Singer* pour y chanter mes compositions. Mon ventre se tord rien qu'à cette idée. Moi, face à un jury de professionnels, et un énorme contrat avec une maison de disque à la clé. Le rêve.

Pour le moment, j'attends encore la réponse du casting. J'ai envoyé une vidéo de moi que j'ai tournée au moins cent cinquante fois (en réalité on est plus proche des trois cents, mais je n'ai pas envie qu'on me prenne pour une folle). Je n'ai rien dit à Steve. Vu son soutien actuel, il serait capable de m'attacher à un lampadaire si ça pouvait me retenir de me rendre au casting.

Pour moi, au contraire, c'est une occasion en or de lui prouver ce dont je suis capable.

Histoire de vérifier qu'il ne risque pas de débarquer dans la pièce au moment où je suis en train de lire la réponse, je jette un rapide coup d'œil dans le couloir. Rien à signaler ! Tant mieux, je n'ai pas envie qu'il me voie, soit :

1) En train de pleurer toutes les larmes de mon corps en blâmant ma guitare pour mon échec, avec une réplique du type : « J'avais confiance en toi et tu m'as trahie ! »

2) En train de gigoter dans tous les sens, les bras en l'air, et de sauter sur le matelas façon rock star… ou poulpe.

Les doigts tremblants, je me connecte sur Gmail, le cœur prêt à exploser, et ferme les paupières pour tenter de visualiser le mail que j'espère voir sur l'écran. En gros, il dirait à peu près ça : chère Mélissa, vous avez été sélectionnée, à l'unanimité évidemment, pour passer le casting de l'émission *Best Singer* qui se tiendra le 25 juillet à Montréal. Vous êtes géniale.

Bon, la dernière phrase n'est pas indispensable – la première partie du mail me suffirait amplement. Je souris sans oser ouvrir les yeux. Une réponse négative, c'est risquer de fondre en larmes en arrivant sur le sol québécois. Steve ne comprendrait pas ma tristesse. Certes, je pourrais mettre ça sur le dos du mal du pays, mais il sait très bien que ce départ m'excite depuis le début. J'ai l'impression de pouvoir renaître dans un autre pays et d'avoir une seconde chance dans la vie, une nouvelle existence véritablement axée sur la musique. Dans ma tête, je suis déjà en train de composer des chansons pour Cœur de Pirate, Garou et Céline Dion.

Quoi, on peut toujours rêver non ?

Il faut dire qu'en Suisse, les chances de faire carrière dans la musique sont plutôt limitées et, à part Bastian Baker et quelques groupes suisses-allemands, rares sont les compositeurs-interprètes ou les chanteurs romands qui percent à l'international.

À ce stade, mes paupières sont toujours closes. J'ai l'air débile, les doigts sur le clavier, les lèvres pincées, le souffle court. On dirait que tout mon corps a été mis sur pause par une télécommande imaginaire.

Allez, Mélissa, tu peux le faire. Ouvre les yeux, bordel ! Ouvre-les !

Quand j'ose enfin bouger et ouvrir un œil, le mail est là, juste sous mon nez. Et moi, je vais faire une attaque.

## 2

# MON AMOUR, MES LETTRES

*Diane*

*Montréal, 2 janvier 2010*

*Ma chérie, mon amour.*

*J'imagine que tu dois avoir un million de questions en découvrant mes lettres. Je te connais si bien que j'imagine tes doigts serrés sur ce papier, ta belle bouche crispée en lisant ces mots. Ton cœur en miettes. Je suis désolé de t'avoir déçue, je te supplie de croire que ce n'était pas mon intention.*

*Je sais au plus profond de moi que tu me détestes pour ce que je t'ai fait et j'ignore si tu trouveras la force de me pardonner un jour. Tu souhaiterais sûrement pouvoir revenir en arrière, il y a trente ans, quand je t'ai demandé d'une petite voix si tu acceptais de faire de moi l'homme le plus heureux du monde en m'épousant. Moi, Charles. Celui qui avait tenté de te séduire avec un gâteau au chocolat cramé parce qu'il te savait gourmande. Moi, Charles. Le voisin timide qui n'osait pas aborder la magnifique femme qu'il admirait chaque jour un peu plus.*

*Oh ! Diane. Si tu savais comme je m'en veux. Si tu savais comme j'aimerais rester près de toi. Si tu savais comme je t'aime…*

*Charles*

Il se trompe. Et de loin. Je n'ai pas la bouche crispée en relisant cette lettre. Mes doigts ne sont pas serrés sur le papier au point de le froisser. Oh ! non. Ses lettres sont bien trop précieuses pour que je les abime, pour que ma colère les déchire, pour que ma rancœur les dévore.

Des larmes coulent le long de mes joues rondes pour terminer leur course sur mes lèvres. Je les attrape avec ma langue et réprime un nouveau sanglot tandis que le goût du sel emplit ma bouche. Je grimace.

Trente ans d'amour balayés en quelques lettres.

Les yeux brûlants, je me laisse aller à cette tristesse qui creuse un profond trou dans mon cœur et qui me laisse brisée comme si mon corps tout entier s'émiettait en un million de morceaux.

Avec toute la douceur du monde, je replace la lettre au sommet de la pile amassée sur ma table de nuit. La tête posée sur mon coussin moelleux, je tends le bras pour éteindre la lumière et me concentrer sur les recettes de cupcakes que j'ai l'intention de concocter demain dans ma boutique Sweet Cuppins du vieux Montréal. M'enfonçant un peu plus dans mon lit, je remonte la couverture sur mes épaules, renifle encore et tente de focaliser mon attention sur mon job pour oublier Charles et enfin plonger dans le sommeil.

Crème de citron, zestes de citron vert bio, génoise moelleuse et aérienne, pépites de chocolat, sucre et farine pour la pâte à cookies, beurre bien frais…

Mais son doux visage revient me hanter et quand bien même j'arriverais à m'endormir, je sais d'avance que mes rêves me ramèneront à lui, à notre histoire, à nos moments partagés, à nos fous rires.

À notre amour.

Au matin, je suis encore imprégnée de lui. J'ouvre un œil avec l'espoir de le trouver près de moi, le cœur prêt à exploser de bonheur, avec l'envie de passer toute ma vie à ses côtés. Je l'imagine lisant tranquillement son journal en attendant que je me réveille. Je le vois presque me regarder en souriant pardessus ses vieilles lunettes avant de me demander si j'ai bien dormi.

Je dormais toujours bien avec lui, je me sentais en sécurité, protégée, aimée, chérie.

Mais c'est l'heure du choc. Chaque matin, quand je comprends que son côté du lit est vide, mon cœur se serre et je suis obligée de constater son absence. Et ma solitude. Chaque matin, je tombe encore et toujours sous le coup de cette triste réalité.

J'avale péniblement ma salive, reprends mes esprits et inspire profondément. Tout me revient en tête. Chaque détail. Chaque étape de l'histoire. Mais il faut bien se lever, j'ai une boutique à faire tourner, j'ai une vie à vivre, encore mille choses à découvrir et rien ne sert de lui garder une rancune éternelle pour ce qu'il m'a fait.

Le problème, c'est que je n'ai plus goût à rien. Je me lève, je vais au boulot, je donne du bonheur et de la douceur aux gens avec mes cupcakes puis je rentre, je cuisine, je mange comme une goinfre pour me remplir jusqu'à l'écœurement et je dors. Puis tout recommence. Les jours se ressemblent, les heures se ressemblent, et ma vie a perdu ses couleurs.

Je ne vis plus. J'attends la fin. Parfois je me dis que le plus simple serait que tout s'arrête. J'ai envie de me mettre des claques, c'est tout ce que je mérite.

J'ai pourtant une maison agréable sur le plateau, le plus joli quartier de Montréal, et un travail que j'adore, mais tout le reste est vide. J'adorais mon mari et nous faisions beaucoup d'activités ensemble. Aujourd'hui, chacune d'elles me rappelle son absence.

Les longues marches dans les Laurentides à parler de romans et de cuisine.

Les séances de cinéma et l'inévitable pop-corn au caramel. Il enlevait chaque fois ses chaussures et ses chaussettes sempiternellement dépareillées me faisaient rire aux éclats.

Nos restaurants préférés où nous passions des heures à discuter du développement de Sweet Cuppins et de mon vœu le plus cher : donner des cours de décoration de cupcakes pour partager ma passion.

Puis tout a changé.

Je n'ai jamais poursuivi mon projet. Sans lui, je n'ai plus envie de rien.

En arrivant à la boutique, deux énormes sacs remplis à ras bord de farine et sucre monopolisant mes bras potelés, je contourne le comptoir et la vitrine vide en soufflant pour me diriger vers la cuisine au fond de la pièce principale. Je pose lourdement mes provisions sur le carrelage gris perle, essuie les gouttes de transpiration qui coulent de mon front et tente de prendre une grande inspiration mais une angoissante sensation d'étouffement me saisit à la gorge. Je ne peux plus respirer. Je porte la main à mon cou, les yeux sûrement révulsés, le cœur battant la chamade. Vais-je exploser dans ma cuisine ? J'ai chaud, j'ai soif, j'ai l'impression qu'une chaleur intense se répand dans mon corps. Ça sent le roussi, la fin. La délivrance ?

J'ai entendu parler de combustion spontanée et je me suis toujours demandé les sensations que ce phénomène pouvait provoquer. Je suis en train de me consumer de l'intérieur, j'en suis sûre.

Charles. Charles. Charles.

Charles ?

Je cligne plusieurs fois des yeux, étonnée de ne pas m'être transformée en tas de cendres, d'être toujours debout. Étonnée de ne pas voir Charles. Câlisse ! Qu'est-ce qui m'arrive ? Je n'y comprends rien. Est-ce que je deviens folle ?

Pour apaiser les battements de mon cœur, je m'écroule sur une chaise et me concentre sur ma respiration, les yeux fermés, les poings serrés. La crise d'angoisse finit par s'estomper et, après quelques minutes, je suis capable de me lever et de me remettre au travail. Je passe les deux heures suivantes à concocter cupcakes et bagels pour le service du petit-déjeuner.

Je lisse mon tablier blanc aux motifs de cerises, enfourne une nouvelle plaque de cookies, savoure un instant les odeurs de vanille et de chocolat fondu qui ont empli la pièce, puis me rends derrière le comptoir pour sortit mes tasses et mes mugs.

Deux hommes pénètrent dans la boutique, enclenchant le petit carillon que Charles avait cloué au-dessus du chambranle. La mélodie résonne dans la pièce encore vide. Mon cœur fait un bond.

Les premiers clients du jour. Je souris. Il est tôt, à peine 7 h 30, et je viens tout juste de tourner la pancarte qui indique « ouvert » sur la porte et de ranger les premières fournées de cupcakes et de cookies dans la vitrine propre qui sent bon le nettoyant au citron naturel.

Un beau trentenaire avec une cicatrice sur la joue et un regard sombre se plante devant moi, les yeux fixés sur le menu. L'autre homme (pas mal non plus !) la soixantaine, les cheveux poivre et sel, reste en retrait, observant les lieux d'un œil critique.

— Salut, me lance le plus jeune, d'une voix grave.

— Salut ! Qu'est-ce qui vous ferait plaisir ?

— On prendra deux cafés, un carrot cake et un bagel avec des cretons.

— Bien sûr, je vous apporte ça tout de suite. Allez vous installer, la boutique est à vous.

Déjà en pleine conversation, les deux hommes s'éloignent pour s'asseoir au bout de la salle, près des la baie vitrée qui donne sur la rue.

Je retourne en cuisine pour sortir mes cretons du frigidaire. La spécialité québécoise, proche des rillettes et fabriquée avec du porc haché, parfume mon frigo. Mon ventre produit un gargouillement à faire fuir un élan en rut. Qu'est-ce que j'ai faim !

Je mets deux tranches de pain dans le toaster, des cretons de côté, puis je charge une autre portion sur un plateau et retourne dans la salle. L'arôme des grains de café moulus qui flotte dans l'air me chatouille les narines et, pendant que la machine ronronne, je saisis un bagel, puis le carrot cake au glaçage blanc que je dispose dans deux assiettes colorées.

Quand tout est prêt, j'apporte mon plateau à mes clients, un grand sourire plaqué sur le visage. Le plus jeune est en pleine conversation :

— On vient de terminer les castings. Quelle prise de tête ! Chaque année c'est pareil. Le concours va bientôt commencer et je crois que deux candidats vont se démarquer cette saison. Un Québécois et une étrangère… et de ton côté, ton projet avance ?

— Raisonnablement. On a de plus en plus d'inscriptions sur le site Internet. L'idée fait un vrai carton.

— Tu devrais peut-être t'y inscrire à nouveau. Comme au début.

— T'es pas drôle, Matthew…

— Excuse-moi, c'est juste que ça fait si longtemps…

Je me sens obligée de leur signaler ma présence par un petit raclement de gorge, puis m'exclame en posant les pâtisseries et les boissons chaudes devant eux :

— Et voici les petits-déjeuners. Bon appétit !

Ils me sourient tous les deux et mes yeux se fixent un instant sur l'homme plus âgé. Son regard perçant provoque une étrange sensation dans tout mon corps et je frémis devant son sourire.

— Merci, prononce-t-il à voix basse en tendant le bras pour m'aider à poser l'assiette devant lui.

— Bienvenue !

Je repars dans ma cuisine et me fais deux tartines de cretons que je savoure en surveillant la cuisson des cookies aux noix de pécan.

Une heure plus tard, les deux hommes quittent la boutique en me remerciant et je les regarde distraitement s'éloigner dans la rue.

Je grignote un cookie en observant la petite pendule de ma cuisine. Il est à peine 9 heures du matin. Et pour la centième fois de la journée, je repense à Charles.

3

# MONTRÉAL, NOUS VOILÀ !

*Mélissa*

Je n'ai jamais relu un mail trente-six fois.

Mais cette fois-ci, oui.

Je le parcours à nouveau, relisant chaque lettre de chaque mot pout être certaine d'avoir bien compris, les yeux écarquillés sur les lignes qui s'étalent devant mes yeux, toujours assise sur le lit. Incroyable ! Je bats des cils, avale ma salive et tente de ralentir les battements de mon cœur qui se prend joyeusement pour un marteau piqueur fou, avant de rabattre enfin l'écran.

Je n'y crois pas.

*Chère Mélissa…*

Les mots résonnent encore dans ma tête, ils prennent toute la place dans mon crâne comme des milliers de petits papillons.

*Vous avez été…*

Même dans mes rêves les plus fous je n'aurais jamais imaginé vivre une expérience pareille.

*… sélectionnée pour participer au casting du concours* Best Singer *qui se déroulera le 25 juillet 2015 à Montréal dans les locaux de la maison de disques Play Record.*

Une fois la paralysie passée et l'information digérée, je bondis du lit. J'ai le sourire jusqu'aux oreilles, les mains moites, le cœur en liesse, la peau qui frissonne, la tête dans les nuages et même dans les étoiles ! Incapable de retenir mon cri de joie, je saisis un coussin que je plaque contre ma bouche avant de hurler dans la pièce : « Je suis priiiiise ! »

Alerté par le son strident pas totalement étouffé par l'oreiller, Steve débarque, la mine inquiète :

— Ma puce, ça va ? C'est toi qui as crié ?

*Non, c'est le petit nain qui se cache dans le placard depuis qu'on a emménagé.*

Je retiens ces mots et continue de le fixer, les yeux grands ouverts. Mais la question qui me déstabilise le plus, c'est celle qu'il me pose ensuite :

— Pourquoi tu gigotes les bras en l'air ?

Le poulpe ! Zut !

Vite, trouve quelque chose d'intelligent à dire pour expliquer pourquoi tu pousses des cris bizarres en dansant comme une folle dans la pièce. Je plante mon regard dans le sien et écarquille les yeux pour l'hypnotiser. Si ça se trouve, je parviendrai à lui faire oublier ses questions.

— Mél, tu es sûre que ça va ?

Merde, ça ne fonctionne pas !

— Bien sûr que ça va, mon chéri. Pourquoi, je n'en ai pas l'air ?

Je fais un dernier essai pour la route et plisse les yeux cette fois-ci.

— Non, on dirait que tu as un truc dans l'œil. C'est pour ça que tu sautais ?

*Bien vu.*

— Je… oui, comme j'avais mal, je sautillais en hurlant « ouille, ouille ».

Suis-je convaincante ?

Il fronce les sourcils, l'air sceptique, mais je le prends de court en me dirigeant vers la cuisine :

— Tu n'as pas faim ? On va préparer à manger ?

Sans attendre sa réponse, je m'éloigne en poussant un long soupir. J'ai eu chaud !

Six jours plus tard, nous sommes dans l'avion en direction de Montréal. Après avoir dit au revoir à nos amis et à la famille de Steve lors d'une grande soirée larmoyante – ma mère et mon père étant partis dans le sud de la France pour leur retraite –, nous avions remis les clés aux nouveaux locataires.

Sur le vol qui nous emmène à plus de six mille kilomètres de la Suisse, nous bouquinons chacun de notre côté pour faire passer le temps. Steve lit un essai sur la finance ; quant à moi, je potasse *Le Québécois pour les nuls* histoire de ne pas être larguée en arrivant. Je me demande vraiment ce que donnera une conversation entre mon français vaudois et du québécois. Pourra-t-on seulement se comprendre ?

— Tabernacle !

Steve lève un sourcil et me regarde :

— Quoi ?

Je m'applique à rouler le « r » et répète :

— Tabarrrnac !

Apparemment, c'est de cette manière qu'on le prononce. Steve se retourne vers moi d'un coup :

— Mais enfin, chut Mél, c'est un gros mot !

— Oh ! ça va, ne t'offusque pas comme ça. Quand on apprend une nouvelle langue, on commence toujours par les jurons, c'est bien connu.

Je grogne ensuite « maudit niaiseux », ce qui me vaut un autre regard courroucé de mon amoureux qui retourne bien vite à ses pages financières. Au moins, moi, je saurais réagir si on me cherche des noises dans la rue.

Arrivés à l'aéroport Pierre-Elliott Trudeau de Montréal après plus de huit heures de vol qui m'ont permis d'apprendre environ six mots de québécois (oui, bon, je me suis endormie après les deux premières pages), nous passons la douane et récupérons la voiture de fonction de Steve. La zone aéroportuaire se situe à une trentaine de minutes de la ville et je m'extasie déjà devant tout ce que je vois : « Oh ! une autoroute, oh ! des champs, oh ! un pigeon comme chez nouuus. » Je crois qu'il est temps de me calmer.

Du coup, je ressors mon guide de québécois et potasse tandis que mon amoureux se concentre sur la route jusqu'au plateau du Mont-Royal. Je lève le nez le temps d'apercevoir de jolies maisonnettes couvertes de lierre et souris en remarquant leurs charmants escaliers extérieurs. Devant elles se dressent des arbres touffus aux feuilles vertes qui me donnent l'impression de me trouver dans un parc.

Je me replonge dans mon guide et commence à rire en demandant à Steve :

— Tu peux garer ton char près de la maison, mon amour ?

— Mon quoi ? Je ne suis pas un soldat !

— Non, mais char ça veut dire voiture, apparemment.

Loin d'être passionné par ce que je lui raconte, Steve plisse le front et jette des regards des deux côtés de la rue à la recherche d'une place de parking. Pour ma part, je ne me lasse pas de découvrir ce nouveau vocabulaire. Les yeux toujours rivés sur mon livre, je lui lance :

— Je suis ta blonde !

— Tu es brune…

— Je suis TA blonde, pas blonde.

— Oh ! tu me fatigues Mél.

— Ça veut dire que je suis ta copine ! J'adore le québécois.

À voir la mine de Steve, on dirait bien que je suis la seule.

Une fois la voiture garée devant le numéro 15, nous portons nos lourdes valises jusqu'à notre nouvel appartement de quatre pièces au rez-de-chaussée. J'ai hâte de le découvrir parce que les photos envoyées par le responsable de l'agence immobilière sont vraiment magnifiques !

Steve tourne les clés dans la serrure et franchit le seuil. Je le suis de près, impatiente de voir notre chez-nous montréalais.

— Comme c'est joli ! je m'exclame devant le parquet et les larges fenêtres qui font entrer la lumière.

— Bienvenue à la maison, ma chérie !

Steve délaisse son chargement au milieu du salon spacieux pour venir m'enlacer. Il écarte grand les bras, enfouit son nez dans mon cou et murmure :

— Merci de m'avoir suivie à Montréal. J'espère que tu trouveras mieux qu'un job dans une boulangerie ici. Peut-être que tu accepteras enfin ma proposition de venir travailler à la banque. La direction cherche en permanence des employés pour les guichets ou des assistantes pour travailler dans les bureaux au service des cadres.

Au service des cadres ? Pour leur apporter le café et servir de larbin ? Non, merci.

Mes poings se serrent et tout mon corps se tend. Une fois de plus, je me retiens de lui avouer tout ce que j'ai sur le cœur. Non seulement je vais me présenter à un casting et éventuellement passer dans une émission nationale, mais je compte aussi faire le tour des bars et des petites scènes pour jouer et me faire connaître. Je suis consciente que je vais devoir me trouver un job alimentaire, mais cela ne m'effraie pas. Par contre, impossible d'avoir des responsabilités si je veux me concentrer sur la musique. Les possibilités sont donc limitées : serveuse ou vendeuse me conviendrait très bien. Pas sûr que Steve apprécie. Il m'éloigne légèrement de lui pour me saisir par les épaules et me fixer :

— Je te demande d'y réfléchir sérieusement ces prochains jours, ma chérie.

J'évite de le regarder de peur de lui sauter au visage pour lui arracher les narines avec mes canines. Mais il relève mon menton et me force à plonger mon regard dans le sien. Je ne dis toujours rien pour ne pas provoquer une dispute monumentale. Je n'ai pas envie que notre lieu de vie soit rempli de mauvaises ondes dès notre arrivée. Sinon, je parie que ce sera le début d'une série de catastrophes dans cet appartement du type fantôme qui me susurre des mots effrayants à l'oreille pendant la nuit, cafards qui grouillent dans la cave ou voisins qui hurlent « caribou » en faisant l'amour.

Plongeant mon regard dans le sien, je cherche à comprendre ce qui m'a fait tomber amoureuse de lui, je scrute ses yeux clairs à la recherche d'une explication et, malgré mes sentiments pour lui, un doute s'immisce en moi. Que faire quand l'homme qu'on prenait pour le seul et unique amour de sa vie ne nous soutient pas ? Quand il est si loin de nous et de nos aspirations ? Quand il semble même ignorer qui nous sommes au plus profond de notre cœur ? Je n'ai jamais voulu qu'il m'entretienne et j'ai toujours participé aux frais. Tout ce que je demande, ce sont des encouragements. J'aimerais qu'il croie en moi.

Steve est mon premier amour. Et si vous vous posez la question, c'est également le premier avec qui j'ai fait des galipettes. Je l'ai rencontré dans une soirée organisée par des amis communs à Genève et nous avons tout de suite été attirés l'un par l'autre. Son regard m'a enflammée et je sentais une sensation de chaleur m'envahir (surtout les joues) chaque fois qu'il me souriait. Je perdais même l'usage des mots en sa présence. Pire, la parole était remplacée par une sorte de gloussement affreux qui ressemblait au feulement d'un chat atteint d'une bronchite. C'était moche. Je me suis longtemps demandé ce qu'il avait bien pu me trouver lors de cette rencontre pour me rappeler trois jours plus tard.

C'était il y a cinq ans et je commençais mon cursus universitaire en musicologie. Steve, lui, travaillait déjà depuis un an dans l'établissement où il avait effectué son stage pour valider ses études à HEC.

Je peine à déglutir et me force à répondre :

— Je vais y réfléchir.

— Merci, tu es la meilleure Mél.

Je le regarde s'activer, paralysée quelques secondes par ma propre absence de réaction. Je m'en veux d'être incapable de le défier, de me sentir comme une petite fille qui fait un caprice chaque fois que j'évoque la musique et la composition. À ses yeux, j'ai l'impression d'être une incapable et je déteste ça.

Ma valise et des sacs dans les mains, je me dirige vers les trois autres pièces situées à l'arrière de l'appartement à la recherche de notre future chambre à coucher. Je la trouve en poussant la première porte et admire l'espace, l'immense lit, et l'armoire gris métallisé qui trône contre le mur. Je souris, envahie par un bien-être intérieur que je n'arrive pas à m'expliquer.

Avant de me mettre à ranger, je fais le tour du propriétaire. Steve a déjà allumé son ordinateur portable pour travailler, installé dans le bureau qui jouxte notre chambre.

La salle de bains est lumineuse, le carrelage blanc brille d'un éclat que je n'ai jamais réussi à obtenir chez nous même en frottant de toutes mes forces, la baignoire semble avoir été construite pour une famille de diplodocus tant elle est spacieuse et les deux vasques en ardoise apportent une touche moderne à l'ensemble.

La troisième pièce comprend un canapé-lit et plusieurs étagères qui nous permettront de stocker des affaires. Je pose ma guitare sur le canapé, décrétant officiellement (dans ma tête surtout) que c'est là que je répéterai mes compos.

Pour me sentir chez moi et apprivoiser les lieux, je commence tout de suite par défaire mes valises et remplir l'armoire de mes vêtements. Je m'attelle ensuite à ranger mes provisions de nourriture suisse dans nos placards et regarde avec nostalgie mes pots de Cenovis, les tubes de Parfait et mes bouteilles de Rivella, consciente qu'ils seront trop vite consommés.

— Ma puce, ça va ? demande Steve d'une voix douce en revenant au salon.

J'imagine qu'une femme au bord des larmes devant un pot de Cenovis, ça peut intriguer. Je renifle et lui montre le pot. Je sais que j'ai l'air d'une folle. Steve penche la tête et me fait un sourire avant de m'enlacer et de me serrer contre lui.

— Tu sais, il y a d'autres spécialités délicieuses ici qui remplaceront les nôtres. Il y a la poutine, le smoked-meat, le pâté chinois…

Je renifle de plus belle et gémis :

— Je ne connais aucun de ces trucs ! C'est tellement triste ! Le pâté chinois au Québec ?

— Oui, et il y a aussi la salade de chou, les fèves au lard…

— Hein ? Mais c'est pas sexy tout ça !

— Parce que le Cenovis à la levure de bière, le Parfait à base de foie et le Rivella fabriqué avec du lactosérum, tu penses que c'est ragoûtant pour les gens qui débarquent en Suisse ?

— Pourtant c'est délicieux, ils ne savent pas ce qu'ils ratent ! Bon, alors cela signifie que je dois goûter à toutes ces spécialités pour bien m'intégrer et apprendre ma nouvelle culture. On va au restaurant ce soir ?

— D'accord, ma puce, on va aller manger à la Banquise pour t'initier à ta première poutine !

— La Pou… quoi ? je demande avec un sourire malicieux.

Steve me lance un regard qui signifie « tu es désespérante ». Je bâille à m'en décrocher la mâchoire et jette un coup d'œil à l'horloge du salon. Il est à peine 20 heures à Montréal mais pour nous, à cause du décalage horaire, il est près de 2 heures du matin.

— On va manger ?

La voix de Steve me sort de ma torpeur. À vrai dire, tout ce que je souhaite, c'est dormir. Je suis épuisée par le trajet et par le déménagement, mais si je ne veux pas me réveiller dans trois heures avec un estomac qui gronde comme un chien enragé devant un gros jambon, je dois le suivre jusqu'au restaurant. J'acquiesce et nous grimpons dans la voiture avant de prendre la direction de la Banquise située rue Rachel.

Le restaurant à la devanture orange et bleu grouille d'animation, des serveurs courent partout et un joyeux babillage s'élève dans la pièce. Des odeurs de friture et de viande grillée titillent mes narines. Nous nous arrêtons devant le comptoir de l'entrée et attendons quelques secondes qu'on vienne nous placer à une petite table dans un coin.

Le menu propose différentes sortes de poutine et soudain je m'exclame en faisant sursauter Steve :

— Ils ont de la poutine au fromage suisse !

Steve me lance un regard amusé, puis fait un geste au serveur pour qu'il vienne prendre notre commande.

— On va prendre une Miam et une…

— Boogalou, je lance fièrement. Comme ça je pourrai goûter la salade de chou crémeuse en même temps !

Quelques instants plus tard, nos plats arrivent. L'aspect est pour le moins bizarre, les grosses frites brunâtres forment un tas dans une immense assiette où l'on aperçoit des morceaux de fromage, blancs et fondus, et des morceaux de viande effilochée par-dessus. Le tout est recouvert d'une sauce brune qui n'a pas l'air très ragoûtante mais qui sent très bon.

Je plisse le front, hésitant à plonger ma fourchette dans la montagne de nourriture. Je regarde Steve qui entame son plat sans attendre, en avalant une énorme bouchée. Timidement, je pique une frite, la porte à ma bouche et la renifle avant de la glisser entre mes lèvres et de mâcher. Ce n'est pas mauvais du tout cette histoire. C'est même plutôt bon ! Je plante de nouveau mon couvert dans mon assiette et prends un peu de viande, de frites, de fromage et de sauce d'un coup et mets le tout dans ma bouche. Je n'ai peur de rien et ce n'est pas un tas de poutine qui va m'effrayer ! Miam, c'est un régal ! J'ai à peine fini de mâcher que je réalise un truc complètement dingue. La fourchette en l'air, je lance comme si j'avais découvert l'eau chaude :

— En fait, la poutine, c'est un peu leur raclette !

— Hein ? Mais de quoi tu parles ?

— Ben oui, si on y réfléchit, on utilise presque la même chose : des patates et du fromage ! Il n'y a que la forme qui change !

J'enfourne une nouvelle grosse bouchée de frites dans ma bouche et mâche avec enthousiasme. J'ai l'impression de retrouver un peu de Suisse au Québec et ce sentiment me réconforte même si Steve me prend pour une folle.

Le lendemain matin, alors que mon amoureux est parti tôt pour se rendre dans sa nouvelle banque, je décide d'aller faire un tour pour repérer les locaux de la maison de disques. La date de l'audition approche et je n'ai pas envie de me perdre et d'arriver en retard le jour le plus important de ma courte vie.

Je prends donc la ligne verte du métro en direction de la rue Sainte-Catherine, la plus grande rue marchande de la ville. Comme j'ai tout mon temps, je crois que je vais faire un peu de shopping… enfin, magasiner selon le dialecte québécois !

Et en effet, la rue et les boutiques s'étendent à perte de vue. Des magasins de prêt-à-porter, des restaurants, des commerces en tous genres… le tout fréquenté par une foule hétéroclite qui déambule comme dans n'importe quel autre centre-ville du monde. Avec peut-être un peu plus de joie qu'ailleurs. C'est quelque chose qui semble commun à tous les Québécois, cette douceur de vivre, ce bonheur, cette bonne humeur. À croire que les gens ici savent mieux vivre que chez nous.

Il y a peut-être moins de banques et de montres ici pour nous rappeler sans cesse l'importance de l'argent et du temps.

Je marche quelques minutes dans la douce chaleur de l'été, profite de flâner le nez en l'air pour contempler le ciel bleu électrique. Les rires des jeunes s'élèvent dans l'air, et la légèreté des vacances d'été flotte partout autour de moi.

Dommage que Steve ne soit pas là, j'aurais aimé partager ces moments avec lui. Il n'a pas accepté ma proposition de prendre deux semaines de vacances pour découvrir la ville avec moi en arrivant à Montréal.

Avant que j'aie pu m'en rendre compte, mes pieds m'ont menée devant une grande bâtisse qui porte une enseigne rutilante : « Play Record ». J'ouvre la bouche, écarquille les yeux et m'approche de l'entrée pour jeter un œil à l'interphone. Je me retiens juste avant de le caresser et de poser ma tête contre le mur en poussant des gémissements. Je n'y peux rien, ce qui se passe derrière ces murs représente tout ce dont je rêve depuis ma plus tendre enfance.

Alors que je fais un pas en avant (je veux tout de même effleurer l'interphone finalement), la porte s'ouvre et un homme sort du bâtiment, ses yeux froncés et rivés sur un épais dossier. Comme il ne s'attendait sûrement pas à trouver une étrangère en totale béatitude devant un interphone, il me frappe de plein fouet. Ses feuilles et son dossier atterrissent au sol dans un bruissement.

— Mais qu'est-ce que tu fais là ?

Dois-je lui avouer que je voulais caresser l'interphone ? Et puis c'est quoi cette familiarité ?

Ses yeux noirs qui m'observent d'un air sévère me font frissonner et mes lèvres s'étirent dans un sourire. Un sourire ? Merde !

— Tu parles français ?

Si je parle français ? Il croit que je ne l'ai pas compris. En plus il est plutôt craquant. Grand, les cheveux bruns, une petite cicatrice sur la joue, des lèvres gourmandes. J'adore ce ton chantant et mélodieux, c'est trop mignon. Et c'est plus fort que moi, ça me met de bonne humeur. Impossible de me disputer avec un Québécois, l'accent est trop irrésistible !

— Do you speak French ?

— Je… je…

— Ah ! tu es française ?

— Non. Je suis… désolée !

— Tu es désolée parce que tu n'es pas française ?

Est-ce qu'il plaisante ? Est-ce que c'est une lueur d'amusement que je parviens à lire dans son regard ? Je finis par articuler :

— Je suis désolée de vous avoir bousculé.

— Tu ne m'as pas bousculé, c'est moi qui t'ai foncé dedans. Qu'est-ce que tu faisais à deux centimètres de l'interphone ?

Il plisse les yeux en m'observant, puis continue (ce qui, à mon plus grand soulagement, m'empêche de répondre) :

— On ne s'est pas déjà vus quelque part ?

— Je rêve ! C'est comme ça que vous draguez au Québec ? C'est pathétique ! Et ensuite, vous allez me proposer d'aller directement chez vous pour faire des galipettes ?

Ah ben si, finalement je peux m'engueuler avec un Québécois.

— Des quoi ? Non, je…

— Pourtant, on m'a toujours dit le plus grand bien de l'accueil et de la gentillesse des gens d'ici. Mais vous, vous êtes vraiment gonflé ! Et pour votre information, je suis en couple ! I'm not single, OK ?

Outrée, je tourne les talons et marche le plus vite possible en laissant le beau mec désormais bouche bée derrière moi. Ce ne sont pas des manières de traiter les femmes, non mais !

En rentrant chez moi, encore bouleversée par cette rencontre malheureuse, je m'assieds sur le canapé du salon et me connecte à Skype dans l'espoir de parler à Leïla, ma meilleure amie partie en Californie avec son homme pour monter une maison de production. Avec joie, je remarque qu'elle est connectée et clique sur l'icône du téléphone. Deux sonneries plus tard, j'entends sa voix joyeuse s'élever dans mon nouveau salon :

— M&M's, tu m'as trop manqué !

Elle m'appelle par ce surnom depuis qu'on se connaît à cause de mon nom, Mélissa Müller. Et elle trouve toujours sa trouvaille très amusante. Son sourire éclatant, sa blondeur et ses taches de rousseur me remontent tout de suite le moral. En me calant plus confortablement dans le canapé blanc cassé, je lui demande :

— Alors, comment ça va du côté du Pacifique ?

Elle pousse un soupir et me lance :

— Dire que tu es partie de la Suisse pour vivre dans l'un des coins les plus froids de l'Amérique, ça me dépasse. Tu aurais au moins pu me rejoindre au soleil ! Il fait bon presque toute l'année ici.

— Ne m'en parle pas, j'avais déjà de la peine à survivre à l'hiver en Suisse, alors à Montréal j'appréhende déjà la venue des tempêtes et du blizzard.

— Et Steve, ça va, son job ?

— Il bosse beaucoup, alors on se voit peu…

Mon ton doit être un peu plus amer que ce que je souhaitais puisque Leïla penche la tête et me regarde d'un air triste. Je me sens obligée de préciser :

— Mais ça va, ne me regarde pas comme un cocker dépressif ! On dirait que tu vas te suicider en avalant des croquettes !

Elle pouffe et ajoute :

— Et puis tu as la musique, ça doit bien t'occuper. Puisque Steve n'est pas là, tu peux travailler et répéter tranquillement pendant la journée sans subir ses remarques acerbes.

— Exactement ! Je sais que c'est un moment difficile à passer mais je veux être là pour le soutenir. Alors, j'essaie de ne pas lui prendre la tête avec ma reconversion professionnelle et mes ambitions. Mon premier objectif, c'est de trouver un job. Comme ça, Steve arrêtera de s'inquiéter. Ce n'est pas le bon timing pour parler de mes projets. D'ailleurs... je peux te confier un secret ?

Les yeux de Leïla s'écarquillent et je la vois se tortiller sur son canapé, le regard brillant :

— T'es enceinte ? Tu as un amant ? Tu as composé une chanson et Xavier Dolan veut t'engager pour réaliser la bande son de son prochain film ?

— T'es complètement barrée, tu le sais ?

— Pfff, fait-elle en faisant mine d'être vexée, je te signale que c'est toi qui souhaites percer dans la musique. Mon rêve à moi est beaucoup plus réaliste.

— Tu rigoles, j'espère ! Tu veux bosser avec Leonardo DiCaprio et Kate Winslet ! Et je ne parle même pas de Ryan Gosling. Je sais que tu écris un scénario où il jouerait ton amoureux !

— Parfaitement et je compte bien y parvenir !

Nous nous regardons et éclatons de rire. Quand elle arrive enfin à se reprendre et à ne plus glousser, elle demande :

— C'est quoi ton secret ?

Je m'avance plus près de l'écran et baisse la voix comme si je risquais quelque chose en lui confiant toute l'histoire à voix haute :

— J'ai été sélectionnée pour passer le casting de l'émission *Best Singer* le 25 juillet.

— Tu... quoi ? hurle-t-elle.

Je fais un bond en arrière, elle vient de me percer le tympan ! Elle continue de crier tandis que je pique un fou rire. Leïla s'agite et me regarde en pointant son index dans ma direction :

— Toi, ma meilleure amie, tu vas passer à la télé ?

— Oui, mais c'est pas certain que je continue l'aventure après le casting. Si ça se trouve, le jury ne va pas me retenir. Et ce sera la plus grosse honte de ma vie. Je me teindrai les cheveux en violet pour que personne ne me reconnaisse dans la rue.

— Oh ! arrête, M&M's, ils vont t'adorer avec ton accent vaudois hypersexy !

Je m'insurge :

— Hey, je n'ai pas l'accent vaudois !

Elle rit, puis m'avoue :

— Je suis fière de toi. Et j'espère de tout mon cœur que ça va marcher.

— Merci. Moi aussi je l'espère. Mais j'ai vraiment la trouille.

— Évidemment que tu as la frousse, ça se comprend. Et tu ne veux pas le dire à Steve ? Tu te rends compte qu'il risque de l'apprendre en te voyant à la télévision ?

Je regarde le plafond le temps de réfléchir à sa remarque.

— Oui, c'est vrai mais je crois que c'est la seule manière de lui provoquer un électrochoc. Peut-être qu'en me voyant sur son écran jugée par des professionnels, ça l'aidera à considérer ma démarche plus sérieusement.

Je laisse passer une seconde de silence avant que le doute m'envahisse à nouveau et que je panique :

— À moins que les juges me disent que je n'ai aucun talent et que je chante comme une vache asthmatique. Là, Steve pourra ricaner en me pointant du doigt comme Gargamel. Il me forcera à travailler dans sa banque et je finirai complètement dingue. Je chanterai sous la douche, pendant les réunions de travail, puis je ferai une crise de nerfs et je terminerai dans un asile en me prenant pour Madonna.

— Tu es pathétique !

— Pathétique ou réaliste ?

— On le saura le 25 juillet.

Nous nous sourions. Leïla saisit son agenda et colle un grand cœur sur la date du 25 juillet :

— Voilà, comme ça je n'oublierai pas cette date où ton destin changera à jamais. Bon, je te laisse, je dois terminer un script. Je croise les doigts !

— D'accord, on se reparle bientôt. Moi, je vais répéter ma chanson et demain je vais écumer les rues de Montréal à la recherche d'un boulot. Souhaite-moi bonne chance !

— T'es la meilleure, je sais que tu y arriveras.

Un dernier sourire, puis nous raccrochons. Le cœur plus léger grâce au soutien indéfectible de ma meilleure amie, je vais chercher ma guitare, m'assieds bien droite sur le canapé et commence à jouer les premiers accords d'*If you knew*. Les yeux fermés, me laissant porter par la mélodie mélancolique, je me mets à fredonner doucement. Soudain, mes doigts s'immobilisent sur les cordes et je laisse la puissance de ma voix remplir la pièce. Ma peau se couvre de chair de poule tandis que je chante ma composition a cappella. Je sens les notes naître au plus profond de mon ventre et de mon cœur avant de s'épanouir dans ma gorge et de résonner dans ma bouche.

Je donne tout ce que je peux. Quand je termine le dernier refrain, j'ai les larmes aux yeux. Cette chanson représente ma lutte pour mon rêve, le combat d'un être humain pour vivre dans une société qui n'est pas faite pour les artistes.

Après deux heures de répétition, je m'arrête, range mon instrument dans son étui, caresse son bois brillant du bout du doigt et murmure avec émotion :

— Un jour, on y arrivera. Un jour…

Les mots s'étranglent dans ma gorge. J'ai parfois l'impression de me battre contre l'univers entier. Au son des clés dans la serrure de l'appartement, je me tourne vers la porte d'entrée. Il est déjà tard et la nuit est tombée sans que je le remarque. Je remets mes cheveux en place, bloque quelques mèches derrière mon oreille et claque le rabat de l'étui. La porte s'ouvre sur Steve qui me sourit en me voyant assise sur le canapé.

— Coucou, ma chérie, tu en profites pour te reposer ? Tu as raison mais sache que ça ne va pas durer. J'ai parlé à Drew, le DRH, tu pourrais venir faire un essai la semaine prochaine. Une employée vient de donner sa démission, elle prend une année sabbatique pour aller faire le tour du monde. Il faut être complètement inconscient pour faire une chose pareille. Quand on a un boulot stable, on ne le quitte pas pour une lubie, si ?

Je gigote sur le canapé pour placer ma jambe sous mes fesses.

— Elle en retrouvera un en rentrant. Le boulot ne représente pas la seule raison de vivre. Du moins, pas pour tout le monde… Certaines personnes ont besoin de faire des expériences et de vivre pleinement leur vie pendant un temps.

Steve ne dit rien, il retire son manteau qu'il suspend à un cintre, enlève ses chaussures, pose sa mallette avec les mêmes gestes que tous les soirs. Je le regarde faire en me demandant si cela le perturberait que je déplace sa mallette parfaitement parallèle à ses souliers vernis.

Il s'approche de moi, m'embrasse rapidement en s'asseyant à mes côtés sur le canapé et me sourit comme à une enfant :

— Tu sais, la valeur du travail est importante pour moi…

— Elle l'est pour moi aussi.

— Tu conviendras que ce n'est pas très ambitieux de travailler dans une boulangerie.

— Mon ambition n'est pas de travailler dans une boulangerie, Steve. Mon ambition c'est juste… d'être heureuse et ça passe par la musique. Pourquoi faut-il toujours tout ramener au travail rémunéré tel qu'il est vu par la société ? Ton travail te rend heureux et je suis contente pour toi, vraiment. Mon job à moi me permet de faire de la musique sans me préoccuper du reste. Ma priorité, c'est la musique. Tu sais, des gens sont payés pour ça aussi même si c'est plus rare et plus difficile.

Voilà, c'est dit. Steve m'embrasse le front et continue de me regarder :

— J'adore jouer au foot mais je ne veux pas en faire mon métier.

— Je ne savais pas que tu avais fait des études de foot, Steve.

C'est moche, je deviens cynique. Je continue :

— J'ai consacré cinq ans de ma vie à étudier la musique, à comprendre pourquoi tel accord fonctionne avec tel autre, à jouer avec les sons et les notes pour composer des chansons qui parlent à l'âme humaine… je…

Les mots suivants provoquent une vive émotion qui me fait murmurer :

— J'en viens à me demander si tu peux comprendre tout ça.

— En effet, j'ai du mal à comprendre les idéalistes qui n'ont aucune chance de satisfaire leurs ambitions irréalisables. Comment réagirais-tu si je te disais tout à coup que je veux devenir écrivain ?

— Je trouverais ça fantastique ! Je lirais tous tes chapitres et je te donnerais mon avis. Je vois où tu veux en venir par rapport à la réalité et à l'argent. Mais on pourrait travailler à temps partiel tous les deux et consacrer le reste du temps à la création. Ce serait tout à fait envisageable.

— Super. On vivrait dans un appartement minable, on mangerait des pâtes sans jamais aller au restaurant. En gros, on serait pauvres.

— On aurait moins de moyens mais on serait heureux. Si tu voulais écrire comme je souhaite composer, tu n'aurais même pas le choix. C'est ce que je suis, Steve, au plus profond de moi. La musique, c'est ce qui donne un sens à ma vie, un sens à ma présence ici.

Il me lance un de ses regards empreints de sévérité et de lassitude qui me crèvent le cœur, puis se lève sans répondre. Je l'entends entrer dans la salle de bains et enclencher la douche.

Le regard dans le vide, soudain frissonnante, je serre mes bras autour de ma taille. J'ai froid, et l'impression d'être plus perdue que jamais à des milliers de kilomètres de chez moi.

Ce soir-là, nous avons mangé chacun les yeux rivés sur nos assiettes respectives avec le bruit de la télévision pour tromper le silence qui emplissait la pièce. Sans échanger un mot, nous nous sommes endormis chacun de notre côté dans notre grand lit froid.

Quand je me réveille à 7 h 30, Steve est déjà parti au travail. Je ne sais pas si je suis soulagée ou non par son départ matinal. Je n'arrive parfois plus à faire la différence. Tout ce que je sais, c'est que j'ai fini par m'habituer à la situation et je me demande vraiment pourquoi.

J'enfile un pantalon brun et une petite veste bleue qui me donne un côté sophistiqué et professionnel sans en faire trop, attache mes cheveux en queue de cheval et attrape la pile de CV et de lettres de motivation que j'ai préparés, avant de quitter l'appartement.

Quatre heures plus tard, c'est la désillusion. J'ai démarché près de quinze boutiques, boulangeries et restaurants, sans succès. Je soupire en regardant le Saint-Laurent couler tranquillement devant mes yeux et serre mes doigts autour de mes documents en hésitant à les balancer à l'eau. Et moi avec.

J'ai atterri dans le vieux Montréal sans vraiment m'en rendre compte. Les petites ruelles me rappellent Lausanne et je m'engouffre dans la rue Saint-Jacques Ouest à la suite d'une calèche tirée par un cheval blanc qui transporte un couple de touristes aux airs émerveillés.

Abattue et déprimée par les refus essuyés depuis ce matin, je m'accorde une pause. J'ai besoin de café et d'un en-cas sucré à dévorer pour reprendre des forces. Je m'arrête devant une devanture rose bonbon « Sweet Cuppins » et pousse la porte du petit magasin de cupcakes. La décoration girly et les murs sur lesquels sont accrochés des tableaux représentant des cupcakes, l'odeur des gâteaux, de la cannelle et du café me réconfortent tout de suite.

— Salut, tu vas bien ?

Je souris à la dame au visage rond et jovial qui se tient derrière le comptoir des pâtisseries colorées. La cinquantaine, des cheveux châtains bouclés et des yeux bleus doux comme le ciel, elle porte une jupe ample et colorée. Ses pommettes saillantes et son nez légèrement retroussé lui donnent un air lunaire des plus sympathique même si son regard trahit un caractère affirmé. Impossible de résister au sens de l'accueil des Québécois et à leur familiarité. Consciente que la question est rhétorique et que je ne suis pas censée lui répondre, je lui confie pourtant en m'écroulant avec mes CV et mes lettres de motivation sur le comptoir :

— J'ai connu mieux…

— C'est quoi tous ces papiers ?

— Je cherche du travail.

— T'as perdu ton job ?

— En fait, je viens d'arriver ici pour suivre mon copain qui a été muté.

— Oh ! tu dois être bien en amour avec ton chum pour l'avoir accompagné jusqu'ici.

— En amour ? Oh, c'est comme « in love » ? Oui, je suis amoureuse…

— Ça n'a pas l'air d'aller, pourtant. Faut pas se morfondre pour ça ! Qu'est-ce que je te sers, ma jolie ?

— Je vais prendre un carrot cake, un cupcake au chocolat et glaçage vanille, et un cookie aux noix de pécan. Ah ! et un machiatto. Merci !

Je vais m'installer à une petite table au fond de la pâtisserie et m'assieds près de la fenêtre en soupirant. Quelques instants plus tard, la gentille vendeuse m'apporte ma commande en équilibre sur son plateau qu'elle tient d'une main.

— Voilà, ma douce, dit-elle en posant son chargement une assiette après l'autre.

Une fois qu'elle a tout installé devant moi, elle ajoute :

— Montre-moi un peu ça.

Elle saisit mon CV et l'étudie en plissant les yeux. Moi, j'enfourne déjà un gros morceau de cake dans ma bouche. J'en ai besoin ! Je mâchouille le plus vite possible, avale goulûment et attrape le cupcake pour en arracher la moitié d'un coup.

— Tu cherches quoi comme job ?

Je lève les yeux sur elle et essaie de parler. Malheureusement, je projette des morceaux de cupcake en même temps – ce qui n'est pas très vendeur pour une femme qui cherche à séduire un employeur potentiel. Oups. Une fois ma bouchée avalée, je peux enfin lui préciser :

— J'ai travaillé dans une boulangerie, j'adore le pain chaud, le contact avec les gens, les pâtisseries, les douceurs en tous genres…

Un rire guttural provient de sa gorge et elle me regarde, les yeux pétillants :

— T'aimes te sucrer le bec ?

Je la regarde comme si elle venait de se transformer en flamant rose qui proférerait l'alphabet en rotant sous mes yeux. Elle attend une réponse de ma part là ? Oui ou non ?

— Euh… oui…

Je ne sais pas si cela répond à sa question mais elle a l'air contente puisqu'elle s'assied en face de moi pour continuer à discuter :

— Je m'appelle Diane, j'ai fondé Sweet Cuppins il y a six ans et je cherche quelqu'un pour m'aider à tenir la boutique, préparer les cupcakes et servir au comptoir. T'as de la drive ?

Je ne sais pas exactement ce que signifie avoir de la drive mais j'imagine qu'une fois encore je dois répondre par l'affirmative :

— Absolument !

— Great ! Tu peux commencer demain ?

Je hoche la tête frénétiquement, évite de m'étouffer avec la nouvelle bouchée que je viens d'engloutir et regarde Diane avec reconnaissance. Je crois que je viens de trouver un job !

Dès que j'arrive dans l'appartement, je retire ma veste bleue tout en annonçant gaiement à Steve que j'entends s'activer en cuisine :

— Mon amour, je viens de trouver du travail !

Je retire ensuite mes ballerines tout en continuant mon histoire :

— Si tu voyais cette petite boutique dans le vieux Montréal, elle est tellement jolie ! Et elle sent tellement bon ! On dirait qu'on respire de la cannelle et du citron en permanence, c'est juste… merveilleux. On dirait un lieu de conte de fées, une petite échoppe magique destinée à rendre les gens heureux !

Mais quand je vois la tête de Steve apparaître, ça n'a pas l'air merveilleux du tout. Pire, sa mine m'inquiète et il me regarde comme si j'avais tué sa mère en lui fracassant ma guitare sur le crâne :

— Je n'ai pas tué ta mère avec ma guitare !

— Hein ?

Je n'y peux rien si je dis n'importe quoi, il me déstabilise quand il me regarde comme ça.

— Tu te fiches de moi, Mél ?

Je ne comprends pas. Quelle mouche du Québec a bien pu le piquer ? Il éclaire ma lanterne en poursuivant par un long monologue à un niveau de décibels bien au-delà de mon seuil de tolérance :

— Tu vas de nouveau bosser dans une boulangerie ? Tu vas de nouveau servir des gens ? C'est tout ? Et la banque ? Enfin, fais quelque chose pour que je sois fier de toi, merde. Qu'est-ce que je suis censé dire à mes collègues ? Que ma copine est vendeuse en boulangerie ?

Là, c'en est trop et je le coupe en lui lançant un regard noir :

— Que ta copine est compositrice-interprète, Steve. Qu'elle joue du piano et de la guitare et qu'elle a composé son premier menuet quand elle avait neuf ans. Et qu'en attendant que ça marche, elle travaille dans un très beau magasin de cupcakes. Elle s'assume et elle se donne les moyens de réussir. On n'habite pas ici depuis longtemps, mais j'ai l'impression que les Québécois n'ont pas la même mentalité que les Suisses. Ici, il n'y a pas ces jugements de valeur à la con. Les gens t'acceptent comme tu es… et tu devrais faire de même.

— Tu vis vraiment dans un monde de Bisounours. Putain, c'est dingue.

— Ne sois pas vulgaire, Steve, c'est moche et c'est indigne d'un contrôleur de gestion comme toi.

Ma réplique lui coupe le sifflet. Et oui, je suis devenue maître en désamorçage de disputes. Je l'ignore et me dirige vers la chambre d'ami pour répéter mes chansons. Tant pis s'il se plaint dans son coin en grognant que je suis une rêveuse, je dois penser à mon avenir et éviter de lui donner le pouvoir de me démoraliser.

Après avoir travaillé pendant deux heures, puis raconté ma journée par mail à Leïla, je décide de regarder le sport. Pour parfaire mon éducation québécoise, j'ai commencé à visionner des anciens matchs de hockey sur Internet puisque la saison n'a pas encore commencé. Je m'époumone devant ma télé quand Steve travaille tard en hurlant : « Go habs, go ! » Et je regarde des vidéos de Patrice Lemieux sur Internet. Je dois me concentrer et plisser les yeux pour comprendre ce qu'il dit mais il me fait mourir de rire !

Par contre, je commence à stresser pour l'audition. Je n'ai toujours rien dit à Steve et le jour J approche à grands pas…

# 4

# SWEET CUPPINS

*Diane*

Je passe un doigt sur la couverture épaisse, la gorge serrée. *Le Vicomte de Bragelonne* trône sur la bibliothèque depuis des mois. La poussière qui le recouvre témoigne du temps qu'il a passé sur l'étagère sans être lu, sans être touché, sans être feuilleté. Abandonné.

C'était son roman préféré.

À cette pensée, je réprime l'envie de pleurer qui me tiraille chaque fois que je viens dans cette pièce et que je pense à lui. Toujours la même émotion, cinq ans plus tard. La blessure ne se referme pas. Rien à faire. Une plaie à vif. Béante. Profonde. Cinquante-cinq ans et je suis toujours incapable de contrôler mes émotions.

Tu es ridicule, Diane.

Je repose le roman, essuie la larme qui vient de rouler sur ma joue et quitte le bureau et la grande bibliothèque pour aller me coucher et vite éteindre cette tristesse, tout oublier dans le sommeil.

Pourtant dans mon lit, impossible de me laisser aller au repos. Il me manque tant. Et je me sens terriblement seule. Les sentiments de colère, de tristesse et de solitude que je ressens depuis son départ ne me quittent pas malgré mon tempérament plutôt joyeux et mon amour de la vie.

Depuis cinq ans, je me suis enrobée d'une douce couche de rembourrage physique pour parer aux épreuves. Les cupcakes que je fabrique avec amour m'ont réconfortée dans mes moments les plus sombres, leurs paillettes et leur crème onctueuse m'ont redonné le courage qui me manquait pour affronter le quotidien.

Mais aujourd'hui, l'arrivée de cette jeune Suissesse dans ma boutique m'a fait du bien, ravivant une flamme de joie, une pétillante étincelle que je pensais éteinte à jamais. Je n'ai même pas réfléchi, je l'ai engagée tout de suite. Le cœur a ses raisons…

Je me redresse dans mon lit, tends le bras jusqu'à l'interrupteur et allume ma lampe de chevet. Bien calée dans mes coussins, je saisis la pile de lettres qui repose à côté de mes livres et en choisis une. Les enveloppes craquent, le ruban bruisse.

C'était la deuxième qu'il avait rédigée. Lentement, comme si le papier était le parchemin le plus précieux du monde, j'ouvre l'enveloppe et sors la lettre que je déplie avec soin.

Avant même d'avoir lu la première phrase, je sens des larmes naître au coin de mes yeux et je serre les dents. Mon cœur est en miettes. Pourquoi le passé me semble encore si présent, si douloureux ? Le goût de la trahison et de l'incompréhension envahit ma bouche.

*Montréal, 27 janvier 2010*

*Ma chérie, mon amour.*

*Pardonne-moi mes secrets. Pardonne-moi mon silence.*

*C'est le seul moyen que j'ai trouvé pour te protéger. Je ne sais pas quelle est la bonne solution.*

*J'ai peur. J'ai peur de te manquer si fort que tu n'arrives plus à avancer.*

*J'ai peur que tu me haïsses alors que je t'aime tant.*

*Je n'ai jamais eu ton talent pour gérer les choses de la vie. En t'écrivant ces lettres, j'aimerais que tu comprennes ce regard vague que je lance parfois à travers la fenêtre. Sache que je pense à toi. À nous. Et à cette vie parfaite que nous avons eu la chance de mener côte à côte.*

*Je t'aime.*

*J'ai failli à ma promesse de prendre soin de toi jusqu'à la fin. Ne m'en veux pas…*

*Charles*

Comme si des milliers d'aiguilles me transperçaient le corps, je me tords de douleur puis range la lettre pour ne pas l'abîmer de mes larmes, pour la relire encore une fois, pour garder un morceau de Charles, pour ne pas totalement mourir de l'intérieur. Je me recroqueville sous les couvertures et me laisse aller à mon chagrin, secouée de sanglots, avant de m'endormir.

Quand j'arrive à la boutique, le jour est déjà levé. Il fait doux et le soleil brille. Mélissa devrait arriver à 7 h 30 pour faire le tour du propriétaire avec moi et se familiariser avec les tâches à accomplir.

Alors que j'entre dans la cuisine pour organiser les préparations du jour, je regarde la photographie accrochée au-dessus du plan de travail et qui représente la boutique à ses débuts. J'y trône devant un petit four, un fouet à la main, les cheveux noués en un chignon d'où s'échappent des mèches folles, et arborant un sourire jusqu'aux oreilles. C'est Charles qui a pris cette photo. L'image du bonheur.

Mon mari m'a soutenue pour monter Sweet Cuppins il y a six ans. Il a toujours été là, à m'encourager, à me soutenir, à me porter à bout de bras. Nous passions des week-ends entiers dans notre cuisine du plateau de Mont-Royal à fabriquer des gâteaux au chocolat, au sirop d'érable, à la vanille et à monter des crèmes au beurre et au cream cheese parfumées au citron et à la framboise. À rire pendant des heures entières. Il était ma vie. Mon rêve. L'amour avec un grand A. Mon tout.

— Bonjour ! Il y a quelqu'un ?

La voix de Mélissa me tire de mes souvenirs. Je lisse ma robe mauve, ferme un court instant les yeux pour me défaire de ce passé qui me colle au corps et au cœur, puis je me dépêche de retourner vers le comptoir pour l'accueillir. Sa jolie bouille et ses yeux pétillants me donnent le sourire, je ne peux pas m'empêcher de la recevoir avec une étreinte chaleureuse.

Les cheveux attachés en queue-de-cheval, elle porte un jean et une chemise rose pâle avec un cache-cœur en laine blanc. Avec un sourire, elle me tend un petit sac et m'explique :

— C'est du chocolat suisse.

— T'es mignonne. Quelle gentille attention. Merci !

Je jette un coup d'œil à l'intérieur et y aperçois des plaques de chocolat au lait, aux amandes et aux noisettes, et différents types de chocolat noir et blanc. Mon cerveau s'emballe déjà et vogue vers des idées de recettes de cupcakes au chocolat suisse. Éclats de Toblerone, amandes torréfiées, douceur de lait, onctuosité de la crème de noisettes, amertume du cacao.

Mélissa m'observe, les yeux malicieux, comme si elle devinait ce qui se déroule dans ma tête. Je reprends mes esprits et lui tends un tablier aux motifs de cerises avec le nom du magasin brodé dessus, identique au mien. Elle le passe agilement par-dessus sa tête avant de l'accrocher derrière son dos, puis me regarde comme si elle attendait la suite.

— Viens, ma douce, je vais te montrer la cuisine.

Je l'entraîne alors derrière le comptoir dans la grande pièce où je cuisine cakes, cupcakes et autres cookies. Mon antre. Ma caverne d'Ali Baba. Les étagères débordent de livres de pâtisserie, des ustensiles de cuisine aux couleurs flashy, fouets, moules et cuillères sont accrochés au mur et les placards tantôt roses tantôt en bois naturel que j'ai peints avec Charles regorgent de bols, tasses fantaisie et vaisselle. J'expose leur contenu à ma nouvelle employée afin qu'elle sache où trouver les assiettes et les verres pour servir les clients. Des plaques de cuisson, deux grands frigidaires et deux fours complètent la pièce.

Une fois que j'ai fait le tour avec elle, je l'emmène dans la réserve où j'entrepose le matériel, puis nous retournons dans la partie publique du magasin où je lui montre comment fonctionne la machine à café. Machiatto, latte, cappucino, expresso, tout y passe.

Nous passons ensuite à la vitrine de cupcakes et je l'initie à l'art de disposer les gâteaux pour donner envie au client. Elle s'avère d'ailleurs très douée et pleine d'enthousiasme. Puis je lui propose, en montrant la cuisine d'un coup de tête :

— Viens, on va aller pâtisser un peu et je vais te dévoiler comment confectionner des cupcakes cochons !

— Cochons ?

Je souris, il va falloir que je lui enseigne le québécois à cette jolie pitoune.

— Cochon, ça veut dire délicieux, gras et sucré ! Tout ce qui est bon.

— Oh ! chouette, allons préparer ces pâtisseries cochonnes !

Nous rions et gagnons la cuisine où je lui montre les recettes du jour et le cupcake mis à l'honneur cette semaine : le caramelito au caramel et beurre salé.

À la fin de la journée, Mélissa passe la serpillère dans la salle pendant que je lui prépare une sélection de cupcakes invendus. Je les emballe dans une boîte à l'enseigne du magasin, ajoute quelques cookies et empile le tout dans un sac que je pose sur la table près de l'entrée.

— Ma pitoune, tu emporteras ça chez toi, pour le dessert !

Elle revient vers moi et entrouvre le sac, un petit sourire en coin.

— Oh ! Diane, merci ! On va se régaler avec mon chéri. Je me réjouis de goûter à ces délices. Enfin, ceux que je ne connais pas encore…

Elle me fait un clin d'œil. En effet, je lui ai fait tester presque toutes les sortes de cupcakes de la boutique pour qu'elle puisse en parler aux clients. Et aussi pour lui faire plaisir parce que j'ai bien vu que c'était une grande gourmande.

Elle semble un peu pensive et ajoute :

— Mon Dieu, je vais devenir énorme si je continue à engloutir toutes vos merveilles !

— Arrête de me vouvoyer ! Tu me fais-tu passer pour une vieille dame !

— Non, non, pas du tout ! C'est juste qu'en Suisse on n'a pas l'habitude de tutoyer son patron, vous voyez.

— T'es au Québec maintenant, alors il faut te plier aux coutumes ! D'accord ? C'était pas trop tannant cette journée ?

— C'était super, Diane. Votre… euh… ta boutique est vraiment magique. Je m'y sens un peu comme chez moi avec toutes ces odeurs appétissantes et ces couleurs qui mettent de bonne humeur. Sweet Cuppins est un endroit vraiment agréable avec son ambiance chaleureuse et douce. Elle te ressemble…

Émue par ses mots, je lui souris tendrement. Après ces années à gérer le magasin toute seule, je me rends compte que la présence de cette jeune fille me fait un bien fou.

Elle adoucit l'absence. Le manque. La douleur.

Mélissa qui, j'ai pu l'observer durant la journée écoulée, est particulièrement consciencieuse, a terminé de passer la serpillère et nettoie pour la troisième fois le plan de travail.

— Arrête donc d'astiquer la cuisine, elle est plus propre qu'un nourrisson qui sort du bain. Va retrouver ton amoureux. Allez, ouste !

Elle pose son chiffon et me fait un grand sourire avant de dire avec un enthousiasme sincère :

— Merci pour cette belle journée, j'ai beaucoup appris et j'adore ta boutique !

— Bienvenue !

Je l'escorte jusqu'à la sortie, lui tends le sac qui contient les cupcakes et lui ouvre la porte. Elle sort et se retourne vers moi pour me lancer :

— À demain, Diane.

— À demain, Mélissa.

# 5

# GIFLE SUR LE MONT-ROYAL !

*Mélissa*

Cela fait près d'un mois que nous avons emménagé à Montréal et je ne vois presque plus Steve. Il rentre tard et part tôt. De mon côté, je travaille souvent chez Sweet Cuppins le samedi, du coup nous ne faisons que nous croiser à l'appartement. Nous n'échangeons que des banalités et nous n'avons pas fait l'amour depuis plus de trois semaines. Autant vous dire que j'ai le corps en feu ! Et surtout, au-delà de la solitude du corps, il y a celle de l'âme. Je me sens seule. Loin de tout ce que je connais. Loin de tous mes repères. Loin de l'homme que j'aime et c'est ce qui me fait le plus mal.

Pour nous retrouver, nous avons décidé de faire une longue balade sur le Mont-Royal ce week-end. Steve m'a dit qu'il voulait me parler et j'ai peur qu'il insiste sur cette histoire de job à la banque.

Il est samedi matin, les oiseaux chantent, l'air est tiède, l'atmosphère douce. Nous sommes à la moitié du mois de juillet et la température estivale est agréable, les arbres et la végétation luxuriants. Les écureuils dansent dans les arbres, Steve me tient mollement par la main et moi j'évite de le regarder de peur de m'engager dans une discussion houleuse sur mes ambitions.

Après plus de quarante-cinq minutes de marche en silence, nous sommes arrivés en haut de la colline et nous observons le panorama qui s'étend sous nos yeux. La ville, les immeubles et les gratte-ciel représentent un paysage inédit pour moi et je suis totalement béate devant le spectacle. Je m'exclame en mettant enfin un terme à notre absence de discussion :

— C'est magnifique !

J'ai presque envie de le serrer dans mes bras pour partager enfin quelque chose avec lui. Mais Steve ne dit rien. Pire, il regarde le sol. Alarmée, je fronce les sourcils et plisse le front avant de murmurer :

— Steve ? Steve, ça va ?

— En fait, je ne sais pas…

Mon sang ne fait qu'un tour avant de se glacer. Boum, boum, boum. Mon cœur bat la chamade. Mes mains deviennent moites. Une goutte de sueur naît sur ma tempe et je sens de la transpiration couler dans mon dos. J'avale ma salive et cherche son regard, complètement affolée, j'ai peur de ce ton qu'il vient d'utiliser, je pressens la claque, je vois la catastrophe arriver et, pourtant, je suis incapable de prononcer un mot ou de lever le petit doigt. Tout mon corps est gelé. Puis je me reprends, avale ma salive, serre les poings et réponds d'un ton où perce la panique :

— Qu'est-ce que tu ne sais pas ?

Une seconde de silence de trop s'écoule. Je m'écrie :

— Steve !

Il se racle la gorge avec un son qui me rappelle le bruit d'une pelle à neige sur le béton et répond enfin dans un souffle :

— Je crois que nous ne sommes pas en phase.

J'ai presque envie de rire. Ce n'est pas un scoop. Il continue sans voir que je retiens un fou rire empli de cynisme.

— Je pense qu'on devrait faire une pause.

J'écarquille les yeux devant sa lâcheté et ne peux m'empêcher de répéter :

— Une pause ?

— C'est ça… enfin, qu'on arrête de se voir pour comprendre ce qu'on veut vraiment dans la vie, qu'on puisse se concentrer sur nos carrières.

— Je rêve ou tu es en train de rompre avec moi ?

Si je ne sentais pas cette rage au fond de moi prendre toute la place dans mon corps, je crois que je fondrais en larmes. Mais, au lieu de pleurer, je m'entends hurler de toutes mes forces, trop énervée par la bêtise et l'égoïsme de Steve :

— Putain, Steve, on est à Montréal ! Au Québec ! Tu te rends compte que j'ai tout quitté pour venir ici ?

— Tu peux peut-être rentrer en Suisse le temps qu'on réfléchisse chacun de notre côté ? On ne rompt pas, on fait juste un break dans notre relation.

— Nous n'avons même plus d'appartement, ma meilleure amie est en Californie avec son homme et mes parents ont déménagé dans le sud de la France ! Je n'y crois pas !

Tout ce qui me vient à l'esprit à ce moment-là, ce sont des gros mots :

— Tu sais quoi, Steve ? Tu n'es qu'un sale con égoïste et aveugle !

Là, je lui balance la gifle la plus magistrale dont je suis capable, écrasant de toutes mes forces ma main sur sa joue. Il porte ses doigts à sa pommette, avec le regard étonné de l'homme qui n'a pas l'habitude d'être confronté à la rage de sa compagne. Normal, je suis d'un naturel plutôt calme et il faut une bonne dose de bêtise pour me mettre en rogne.

Une fois l'accès de haine passé, j'ai du mal à réaliser ce qui vient de se passer. Vient-on vraiment de rompre ? Ce n'est pas possible. Même si je sentais au plus profond de moi que la situation n'avait pas d'autre issue, jamais je n'aurais cru que ma première histoire d'amour prendrait fin en pleine balade sur le Mont-Royal à des milliers de kilomètres de chez moi. Dans un pays où on ne dit pas voiture mais char et où le sirop d'érable se boit comme du petit lait. Dans un pays où on ne dit pas maïs mais blé d'Inde et où l'animal le plus commun n'est pas la vache mais l'orignal.

Je sens mon nez me piquer et des larmes naître au coin de mes yeux. Je conclus en lui faisant part de mon immense déception :

— Tu sais le pire, Steve ? Le pire, c'est que tu n'as jamais cru en moi. Pas une seule fois en cinq ans. Tu savais pourtant que ma vie tournait autour de la musique quand tu m'as rencontrée, mais depuis le début tu n'as pas cessé de me rabaisser, de me faire croire que j'étais folle et complètement immature de croire en mes rêves. Pas une seule fois tu ne m'as encouragée. Tu ne m'as même jamais… écoutée. Tu m'as brimée, tu as enterré mon ambition si profondément que j'ai commencé à douter de moi-même, de mon talent. Eh bien tout ça, c'est fini. Je suis enfin libre !

Je ris et j'ouvre les bras avant de tournoyer au milieu de l'esplanade.

— Je suis libre !

Entre le rire et les larmes je m'adresse à lui une dernière fois sur un ton presque trop joyeux pour la situation :

— Tu vas voir de quoi je suis capable, Steve. Crois-moi, ce sera pour bientôt.

Je lui tourne le dos et m'éloigne le plus vite possible de mon ancien amoureux, le cœur étrangement plus léger que j'aurais pu l'imaginer après une scène de rupture – pardon une « proposition de pause ».

Je file à l'appartement, rassemble mes affaires le plus vite possible (sans oublier mes réserves de nourriture helvétique), pose la clé de l'appartement sur la table du salon avec un pincement au cœur et me rends au centre-ville pour trouver un petit hôtel. Mes maigres moyens ne me permettront pas d'y rester longtemps, mais je me laisse au moins quelques jours pour digérer cet échec amoureux en regardant des émissions débiles et en me goinfrant de sucreries.

Je passe tout mon dimanche à regarder des épisodes de « On a raté ma chirurgie », à skyper avec Leïla et à me goinfrer de pancakes au sirop d'érable. Quand l'employé du room service m'a demandé si je ne souhaitais pas quelque chose de salé pour le souper en ajoutant que j'allais me transformer en sucre si je continuais à me sustenter de sirop, je me suis contentée de grogner. J'ai dû lui faire peur parce qu'il m'a apporté la bouteille entière en montant mes pancakes.

Le lundi matin, je suis dans un sale état quand j'arrive à 7 heures à la boutique. Après un rapide détour par la réserve, je saisis un chiffon pour nettoyer le comptoir. En arrivant dans la pièce, Diane me regarde pendant plusieurs secondes avec de grands yeux horrifiés :

— Bin alors, tu t'es pris une brosse, ma pitoune ? T'as le mal de bloc ?

J'écarquille les yeux avec l'impression que j'ai débarqué dans un pays où on ne parle pas le même français que moi. Ce qui est un sentiment très étrange, je vous l'avoue. J'identifie des mots qui sonnent comme ma langue maternelle sans pour autant parvenir à leur trouver un sens. Un peu comme si je disais « vache dans ta gorge ». Et que cela signifiait vraiment quelque chose. Je balbutie un très clair :

— Hein ?

Mais ce mot ne semble pas provoquer une quelconque explication de sa part. Elle continue de me fixer en attendant que je lui réponde. Alors je lui explique tout en me promettant d'aller vérifier dans mon livre *Le Québécois pour les nuls* ce que ses expressions signifient :

— Mon copain a plus ou moins rompu avec moi samedi.

— Il a quoi ? Il a breaké avec toi ? Viens, on va placoter un peu devant ma nouvelle recette de cupcakes au pain d'épices.

Elle m'entraîne vers un siège, disparaît quelques secondes à l'arrière de la boutique et revient en portant deux cafés et deux cupcakes surmontés d'une crème au beurre qui sent bon le citron. Elle place les boissons fumantes et les pâtisseries devant nous :

— Alors, qu'est-ce qui s'est passé, ma pitoune ?

Avant de commencer mes explications, je lèche un peu de crème au beurre. On sait tous que la crème possède des vertus apaisantes et qu'elle nous donne du courage, n'est-ce pas ? Le goût acidulé me pique la langue et le citron envahit délicieusement mon palais. Une fois la garniture avalée, je me lance :

— On se baladait sur le Mont-Royal, il faisait beau, il y avait même des écureuils qui jouaient dans les branches (vu la tête de Diane, ces détails sur les écureuils ne la passionnent pas autant que moi) quand il m'a dit qu'il voulait faire une pause parce qu'on ne se comprenait plus…

Elle fronce les sourcils et prend une bouchée de cupcake avant de reposer ses yeux sur moi :

— Qu'est-ce qu'il fait déjà dans la vie, ton chum ?

— Il travaille dans une banque. Et il voulait que j'y bosse, moi aussi. Mais je serais morte à petit feu si j'avais accepté sa proposition. L'univers de la banque, c'est beaucoup trop rigide et sérieux pour moi.

Je prends une gorgée de café et, tandis que je repose la tasse, hésite un instant à lui parler de la musique. D'autant plus que je suis venue avec ma guitare ce matin pour pouvoir répéter ce soir quand la boutique sera fermée. J'ai pris garde de la cacher dans la réserve pour que Diane ne tombe pas dessus. À force de jouer et de chanter une bonne partie de la nuit, j'ai peur de déranger les gens de l'hôtel. Il faut dire que les murs sont fins comme du papier à lettres. L'autre soir, j'ai entendu mon voisin demander à sa femme si elle préférait la fraise ou la banane et ce n'était pas pour faire une salade de fruits !

Diane me regarde et boit un peu de café. J'en profite pour continuer :

— Et il a plutôt mal pris le fait que je travaille dans une boutique de cupcakes…

— Il n'aime pas les pâtisseries ? Il faut être fou, non ?

— Je crois qu'il préfère les billets de banque.

Nous rions toutes les deux. Je tourne ma tasse entre mes doigts et pousse un soupir.

— Je crois qu'au fond, on ne s'est jamais vraiment compris. Notre relation était vouée à l'échec.

— T'as l'air de bien supporter la rupture, je trouve.

Je réfléchis quelques secondes à ce qu'elle vient de dire avant de lui répondre.

— Je suis triste de le perdre mais nos chemins de vie étaient totalement incompatibles. Je m'étais habituée à être avec lui, à le retrouver tous les soirs, à partager mon quotidien avec lui, tu comprends ? J'avais arrêté de me poser des questions. Et puis mes projets personnels ont ressurgi récemment avec plus de force que d'habitude. En fait, je crois que je suis déçue par moi-même. Déçue de m'être voilé la face pendant si longtemps.

— Il ne faut pas avoir de regrets, ma douce, je suis sûre que jolie et intelligente comme tu l'es, tu retomberas bien vite en amour.

— Oh ! je ne suis pas pressée, crois-moi. Je vais me contenter de m'occuper de moi et de tes délicieux cupcakes pour l'instant. D'ailleurs, tu me montres comment tu les fais, ces petites merveilles au pain d'épices ?

— Avec grand plaisir !

Nous terminons nos cafés et j'écrase mon doigt sur l'assiette pour récupérer les dernières miettes que je glisse avec délice dans ma bouche avant de suivre Diane dans la cuisine.

Une heure plus tard, je suis en train de garnir les cupcakes de crème au citron grâce à une poche à douille. La chaleur réconfortante du four et les odeurs de gâteaux qui embaument l'espace me remontent le moral. J'installe ensuite nos créations dans la vitrine du magasin à côté des cakes aux carottes et des cookies au chocolat. Qu'est-ce que c'est beau ! Je pourrais passer des heures à les regarder en sniffant comme une drogue les parfums sucrés.

Juste avant la fermeture, je m'approche de Diane qui astique la cuisine et saisis un chiffon avant de me mettre à ranger les ustensiles et les moules à gâteaux.

— Si tu veux, je ferme la boutique, Diane. Tu peux rentrer, je vais terminer.

— Tu es certaine ?

— Bien sûr, il n'y a aucun problème. Dès que le dernier client quitte la boutique, je fais la vaisselle et je ferme à clé.

— Merci, ma douce, tu es un ange. Je t'avoue que je suis fatiguée, une bonne soirée de repos ne me fera pas de mal.

— Alors file !

Elle me prend chaleureusement dans ses bras, fleurant encore la crème au citron, puis ramasse son sac et me lance :

— Et si tu déprimes, tu n'hésites pas à m'appeler !

— Merci, Diane, tu es adorable.

Elle me fait un clin d'œil, drape son foulard rouge autour de ses épaules et quitte Sweet Cuppins en sifflotant.

Dès que le client termine son cookie et son thé, je m'empresse de verrouiller la boutique, tourne la petite pancarte « fermé » sur la porte, termine la vaisselle, puis gagne la réserve.

Là, je sors ma guitare de son étui, m'assieds sur un tabouret haut et me chauffe gentiment la voix en faisant quelques gammes. Je fredonne *If you knew* une première fois. Une intro lente, un refrain rythmé, des couplets doux, puis une apothéose avec une explosion de notes plus hautes et une voix plus affirmée me donnent l'impression que cette chanson possède une palette complète de couleurs. J'aime vraiment ce titre. Il provoque tellement d'émotions en moi. Tout ce que je souhaite, c'est pouvoir enfin le partager avec le public. Ce qui sera bientôt le cas puisque l'audition est dans une semaine. Une semaine. Oh ! mon Dieu. ! Je vais mourir ! J'arrête de jouer quelques secondes et lève les yeux au ciel, une vague de stress envahit mon corps et me tétanise. Est-ce que j'ai raison de me lancer là-dedans ? Et si le jury détestait ma chanson ? Et si je me prenais la honte de ma vie devant des millions de gens ? Et si cette expérience un peu folle brisait mes rêves ? Qu'est-ce qu'il me resterait ?

Je ferme les yeux, respire plusieurs fois pour calmer les battements de mon cœur et recommence à jouer jusqu'au moment où j'entends un bruit venant de la porte d'entrée. Je me redresse, tous les sens aux aguets. Qu'est-ce qui se passe ?

Plus rien. Bon, je reprends une nouvelle fois la chanson et fredonne encore *If you knew*. Je dois être prête, je dois maîtriser parfaitement chaque accord, chaque mouvement de doigts, chaque note et chaque transition.

— Il y a quelqu'un ?

La voix de Diane, merde. Je m'arrête d'un coup et… je panique ! Il ne faut pas qu'elle me voie avec ma guitare. Comme je peux entendre de l'inquiétude dans sa voix, je crie pour la rassurer :

— C'est moi, Diane, je suis dans la réserve !

Je range précipitamment mon instrument dans sa fourre et le pousse sous un tas de pâte à sucre. Une seconde plus tard, Diane déboule dans la pièce en gesticulant et en parlant si vite que j'ai du mal à la comprendre :

— Câlisse, tu m'as fait une de ces peurs ! J'ai bien cru que des cambrioleurs avaient forcé la boutique. Qu'est-ce que tu trafiques ?

— Excuse-moi, je ne voulais pas t'effrayer. J'avais juste besoin de réfléchir et l'endroit dans lequel je loge est plutôt bruyant.

Elle regarde autour d'elle d'un air suspicieux, ce qui me donne une boule au ventre. Qu'est-ce qui lui arrive ? Elle soulève un carton, fait le tour de la réserve de décorations en sucre, puis finit par me demander :

— Tu n'as pas un poste de radio ou ton iPhone quelque part ? J'ai entendu de la musique quand je suis entrée. C'était un nouveau tube ? En tout cas, c'était vraiment beau. Et cette voix ! On aurait dit un ange.

Ses mots me touchent tellement que j'en ai presque les larmes aux yeux. Je lui souris et je finis par murmurer :

— Il n'y avait pas de radio et mon téléphone est dans mon sac…

Elle plisse les yeux et me regarde en fronçant les sourcils. Là, elle semble comprendre. Ses yeux s'agrandissent et sa bouche s'ouvre dans un cri muet. Puis elle lance, tout excitée :

— Oh ! mon Dieu ! Mélissa, c'est toi qui gazouillais comme ça ?

Je me grille en lui avouant la vérité ou je lui dis que les cupcakes ont soudainement appris à chanter ?

— Je… euh… j'aime bien chanter, oui.

— Mais tu es sacrément douée ! Il faut que tu en fasses quelque chose ! Tu ne peux pas laisser une si jolie voix dormir en toi sans en faire profiter le monde entier.

Je lui souris de nouveau, son enthousiasme me fait chaud au cœur. Du coup, je m'avance, tends la main et saisis l'anse de ma fourre de guitare pour la tirer jusqu'à moi. Je sors l'instrument délicatement, le positionne sur ma cuisse et recommence *If you knew* sous le regard de Diane. C'est la première fois que je partage ce titre avec quelqu'un de mon entourage. La seule fois où des auditeurs l'ont entendu, c'était en visionnant ma vidéo de casting pour le concours *Best Singer*. Les premiers accords résonnent dans la réserve et la musique envoûte tout l'espace de la petite pièce, emplissant chaque coin, flottant dans l'air. Je chante les yeux fermés, bercée par cette mélodie que j'ai mis plusieurs mois à composer, émue de jouer devant Diane.

Quand je termine le dernier refrain et que mes doigts frôlent les cordes dans un dernier accord, j'ouvre de nouveau les yeux et découvre que Diane presse doucement un mouchoir contre ses yeux et ses joues pour essuyer ses larmes. Elle murmure en serrant le carré de coton entre ses mains :

— Mélissa, c'était si beau. Je n'ai jamais rien entendu de si touchant. Cette voix cassée est bouleversante, déchirante. Tu possèdes un talent rare, tu sais toucher le cœur des gens…

J'ai espéré entendre ces mots toute ma vie. Les vocations artistiques apportent tellement de doutes qu'on cherche en permanence à être rassuré, à voir et trouver des signes qu'on ne se trompe pas et qu'on a raison d'y croire. Je lui avoue en levant les yeux sur elle :

— J'aimerais tellement que tu aies raison, Diane. La musique représente toute ma vie depuis que je suis petite. Je peux t'avouer quelque chose ?

Elle acquiesce et je continue, encouragée par la bienveillance que je peux lire dans son regard :

— Je me suis inscrite au casting de l'émission *Best Singer*. L'audition a lieu dans une semaine.

— C'est pas vrai ! Mais c'est fantastique ! Tu vas pouvoir faire découvrir ta chanson à la télé. Tout le monde regarde *Best Singer* ! Oh ! mon Dieu, j'ai embauché une future star de la chanson !

Je ne peux retenir un éclat de rire.

— Je ne suis pas encore sélectionnée, Diane. Et j'ai de plus en plus peur de me planter.

— Crois-moi, Mélissa, tu y arriveras. J'en suis persuadée.

— Merci pour ta gentillesse, ça me touche beaucoup. Bon, je crois que j'ai assez travaillé, je vais rentrer à l'hôtel.

Elle me regarde, l'air horrifié. Qu'est-ce qui lui arrive ? Est-ce qu'elle est en train de se dire que je ne chante pas si bien finalement et qu'elle regrette de m'avoir encouragée ? Est-ce qu'elle va me dire « ha ! ha !, c'était une blague, tu chantes trop mal » en riant comme la sorcière de Blanche-Neige ?

Mais non, elle me dit :

— Attends, ma pitoune, j'ai bien entendu… tu es vraiment à l'hôtel ?

— Oui mais je cherche autre chose parce que ça me revient beaucoup trop cher. Une coloc avec une étudiante ou un truc comme ça.

— Tu aurais dû me le dire plus tôt ! Tu vas ramasser tes affaires et venir habiter à la maison dès ce soir !

— Diane, non ! Je ne peux pas accepter ta proposition.

— Et pourquoi donc ?

— Parce que je ne veux pas te déranger.

Est-ce que je lui précise que je mange du Cenovis au déjeuner ?

— Toi, me déranger ? Pantoute ! J'adorerais que tu viennes vivre chez moi ! Tu pourrais jouer de la musique tous les soirs ! En plus, j'ai une jolie maison du côté du plateau. Et depuis cinq ans, elle est beaucoup trop grande pour moi.

La pointe de tristesse que j'entends dans sa voix me déchire le cœur. Elle ne me laisse pas le temps de lui poser des questions sur la raison de sa peine et ajoute :

— J'ai mon char juste dans la rue d'à côté. Je t'emmène à l'hôtel chercher tes affaires, puis on va chez moi et je te fais un bon pâté chinois. C'est OK ?

— C'est même bien plus qu'OK. C'est vraiment super, Diane, merci infiniment pour ton hospitalité. Tu n'auras qu'à retenir le loyer sur mon salaire.

— Le loyer ? Quel loyer ? Ne dis pas de fadaises, ma douce.

Elle pose son bras autour de mes épaules et nous rejoignons sa voiture dans la fraîcheur de la nuit.

La maison de briques rouges de Diane et très accueillante et chaleureuse. Le quartier animé regorge de petits cafés et de commerces. J'espère juste ne pas croiser Steve qui habite également le plateau, histoire de ne pas lui balancer en pleine figure le premier truc qui me tomberait sous la main (une poubelle, un chat ou un érable). Le grand salon comprend des canapés moelleux avec des coussins colorés, une cheminée qui crépitera les mois d'hiver, et une table basse en bois de chêne.

À l'étage, la maison compte trois chambres et un bureau avec des bibliothèques remplies de livres de Jane Austen et de classiques de la littérature. En me la montrant Diane reprend l'air nostalgique qu'elle arborait à la boutique. Ses traits s'affaissent et son regard s'évade quand elle m'avoue d'une voix douce :

— Mon mari adorait Alexandre Dumas, Flaubert et Victor Hugo. Nous passions des heures à lire au coin du feu, chacun plongé dans des univers différents. Moi, je suis plutôt Jane Austen. Ne te gêne pas pour te servir et lire tout ce que tu souhaites. Tu es ici chez toi.

Je la regarde avec un sourire, reconnaissante, même si je retiens les questions qui me brûlent les lèvres. Pourquoi parle-t-elle de son mari au passé alors qu'elle porte toujours son alliance ? L'a-t-il quittée ?

Après m'avoir montré ma chambre, une belle pièce avec du parquet, un lit double et un petit bureau, elle propose :

— Viens on redescend et on se boit un petit thé devant la cheminée. On va jaser et tu vas me parler de ton chum trop stupide pour te garder.

Je la suis dans les escaliers et m'installe dans le canapé en poussant un soupir de soulagement. Je dois avouer que je suis heureuse d'avoir quitté la chambre impersonnelle de l'hôtel pour un nid douillet et la compagnie de Diane. Je commençais à déprimer à force d'être toute seule.

— Et voilà, ma jolie ! Un bon thé parfumé.

Je lui lance un regard empli de reconnaissance et pose mes mains autour de la tasse qu'elle vient de me tendre pour les réchauffer. Malgré la température agréable, j'ai froid et je frissonne. J'espère que je ne suis pas en train de couver un vilain rhume ! Depuis que le concours approche dangereusement, j'ai une peur bleue d'avoir pris froid ou de contracter une angine qui me ferait chanter comme Gollum ou comme une vieille fumeuse (imaginez Yeta dans *Une nounou d'enfer*, voilà). Diane remarque mes reniflements et saisit un plaid qu'elle pose avec douceur sur mes pieds en l'arrangeant pour qu'aucun de mes orteils ne dépasse. Elle me fait penser à ma mère qui s'occupait de moi quand j'étais malade et je trouve son attitude adorable. Je ne peux m'empêcher de lui poser des questions sur sa vie personnelle :

— Tu as des enfants Diane ?

Elle recouvre mon gros orteil qui dépasse encore de la couverture puis s'enfonce dans le canapé, l'ai rêveur. Elle avale une gorgée de thé avant de me répondre :

— Malheureusement, non. Charles et moi n'avons jamais pu en avoir.

Il serait vraiment malvenu de lui demander pourquoi.

— Pourquoi ?

Je tourne la tête comme si cette phrase avait été proférée par quelqu'un d'autre. Flûte, je suis vraiment incorrigible. Elle me fait un petit sourire :

— La vie est ainsi faite, ma douce, on ne choisit pas toujours la manière dont elle se déroule.

J'avance ma main vers la sienne et la serre pendant plusieurs secondes.

— Tu aurais fait une excellente maman…

Elle me sourit et reprend une gorgée de thé. Je fais de même et réfléchis à ce qu'elle vient de me dire en regardant autour de moi. De nombreuses photos de Diane et de Charles sont accrochées au mur et témoignent du bonheur qu'ils ont dû vivre ensemble. Les regards amoureux qu'ils échangent sur les clichés me donne le sourire. Comme je ne veux pas paraître trop intrusive par rapport à Charles et à leur histoire passée, je lui demande :

— Et depuis Charles, tu as eu d'autres histoires ?

— Oh non ! Je n'étais pas prête à retomber en amour avec quelqu'un d'autre. Charles était l'amour de ma vie.

— Mais ça ne te manque pas de partager ta vie avec un homme ? De sortir au restaurant ? De passer du temps avec quelqu'un que tu aimes ? Tu n'as pas envie que quelqu'un prenne soin de toi ?

Après un court silence, elle regarde dans le vague, puis me répond :

— Oui… oui, je dois admettre que parfois j'aimerais de nouveau partager ma vie avec un homme. Pour rentrer et lui raconter ma journée, cuisiner ensemble en riant, faire de longues balades en revenant sur le passé et en évoquant le futur.

J'aimerais me rendre au bal organisé tous les mois dans le quartier, et qu'on me serre fort pour me réconforter quand je n'y arrive plus.

Ses mots me touchent tellement que j'en ai les larmes aux yeux. Mes reniflements lui font tourner la tête et elle attrape un mouchoir qu'elle me tend en me faisant des remontrances :

— Ah non, ne va pas t'apitoyer sur mon sort, là !

— Mais tu es une femme tellement douce, bienveillante et pétillante. Tu mérites d'être heureuse, Diane. Je le pense sincèrement. Tu ne peux pas continuer à t'enfermer dans ton quotidien comme tu le fais !

— Tu sais, je ne suis pas malheureuse. J'ai beaucoup travaillé et j'ai un peu oublié de vivre. Je me suis contentée du contact avec les clients et je me suis habituée à cette situation. C'est tout.

Ces mots s'ancrent en moi et tournent en boucle dans ma tête. Qu'est-ce que je pourrais bien faire pour l'aider ? Il faut que je trouve une solution pour la faire sortir de sa coquille et rencontrer quelqu'un. Je ne sais pas encore comment je vais procéder, mais je vais trouver quelque chose !

Le soir venu, dans ce nouveau lit grand et froid que je ne connais pas, j'ai une terrible envie d'envoyer un message à Steve. J'ai beau savoir qu'il n'est pas l'homme de ma vie, sa présence me manque. Le sentiment de sécurité que j'éprouvais avec lui malgré tout me manque et la solitude que je ressens loin de la Suisse et de mes repères me pèse. Je saisis mon téléphone et tente de rédiger un texto sympa, sans rancœur. Un texto adulte. Un texto mature.

*Steve, j'espère que tu te sens seul et que tu regrettes amèrement ta décision de faire une pause. Moi je vais super bien ! En fait, je me sens beaucoup mieux sans toi. Tout ce que tu mérites, c'est de t'étouffer avec du sirop d'érable. Ou avec des fèves au lard. Et tu mourras dans d'atroces souffrances. En puant la nourriture.*

Hum. Epic fail. J'ai beau dire que je prends bien cette rupture, le fait d'avoir été larguée comme une veille chaussette m'a fait du mal, égratignant un peu plus le peu de confiance que j'avais en moi. Je serre le téléphone dans mes mains et relis les lignes en grimaçant. Bon. J'efface le message et recommence à zéro. C'est plus sage.

*Coucou, Steve,*

*Je voulais juste prendre de tes nouvelles. Tout se passe bien à la banque ? Tu es content de ton job ? De mon côté, j'habite chez Diane, la gérante de la boutique où je travaille, et tout va bien.*

Satisfaite, j'envoie le texto, repose le portable à côté de moi et saisis *Orgueil et préjugés* de Jane Austen que j'ai pris dans la bibliothèque de Diane. Je lis la première page bien calée dans mes coussins, la couette sur les jambes. Le problème ? Je n'ai pas enregistré une seule ligne de ce que je viens de parcourir, trop préoccupée par la réponse de Steve qui tarde à venir. Mais pourquoi ne répond-il pas, lui qui a son téléphone greffé à la main vingt-quatre heures sur vingt-quatre ?

Après une heure de lecture passionnante (c'est-à-dire d'attente pendant laquelle je n'ai pas plus suivi l'histoire que pour la première page), je ne tiens plus et je décide de l'appeler.

Un, deux, trois sonneries. Rien. Alors que je m'apprête à raccrocher, une voix s'élève du combiné. Mais ce n'est pas la sienne. À moins qu'il ait décidé de jouer avec un ballon d'hélium. Tout en se travestissant. Ce qui est peu probable connaissant le potentiel comique de Steve.

— Allô ? répond une voix mielleuse.

Légèrement plus agressive que je ne l'aurais souhaité, je réplique :

— D'après ce que j'entends, vous n'êtes pas Steve.

Je me mords la lèvre. Bravo pour ta logique, Mél.

La pouffe glousse d'un rire cristallin qui me fait dresser les poils sur les bras. J'ai déjà envie de la trucider en la poussant sous un motoneige ou sous un caribou.

— Steve est occupé.

— À quoi ? À te mettre de la crème fouettée dans l'oreille ?

Sans répondre à mon interrogation que je juge des plus fondée, elle me raccroche au nez. Je rêve ! Se peut-il qu'elle n'ait pas compris ma question ? De rage, je jette mon téléphone à l'autre bout du lit en pestant : « Sale grognasse. »

À minuit, mon portable vibre. Un texto. J'ouvre les yeux, évidemment je ne dormais pas, trop préoccupée à ressasser mon histoire d'amour foireuse, et j'attrape le téléphone.

*Merci pour ton message Mélissa. Tu sais, si tu voulais bien être raisonnable et laisser tomber l'idée de vivre de la musique, je suis sûr qu'on pourrait s'entendre...*

Je ne sais pas si c'est la fatigue ou le stress du concours, ou peut-être tout simplement la bêtise de Steve, voire la grognasse qui a répondu plus tôt, mais je tapote sur les touches sous le coup de la colère (ce qui n'est jamais bon, vous en conviendrez) :

*Peut-être que, si tu ne t'amusais pas à mettre de la crème fouettée dans les oreilles d'une grognasse quelques jours après notre rupture, on pourrait s'entendre…*

J'appuie sur « envoyer ».

Et je le regrette aussi tôt. Mais il n'existe aucun moyen de rattraper ce genre de bourde, hein ? Merde, qu'est-ce que je viens de faire ? Qu'est-ce qui me prend de réagir comme ça ? Ce n'est pas du tout mon genre. La jalousie ? Connais pas. La rancœur ? Connais pas. Et puis ce n'est pas comme si je souhaitais reprendre ma vie avec Steve.

Une seconde plus tard, je reçois la seule réponse logique au message que je viens d'envoyer.

*De la crème fouettée ? Où ça ? T'es folle ? J'ai juste dîné avec une collègue pour parler d'un dossier.*

Je pousse un soupir et ferme les yeux. Je crois que je suis folle en effet. C'est la seule explication plausible à mon pétage de plombs. Je me sens perdue. Loin de tout. Dans un monde qui n'est pas fait pour moi. Tout mon corps me fait mal, le sens de la vie m'échappe et je sombre dans un sommeil léger et peuplé de cauchemars en rêvant de Steve qui me poursuit avec une bombe de crème fouettée.

# 6

# MAIS POURQUOI EST-IL LÀ !

*Mélissa*

C'est le jour J.

Le jour du grand casting.

Le jour où je vais passer devant le jury et me retrouver à la télévision devant des millions de téléspectateurs.

Le jour où tout peut changer.

Le stress et l'inquiétude m'ont empêchée de fermer l'œil et j'ai l'impression d'être un zombie.

Après avoir fixé le plafond pendant quarante-cinq minutes alors qu'il est à peine 7 heures du matin, et lu le texto que Leïla m'a écrit pour me souhaiter bonne chance, je décide de me lever. L'audition commence à 10 heures, j'ai donc le temps de répéter ma chanson une dernière fois. Je marche en direction de la salle de bains, tente d'éviter de penser au sol gelé alors que j'ai oublié d'enfiler mes chaussons et allume l'ampoule au-dessus du miroir. Je sursaute en apercevant une tête hirsute, des yeux cernés de noir et des cheveux qui ont l'air d'avoir subi les assauts d'un ouragan tropical.

Choquée par cette vision d'horreur, je me retourne d'un coup pour voir si une personne que je ne connais pas se trouve derrière moi pour m'étrangler ou me noyer dans le lavabo. Ce qui n'est pas le cas. Évidemment.

Je soupire et me passe de l'eau sur le visage avant d'entrer dans la douche avec le secret espoir qu'elle efface toute trace de fatigue de mon visage.

Quelques heures plus tard, je me retrouve dans les locaux de Play Record et plus précisément dans une salle remplie de musiciens rêveurs aux looks improbables. Si certains affichent une apparente décontraction, d'autres tapotent nerveusement du pied par terre ou essaient de se concentrer en écoutant de la musique, des écouteurs plantés dans les oreilles. De mon côté, j'ai l'impression que ma dernière heure est arrivée. Les yeux fermés, je mime les accords de guitare et répète mes paroles en boucle, « If you knew, if only you knew… ».

Après plus d'une heure d'attente, une voix interrompt ma répétition intérieure et j'ouvre les yeux, la peur au ventre.

— Mélissa Müller ? Numéro 178 ?

Est-ce que je fais semblant de ne pas être Mélissa ? Je croise les doigts sur ma poitrine pour cacher le dossard et son numéro 178 en lettres bleues. Je pourrais passer la journée dans la salle sans qu'on me remarque, non ? Je soutiendrais les autres candidats sans jamais me soumettre au jugement du jury. Je vivrais ma petite vie peinarde, ma guitare à la main et je…

Je sens qu'on me secoue. Hein ? Un mec aux dreadlocks et à l'allure hippie me fait un signe de tête. Zut, ma stratégie a échoué !

— Je crois que c'est à toi !

Il n'en fallait pas plus pour me tirer de mon délire. D'un bond, je m'élance vers la porte qui nous sépare du jury, remerciant au passage le candidat qui me sourit et me lance un « bonne chance », puis m'avance vers le responsable du casting qui vient de crier mon nom.

— Mélissa ?

— C'est moi !

— T'es ready ?

— Je sais pas trop là tout à coup…

Il se marre et me sourit.

— T'inquiète pas, ma pitoune, tu vas tous les faire capoter ! Faut pas avoir la chienne.

— Si tu le dis.

Je n'ai pas compris un traître mot de ce qu'il vient de me dire mais j'arrête de me demander pourquoi il me parle de sa chienne quand la porte s'ouvre devant moi et je vois les quatre jurés derrière leur pupitre.

*Si tu n'avances pas immédiatement dans leur direction, tu vas repartir dans l'autre sens en courant !*

Je prends donc mon courage à deux mains et me dirige vers le jury en serrant mes doigts sur ma guitare. Pour ne pas mourir d'angoisse, je me concentre sur le parquet. Du bois clair très joli d'ailleurs. Une fois devant les jurés, impossible de continuer à fixer le sol. Du coup, je lève la tête et les regarde en me forçant à sourire.

C'est à moi de jouer et je crois que je vais mourir. Je sens mon corps fourmiller, mes mains suinter comme si je les avais plongées dans une bassine de double crème de gruyère, mon cœur battre comme un roulement de tambour et mes jambes trembler comme si elles allaient ployer sous mon poids.

Parmi les stars qui se trouvent là, je reconnais Susanna Lighton, la chanteuse pop, Simon Monroe, le critique musical célèbre pour ses remarques acerbes, Julian Kutcher, le leader du groupe Air et… oh ! mon Dieu.

C'est là que je le vois. Ses yeux. Sa bouche. Sa petite cicatrice. Je frissonne.

Ah ! ah ! Si ce que j'avais sous les yeux ne me paralysait pas autant, j'aurais presque envie de rire. Je cligne des yeux plusieurs fois. Après tout, je ne suis pas très physionomiste, alors avec un peu de chance, je me trompe. Dites-moi que je me trompe ! Tout le monde a un sosie, non ?

Là, juste devant moi, je vois l'homme de l'autre jour. Celui qui m'a bousculée devant la maison de disques alors que je voulais caresser l'interphone.

Et accessoirement l'homme que j'ai accusé de me draguer lourdement.

Oups.

Mais qu'est-ce qu'il fiche ici ? Il me regarde en souriant, ce qui me fait pousser un léger soupir de soulagement. Il ne m'a probablement pas reconnue. J'exécute aussitôt une danse de la joie mentale. Un peu rassurée, je me lance alors et articule d'une petite voix, la bouche pâteuse :

— Bonjour !

C'est là que je le vois blêmir. Son regard pourtant doux et bienveillant au départ se durcit et il me regarde fixement d'un air sévère. Il répond d'un ton neutre un simple :

— Bonjour.

La jolie chanteuse blonde lui jette un regard étonné, puis me demande, enjouée :

— Comment tu t'appelles et qu'est-ce que tu vas nous chanter de beau ?

Je déglutis et essuie mes mains sur mon jean :

— Je m'appelle Mélissa et je vais vous chanter *If you knew,* une de mes compositions.

— Great, alors, Mélissa, nous t'écoutons !

Je lui souris, regarde le sol un instant pour me concentrer et éviter de faire une fixation sur les caméras qui capturent tout ce qui se passe de la scène, souffle doucement pour évacuer ce stress qui me ronge douloureusement le ventre, puis fais glisser mes doigts sur les cordes pour lancer le premier accord. Ma chanson s'élève alors dans la pièce et j'oublie tout ce qui m'entoure, mettant toutes mes émotions au service de ma compo.

On ne s'imagine pas qu'un destin peut basculer en trois minutes.

On ne s'imagine pas qu'un destin peut radicalement changer son cours grâce à une seule rencontre. Un seul rendez-vous. Une seule chanson.

On ne s'imagine pas que notre vie peut prendre un nouveau tournant en quelques secondes.

Tout perdre ou tout gagner.

Quand je termine ma chanson, la magie qui flottait dans l'air s'évapore tout doucement et je redescends sur terre. C'est là que je vois les têtes des jurés. Susanna, Simon et Julian m'adressent des regards appréciateurs. L'homme mystérieux ne laisse rien transparaître. Pourtant, c'est lui qui, après m'avoir lancé un regard sombre, lance le débat et dirige fermement la discussion :

— Alors, qu'est-ce que vous avez pensé de la performance de Mélissa ? Susanna, tu veux commencer ?

Il a prononcé mon prénom en accentuant chaque syllabe comme si le fait de le connaître après notre petite mésaventure l'amusait. Je n'arrive pas à détacher mes yeux de lui. Son regard rencontre le mien de nouveau et nous nous fixons quelques secondes avant que Susanna entame sa tirade :

— Wow, Mélissa, quelle voix ! Tu possèdes une signature vocale incroyable. J'ai beaucoup aimé ta composition et crois-moi, si tu as d'autres titres de la même qualité, tu iras loin ! Je m'en vais te donner un oui !

Je la regarde hébétée comme si ce qu'elle venait de me dire ne m'était pas destiné. Vient-elle vraiment de me dire tout ça ? Elle a bien dit Mélissa, je ne suis pas complètement dingue ?

Je balbutie un simple merci, encore sonnée. Vous savez ce qu'on ressent quand ce qu'on attend impatiemment au plus profond de soi se réalise ? Les doutes qui vous assaillent s'envolent en un instant et on se sent incroyablement légère ! Vivante ! Heureuse ! Accomplie. Et surtout sur la bonne voie.

C'est le cœur qui tambourine joyeusement dans ma poitrine que j'attends la suite. Redescends sur terre, il te faut trois réponses positives pour continuer le concours et ce n'est pas parce que Susanna a aimé que ce sera le cas des trois hommes. Julian repose son stylo sur la feuille de papier qui se trouve devant lui, fixe son regard sur moi et prend la parole :

— Mélissa, tu m'as envoûté ! Ce petit ton rauque me fait même penser à Pink ! Mais d'où te vient cette voix ?

Je hausse les épaules, ce qui le fait rire. J'ai l'impression d'être sur un petit nuage et je bois ses paroles comme un délicieux et enivrant mojito à la fraise. Il me lance un grand sourire et continue :

— Oui, bien sûr que tu viens avec nous pour les émissions en direct !

Il tourne ensuite la tête vers Simon qui se mord la lèvre et plisse les yeux en m'observant, l'air menaçant. Il me fait peur. J'attends que le couperet tombe et que le beau rêve redevienne cette terrible réalité que je connais par cœur. Mais il cesse de jouer à son petit jeu et ses lèvres s'étirent en un sourire qui montre des dents trop blanches pour être naturelles :

— On a eu du fun en t'écoutant. L'émotion qui perce dans ta voix m'a beaucoup touché…

— Oh, my Gosh, Simon est malade ! Il dit des trucs gentils aux candidats, lance Susanna.

Le jury éclate de rire. Sauf le brun. Lui, il a juste un coin de lèvre qui se soulève et des yeux qui compensent le manque d'expression de sa bouche. Curiosité, doutes, questionnement. Son regard déborde d'émotions.

Un instant de silence suit les éclats de rire et les têtes des trois coaches se tournent vers l'homme qui m'observe toujours. Susanna se penche vers lui, pose sa main sur son bras, ce qui ne semble pas provoquer une quelconque réaction de sa part puisque son regard est toujours braqué sur moi, et lui demande :

— Alors, Matthew, qu'est-ce que tu penses donc de notre chanteuse là ?

Il humidifie ses lèvres, entrelace ses doigts devant lui et pose les coudes sur la table. La manière dont il capte l'attention de tout le monde me fascine.

— Peu importe mon avis, avec trois oui, tu vas aux émissions en direct.

Quoi, c'est tout ? Il ne va rien dire de plus ? J'ai envie qu'il me donne son avis, moi ! Heureusement, Susanna le secoue :

— Ben alors, t'es pas bien bavard, mon gaillard. C'est pas normal !

Il lui jette un regard et lève un sourcil, l'air malicieux. Puis, il reprend son sérieux et reporte son attention sur moi :

— Je vais te dire non, Mélissa.

Mon cœur cesse de battre un instant, ma gorge se serre et mon ventre se noue d'un coup. Les autres jurés semblent également surpris et Susanna en profite pour glisser :

— Tu t'es lavé les oreilles ce matin, Matthew ?

La remarque ne le fait pas rire. Il lance sèchement :

— Je n'ai pas terminé. Mélissa, tu as une voix extraordinaire. Mais ça ne suffit pas pour réussir dans ce milieu. Toute ta vie va changer brutalement. Personne n'est préparé à ça. Tu vas subir une pression énorme, tu vas être confrontée aux critiques et à la méchanceté des gens. Et tout cela gratuitement. Tu seras harcelée dans la rue. Tu te sentiras seule. Entourée par des fans et des profiteurs, mais seule. Es-tu seulement prête à assumer une situation comme celle-ci ? As-tu réfléchi à tout ça ? Si je te dis non, c'est pour te préparer à supporter le milieu de la musique et la célébrité qui peut en découler. Et pas parce que je doute de ton talent.

Sa tirade terminée, il saisit le carton portant le nom du concours qui se trouve devant lui, le sésame pour l'étape suivante. En me le tendant, il ajoute :

— Bonne chance pour la suite.

Je parviens à lui faire un sourire timide et tente de maîtriser le tremblement de mes mains et le trouble qu'il provoque en moi quand j'avance mes doigts vers les siens. Je les effleure, ce qui provoque un électrochoc dans mon ventre, et nos yeux se rencontrent une dernière fois avant que je m'éloigne en remerciant le jury avec l'impression d'avoir la tête dans le brouillard.

Je ressors de la pièce comme paralysée. Mon cœur bat toujours à cent à l'heure et j'ai du mal à réaliser ce qui vient de se passer. Comme je tiens la petite pancarte qui indique que je viens de réussir la sélection, les autres candidats poussent des hurlements et m'acclament en applaudissant. Je lève les yeux et leur souris en secouant la tête. C'est là que je sens les larmes rouler sur mes joues et que je commence à rire sans pouvoir m'arrêter. Toute la pression accumulée ces derniers jours retombe et je me sens incroyablement bien. Prochaine étape ? Les émissions en direct.

Soudain, le stress provoqué par cette pensée élude totalement le bonheur que je ressentais quelques secondes plus tôt et je pose ma main sur ma bouche avant de courir aux toilettes. Dans quoi me suis-je embarquée ?

Les mots de Matthew résonnent dans ma tête, « toute ta vie va changer brutalement. Personne n'est préparé à ça ». Et s'il avait raison ? Si j'étais incapable de supporter la pression, la vie de chanteuse ? La… célébrité ?

Je me passe de l'eau sur le visage et tente de reprendre le contrôle de mes émotions qui se prennent pour un yoyo fou. Un coup mon moral est au plus bas, un coup il décolle vers les étoiles. Et je ne trouve pas ça très drôle ! Je suis ridicule de penser à la célébrité alors que je suis au début du parcours. Au début du combat. En fait, je m'en fiche de la gloire, tout ce que je souhaite, c'est gagner ma vie grâce à la musique. La route promet d'être encore longue et les galères nombreuses, mais purée, je suis sélectionnée pour le concours *Best Singer* ! Si je gagne, je pourrai sortir mon premier album !

Je n'arrive pas à retenir mon cri et je pousse un hurlement de joie, les bras en l'air, et je me refais une petite danse du poulpe dans les toilettes de la plus grosse maison de disques du Québec. Un, deux, trois, je balance mes fesses de droite à gauche, puis je mime la danse des canards, les yeux fermés et les coudes en avant.

Si quelqu'un me voyait en ce moment, je passerais pour une vraie dingue. Ou une femme en pleine crise d'épilepsie, c'est selon.

Il y a des moments où l'on fait des choses uniquement parce qu'on est seule, sans témoin. La danse du poulpe en fait partie. C'est un peu comme lorsque je chante du Britney Spears ou du Henri Dès sous la douche. Personne ne doit assister à ce pitoyable spectacle.

Quand je rouvre les yeux, quelque chose a changé. Je sens un filet d'air frais sur ma peau et jette instinctivement un coup d'œil du côté des cabinets, rien à signaler. Un déclic se produit d'un coup dans ma tête.

Oh non !

Avec effroi, les yeux écarquillés, je me retourne vers la porte d'entrée des toilettes. Je ne suis plus seule. Mortifiée, j'aperçois une tête dans l'encadrement. Le problème ? Ce n'est pas n'importe quelle tête (évidemment, sinon la vie serait trop simple).

Cette tête plutôt mignonne et sexy, c'est celle de Matthew qui me regarde d'un air pétrifié. J'imagine qu'il a dû être alerté par mon cri, se demandant si on était en train d'égorger un porcelet dans les toilettes. Mélissa, trouve une explication à ton attitude. Vite ! Quelque chose de pertinent et surtout de plausible ! Paniquée, la gorge tout à coup plus sèche qu'un terrarium de mygale, je bégaie :

— Je… euh… je faisais la danse du poulpe.

Mais qu'est-ce qui me prend de lui dire ça ???

Ses yeux si sérieux semblent s'éclairer d'un coup et je remarque qu'il se mord la joue pour éviter d'éclater de rire. Il se retient, mais sa voix a perdu de son sérieux quand il répète :

— La danse du poulpe ?

Je dois sauver la face. Je reprends du poil de la bête et parviens à lancer avec aplomb comme s'il manquait cruellement de culture en ignorant ce qu'est cette danse :

— Vous ne connaissez pas la danse du poulpe ?

Il secoue la tête et je devine qu'il prend un malin plaisir à me laisser m'enliser dans mes explications chaotiques. Je reprends :

— C'est une danse de la victoire très connue en Suisse ! Elle fait partie de notre folklore et elle est très respectée dans tout le pays.

À ce moment, il ne peut plus se retenir et éclate de rire. Un rire grave et sexy qui dure à peine deux secondes, mais qui provoque des petits picotements dans mon ventre. Même si je suis un peu vexée par son attitude, je ne peux m'empêcher de sourire avant de me laisser gagner par son rire communicatif.

Une voix féminine qui l'appelle par son prénom ne tarde pas à se faire entendre derrière lui et il tourne la tête, rompant le contact visuel avec moi et par la même occasion le lien de complicité qui nous unissait. Comme s'il s'excusait, il me dit :

— Il faut que j'y aille. On risquerait de m'accuser d'être un pervers si on me surprenait la tête dans les cabinets des dames…

— Je comprends. Et vous risqueriez de passer pour un fou si vous expliquiez que vous regardiez juste une femme faire la danse du poulpe.

Ses yeux me renvoient un regard profond et intense. Sa lèvre se retrousse de nouveau et il ajoute un dernier mot avant de me laisser :

— À bientôt, Mélissa.

Je vois sa tête disparaître et le porte se refermer. Tout ce que mon cerveau parvient à retenir de cette scène, c'est… qu'il se souvient de mon prénom !

J'ai fêté ma victoire au champagne avec Diane. Je me souviens des trois premières bouteilles mais la suite est un peu floue. Nous avons papoté, ri, et chanté jusqu'à 3 heures du matin. Alors, quand elle m'a dit à 7 heures le lendemain qu'elle était incapable de se lever parce qu'elle se sentait comme un castor qui a pris un érable sur la tête, je lui ai logiquement proposé de tenir la boutique et de la laisser se reposer. Mais si j'avais su ce qui m'attendait, j'aurais sûrement pris une autre décision…

Mais pourquoi ai-je autant bu hier ? Le goût de l'alcool emplit encore ma bouche et j'ai tellement mal à la tête que la lumière me donne envie de vomir. Je suis certaine que la première personne que je vais saluer aujourd'hui s'évanouira en recevant mon haleine en plein visage. C'est un pouvoir que je pourrais apprécier si je n'étais pas aussi dégoûtée.

Je grogne en écoutant le chant des oiseaux, le moindre pas accentue ma nausée et, pour la première fois, les odeurs de pâtisserie de la boutique m'écœurent.

Pour faire passer le goût détestable du champagne, j'avale un morceau de chocolat, puis un cupcake au citron. Malgré l'impression que je me trouve sur une petite barque en pleine tempête, j'essaie de me concentrer pour marcher droit et installe tant bien que mal la vitrine avec les pâtisseries fraîchement sorties du four.

Je sirote mon troisième café en espérant que la caféine m'évitera d'avoir la tête qui tourne, quand deux hommes entrent dans la boutique. Je ferme les yeux deux secondes et inspire profondément avant de plaquer un sourire sur mon visage et de les rouvrir en grands.

Oh non !

Ma grande motivation disparaît d'un coup. Et mon sourire avec.

J'ai l'impression de sortir d'une poubelle dans laquelle j'aurais passé deux semaines, entourée de poisson pourri et de raclette fondue, et c'est à ce moment précis que mon ex décide de se pointer pour me voir ? Je lève les yeux au ciel. Mais qu'est-ce que j'ai fait au bon Dieu ? J'espère que mon air désespéré ne se lit pas sur ma figure parce que, entre la fatigue et l'alcool, je ne suis pas à mon avantage. Peut-être qu'il ne va pas me reconnaître ? Je m'attache à ce minuscule espoir en le regardant mais il ne tarde pas à le briser :

— Salut, Mélissa.

La seule chose à laquelle je pense là, c'est à mon haleine parfumée au champagne. Je lance donc en tordant les lèvres pour ne pas lui envoyer un souffle nauséabond dans les narines :

— Salut, Steve.

Je suis certaine qu'il retient une réplique du genre « tu n'as pas l'air en forme ». Et il aurait raison. Après avoir bombé le torse, je reprends mes esprits et lui demande à lui et à son collègue qui l'accompagne :

— Qu'est-ce que je vous sers ?

— Deux cafés et… deux cupcakes à la vanille.

— Je vous apporte ça tout de suite. Allez vous installer.

Je les regarde prendre place et m'applique à servir les boissons chaudes et les pâtisseries tout en me torturant l'esprit. Qu'est-ce que Steve fait ici ? Qu'est-ce qu'il veut ?

Le collègue qui n'a vraiment pas l'air marrant replace une mèche de cheveux tellement rigide qu'un pot de gel entier a dû y passer. Il me lance un sourire carnassier en passant devant moi et se dirige vers les toilettes. J'en profite pour prendre les deux cafés et les cupcakes, et les porter à la table de Steve. En posant mon plateau, je ne peux m'empêcher de lui demander sur un ton que j'espère doux (alors que le champagne dans mon estomac joue aux montagnes russes) :

— Qu'est-ce que tu fais là, Steve ?

— Je voulais voir comment tu allais.

— À l'improviste ? Sur mon lieu de travail et avec un collègue en plus ? Comme c'est délicat de ta part…

Flûte, je suis tellement énervée que je viens de lui parler en face et plutôt près du visage. Impossible qu'il n'ait pas senti l'alcool qui transpire par tous mes pores.

Il plisse le nez puis me regarde avec des yeux écarquillés et emplis de condescendance :

— Ma pauvre Mélissa, je ne pensais pas que notre rupture allait t'affecter à ce point. Je ne voulais pas te faire sombrer dans l'alcoolisme.

L'envie irrépressible de rire qui me prend à ce moment-là provoque un violent haut-le-cœur. Un spasme parcourt mon corps, je me penche en avant et …

Je préfère éviter de vous parler de ce qui s'est passé ensuite. Sachez juste que cette scène implique du vomi et un pauvre cupcake qui n'avait rien demandé et que j'ai dû remplacer en me confondant en excuses.

En retournant derrière le comptoir pour aller chercher une serpillère et des serviettes, je ne contiens plus mon fou rire et dois prendre appui contre le bois. Je pleure de rire à chaque fois que je regarde Steve. Si seulement il connaissait la raison pour laquelle j'ai autant bu hier, il ne me regarderait pas comme si j'avais perdu la tête. Le voir avec cet air ahuri vaut toutes les gueules de bois du monde.

Après avoir repris mes esprits, je fais un détour aux toilettes pour me passer de l'eau sur le visage et effacer le mascara qui a coulé sous mes yeux. Je ne vais pas me retenir. Ce serait trop bête. Je vais m'offrir ce plaisir. Je ne vais pas laisser mon ex croire que je suis alcoolique à cause de lui. À cette idée, je me regarde dans le miroir et ne peux retenir un autre éclat de rire. Il est vraiment trop drôle !

Quand je reviens dans la pièce centrale, je me dirige tout de suite vers Steve et son collègue qui semblent en pleine discussion en sirotant leurs cafés. Par contre, ils ont laissé les cupcakes, je crois que c'est ma faute, j'ai dû les écœurer. Je me poste devant mon ex, les mains sur les hanches. Steve me fixe comme si je risquais de rendre à nouveau le contenu de mon estomac sur la table et lui mettre la honte devant Monsieur-je-mets-trop-de-gel. Son collègue me jette un regard dégoûté, ce qui me confirme que Steve lui a raconté pourquoi il a dû retrouver des morceaux de cupcakes au citron sur la table. Moi, je me retiens de rire encore une fois avant de prendre la parole :

— Écoute, Steve, il faut que je t'avoue quelque chose…

Je glousse. Merde ! Je remarque presque une petite lueur de fierté dans son regard, comme s'il attendait que je lui confesse mon amour, un genou par terre avant de le supplier de me laisser une seconde chance.

Il pose sa tasse de café et se tourne vers moi.

— Je t'écoute.

Peut-être qu'il pense que je vais abandonner mon rêve pour lui ?

— Je voulais juste te dire que, si j'ai trop bu hier… ce n'est pas à cause de toi.

Je vois sa mine se chiffonner, mais je ne m'arrête pas et ajoute :

— Non, en réalité, je fêtais une bonne nouvelle. J'ai dansé et bu du champagne jusqu'à 3 heures du matin avec Diane parce que j'ai été sélectionnée au casting de l'émission *Best Singer*. Je vais passer à la télé en direct pour chanter dans quelques semaines. Voilà !

La mine de son collègue s'éclaire tout à coup et il s'exclame avec un accent québécois très prononcé :

— Je ne savais pas que tu chantais. Steve ne m'en a jamais parlé, coquin, va ! Tu as vu Simon et Matthew ? Comment ils sont en vrai ? Je vais te regarder et voter pour toi, j'adore cette émission !

Steve lui lance un regard mauvais. Il semble avoir été projeté dans la quatrième dimension. On dirait qu'il ne comprend plus rien entre l'euphorie de son collègue et la déception de mon alcoolisme fantasmé. J'ai presque mal au cœur pour lui de le voir si désemparé face à la situation. Il balbutie un pauvre :

— Euh… je… tu n'es pas alcoolique à cause de moi ?

— Je ne suis pas alcoolique du tout, Steve. J'ai fait la fête et je poursuis ma route en faisant ce que j'aime, c'est tout.

Il me fixe d'une drôle de manière et essaie de se rassurer en demandant à son collègue :

— Mais cette émission, elle est connue ? Elle passe vraiment à la télé ?

— Bien sûr, il y a des millions de téléspectateurs qui la regardent. Les journaux en parlent tout le temps et certains musiciens font vraiment une belle carrière ensuite. L'année passée, trois candidats ont sorti leur album et ils ont cartonné ! C'est un vrai tremplin pour les jeunes talents.

Il a dit jeune talent ? Oh ! mon Dieu, je commence à flipper. Si je me plantais et que je sois éliminée dès la première émission ? Ce serait la honte !

Steve s'agite de plus en plus et s'empresse de payer en ordonnant à son collègue :

— James, on y va. On a encore beaucoup de boulot sur le dossier Roy.

— Mais on l'a terminé hier, le dossier Roy.

— James, gronde-t-il.

— OK, on y va. Mélissa, j'ai été ravi de te rencontrer. Bonne chance pour l'émission ! Dès qu'elle commencera, je serai devant ma TV pour te voir !

À la simple évocation des directs, je sens une vague de stress m'envahir et je vois à peine les deux hommes quitter la boutique.

Quelques semaines plus tard, j'assure à nouveau l'ouverture de Sweet Cuppins et me retrouve devant la devanture du magasin à 6 heures du matin, les yeux fatigués, mais le moral remonté à bloc par la nouvelle aventure qui m'attend.

Je pénètre dans la boutique qui sent toujours les épices et la cannelle, et commence les préparations du jour : cupcakes à la fraise et cookies aux noix de pécan et au Toblerone, un petit essai avec les dernières plaques qu'il me reste de Suisse.

Je prépare mon appareil, préchauffe le four puis commence ma crème de fraise en coupant des morceaux de fruits que je mets ensuite dans un grand bol.

Une fois les pâtisseries prêtes, je me retiens de toutes les dévorer et je vais les positionner dans les présentoirs. Je m'en garde tout de même une que je planque sous le comptoir. Je la mangerai dès que j'aurais un moment car, d'après ce que j'ai vu, des clients patientent déjà devant la porte. Je leur ouvre et commence à servir les différents cafés commandés par les premiers arrivés.

À 10 heures, je m'accorde enfin une petite pause gourmande. C'est l'heure où la boutique accuse une légère baisse de fréquentation et où je peux me goinfrer à l'abri des regards. Ni une ni deux, je m'accroupis derrière mon comptoir et arrache un énorme morceau de cupcake fourré à la fraise que je mâche rapidement. J'ai les joues si pleines que je dois ressembler à un écureuil qui fait des réserves pour l'hiver !

— Salut ! Il y a quelqu'un ?

Merde ! Tant pis, je ne peux pas laisser attendre le client. Du coup, je me relève brusquement et plaque un sourire sur mon visage en espérant qu'il n'espère pas une réponse de ma part. Et qu'il ne remarquera pas que j'ai la bouche pleine, ce qui est peu probable à moins qu'il ne soit aveugle.

Quand je vois qui se trouve devant moi, je manque de m'étouffer. J'essaie de parler mais je ne peux pas ouvrir la bouche sans laisser de grosses miettes de cupcake se répandre sur mon visage et accessoirement sur mon pull. Pas grave, je fais une tentative. Si ça se trouve, il est capable de me comprendre juste en me regardant dans les yeux. Pour l'aider, je plisse les paupières et prends un air que j'espère menaçant :

— Mmmmh, mmmh ?

Mais Matthew n'a pas l'air d'avoir compris puisqu'il m'agresse directement :

— C'est pas vrai, tu me poursuis ?

Je l'observe, l'air outré. J'avale ma bouchée et réplique, énervée :

— Si je peux me permettre, c'est vous qui êtes sur mon lieu de travail cette fois-ci.

Il lève un sourcil et me regarde d'un air amusé.

— Alors comme ça, tu fabriques des cupcakes ?

Je me radoucis en remarquant qu'il n'y a pas une once de méchanceté ni de dédain dans sa question.

— En attendant de vivre de la musique, je confectionne des petits cupcakes, oui.

Il m'observe si intensément que ça me perturbe. D'ailleurs, je suis en train de faire n'importe quoi avec mes mains. Une serviette en papier est déjà déchirée en mille morceaux devant moi et je m'attaque à une deuxième.

— Ils ont l'air délicieux. Et si tu es aussi douée pour la pâtisserie que pour la musique, ils doivent être exquis.

Je sens mes joues s'enflammer et me demande comment cacher mon trouble. La seule stratégie possible ? Lui faire peur en lui jetant un cupcake dessus et en criant : « Sus à l'envahisseur ! » Je plaisante, je vais faire mon job et le pousser à aller s'asseoir le plus vite possible.

— Qu'est-ce que je vous sers ?

Il regarde la vitrine avec des yeux gourmands, ce que je trouve craquant, et montre les cookies au Toblerone.

— Très bon choix ! Vous souhaitez un café avec le cookie ?

— Volontiers, un latte.

— Avec plaisir. Allez vous asseoir, j'arrive dans une seconde.

— Plutôt dans cinq, termine ton cupcake avant de m'apporter ma commande.

Il me fait un clin d'œil avant de me tourner le dos, puis de marcher jusqu'au fond de la salle pour s'installer près de la fenêtre. Je sens un sourire niais s'étaler sur mon visage et mes paupières battre plus vite sous le coup de l'émotion. Quelle cruche, reprends-toi, Mél !

Mais c'est plus fort que moi, ce type me fait de l'effet et il me donne envie de le pousser contre un mur avant de… vous avez compris. Après avoir saisi une tasse, je presse le bouton de la machine à café et fais chauffer du lait, puis pose le cookie dans une assiette. Je m'avance entre les tables et le repère en train d'envoyer un message sur son téléphone. Alors que j'arrive derrière-lui, il se retourne brusquement et son coude envoie valser le plateau dont le café se répand sur son costume et sur mon tablier.

Il s'exclame en bondissant de sa chaise :

— Shit !

— Oh ! mon Dieu, je suis désolée ! Est-ce que ça va ?

Je pose l'assiette sur la table, attrape une serviette et éponge sa veste sans même me préoccuper de mon tablier mouillé. Tout en tapotant le tissu, je lui propose :

— Suivez-moi, on va nettoyer et sécher ça dans les toilettes.

Il se lève et me suit jusqu'aux W-C situés près de la cuisine. Par réflexe, j'ouvre la porte avec l'insigne des femmes. Il retire sa veste et me lance d'un ton dépité :

— Décidément, il faut que j'arrête d'entrer dans les toilettes des dames, ça devient bizarre.

Je lui jette un coup d'œil amusé tandis que je frotte son vêtement avec un peu de savon et d'eau tiède. Il se tient à quelques centimètres derrière moi, juste sur ma gauche, et observe le moindre de mes faits et gestes. Dans cette position, je peux sentir son souffle sur ma nuque et mon cœur s'emballe. Je me mords la lèvre et tourne légèrement la tête tant et si bien que ma joue se trouve proche de ses lèvres. Sa respiration s'accélère, même s'il semble garder le contrôle de lui-même. Pourtant, la tension est palpable.

Il murmure dans mon cou :

— Je suis vraiment désolé.

— C'est moi qui suis désolée, j'aurais dû faire le tour pour vous servir.

Il vient se poster en face de moi, contre le lavabo, les deux mains de part et d'autre de mon corps, ce qui déclenche chez moi une nouvelle vague de symptômes : mains moites, gorge sèche et troubles de la vision. En fait, je n'ose pas lever les yeux vers lui, alors que je sens son regard posé sur moi.

Je termine de nettoyer la tache de café, puis me décale vers la droite pour sécher sa veste avec l'appareil à air chaud. Le bruit couvre le sifflement de ma respiration tandis que je garde le dos tourné à Matthew.

Quand je me retourne, il a quitté le lavabo et s'est rapproché de moi. Je recule instinctivement vers le mur et m'arrête quand je sens la surface froide du carrelage sur mes fesses. Il n'a pas l'air déstabilisé par la situation puisqu'il plante ses yeux dans les miens et murmure :

— Nous serons amenés à nous revoir souvent pour le tournage de l'émission. Et par la suite si ce que je pressens se vérifie. Alors, autant lever une ambiguïté tout de suite. La première fois que je t'ai vue devant les locaux de Play Record, je ne te draguais pas. Est-ce que c'est clair ?

J'acquiesce plusieurs fois, légèrement intimidée par la proximité de son corps. Merde, il me perturbe. Son charisme et sa présence me donnent la chair de poule. Il est si près de moi que je peux apercevoir un éclat vert dans ses yeux noirs et que je peux sentir son parfum poivré. Puis il s'éloigne et quitte les toilettes sans manquer de me jeter un dernier regard noir qui déclenche une vague de frissons dans ma colonne vertébrale et une bouffée de chaleur dans mon bas-ventre.

J'attends quelques secondes avant de sortir à mon tour pour reprendre le cours normal de ma journée et travailler sans être perturbée par le producteur de musique le plus influent du pays. Producteur qui est d'ailleurs resté trop de temps dans les toilettes avec moi pour des raisons qui sont loin d'être érotiques. Dommage.

Après une minute consacrée à compter les carreaux, j'estime que Matthew a eu le temps de se replier et de quitter le magasin et je délaisse enfin ma planque.

Il a dit qu'on allait se revoir souvent ? Le sourire certainement béat, niais et goguenard qui doit s'afficher sur mon visage doit être ridicule si je me fie aux regards des gens dans la boutique. Par contre, j'ai surestimé la capacité de Matthew à fuir puisqu'il passe devant moi, la veste à son bras, en me lançant :

— Je me réjouis de te revoir, Mélissa. Sur mon lieu de travail ou sur le tien…

*Et ça, ce n'est pas de la drague ?*

Je n'ai évidemment pas dit ça et je l'ai regardé rejoindre une brune sculpturale arborant un carré parfait et des lunettes de soleil branchées, qui l'attendait devant une berline garée dans la rue. Merde ! Sans compter que son attitude et son art de souffler le chaud et le froid me troublent.

Comme j'ai encore une demi-heure de service à assurer et que j'attends l'heure de fermeture, j'en profite pour prendre des nouvelles de Leïla, puis je m'accoude au comptoir en feuilletant le *Journal de Montréal.* Après cinq minutes de lecture, un gros titre attire mon attention « *Ensemble*, le site de rencontres pour les seniors qui cartonne ». Je repense à Diane et à nos discussions sur sa vie amoureuse et une idée saugrenue – qu'elle détesterait, c'est certain – germe dans mon esprit.

**Ensemble,** ***le site de rencontres pour seniors qui cartonne***

*Créé en 2014 par Jean Desjardins et un actionnaire qui souhaite rester anonyme, le site de rencontres spécialisé pour les seniors connaît un vif succès à Montréal. Avec plus de dix mille inscrits, il a déjà permis à une centaine de couples de se former.*

*« En fait, le site fonctionne davantage comme un club, explique l'un des fondateurs. Nous organisons des rendez-vous avec des partenaires différents et proposons des expériences inédites à faire à deux : visites culturelles, séance bien-être, repas gastronomiques, ateliers créatifs, plongée sous-marine, initiation à la dégustation de vin et de spiritueux, balade en montgolfière … il y en a pour tous les goûts ! »*

*Le but ? Découvrir des partenaires de vie potentiels tout en participant à des activités qui poussent au partage.*

*« On se sent moins stupide quand on a quelque chose à faire de ses dix doigts lors d'un premier rendez-vous, confie Mylène Dubois, une cliente de soixante ans qui vient de tomber en amour avec Christian Marchand. Pour notre*

*première rencontre, nous avons participé à un atelier de fabrication de sushis et Christian ne savait même pas cuire du riz. Nous nous sommes amusés comme je ne m'étais pas amusée depuis longtemps ».*

*Le site devrait faire encore plus d'heureux dans le futur puisque Jean Desjardins et son compère en affaires comptent bien multiplier les inscriptions cette année.*

Je termine ma lecture avec un grand sourire. Je sais exactement ce que nous allons faire ce soir quand je rentrerai. Tout excitée par cette idée, je ferme la boutique en chantonnant, l'article soigneusement plié dans mon portefeuille.

Quand j'arrive à la maison, Diane est en train de préparer le dîner et une délicieuse odeur qui me donne l'eau à la bouche flotte dans la maison. Je retire mon blouson et mes chaussures, puis la rejoins dans la cuisine. Elle se retourne et m'accueille avec une accolade chaleureuse :

— Salut, ma douce, comment s'est passée ta journée ? Je te prépare des fèves au lard puisque tu n'en as jamais goûté. Nous autres, on les mange plutôt au petit-déjeuner, mais je me suis dit que j'allais te cuisiner une autre spécialité québécoise pour te faire découvrir ma patrie adorée.

Tout en parlant, elle touille les fèves dans une grande casserole. Je m'approche pour mettre le nez sur sa préparation qui embaume le lard fumé et mon ventre gargouille tant les parfums sont alléchants. Après avoir piqué une fève et m'être pris un petit coup de cuillère sur les doigts suivi d'un regard réprobateur, je lui réponds d'un ton malicieux :

— Bien, à part un petit incident…

— Un incident, qu'est-ce qui s'est passé ? Rien de grave j'espère !

— Oh non, j'ai juste renversé du café sur le plus grand producteur de musique du pays. Un type canon qui est juré dans l'émission *Best Singer*. En gros, c'est le type qui va décider de mon avenir professionnel et je l'ai brûlé avec un latte !

Elle me regarde en haussant un sourcil avant d'éclater de rire.

— Tu as quoi ?

— Je l'ai presque brûlé au troisième degré !

— Tu beurres épais, c'est pas si grave.

— Beurrer quoi ?

— Tu beurres épais, tu en fais toute une affaire.

— Ah oui, chez nous on dit « en faire tout un fromage ». Bref, ensuite, je l'ai emmené dans les toilettes des dames pour nettoyer sa veste. Et puis, alors que j'étais en train de tomber amoureuse de lui, prête à lui avouer ma flamme entre un carrot cake et une poche à douille, je l'ai vu rejoindre une pétasse brune à l'extérieur.

— T'es pas en plein break-up, toi ?

— Si, et alors ? Il faut bien que je me remonte le moral non ? Dès que je pense à Steve, je déprime.

Elle me sourit avant de soupirer de manière théâtrale :

— Ah ! ces jeunes, vous pensez toujours à vos amourettes.

Je pousse le même soupir et lui rétorque en sortant les assiettes pour mettre la table :

— Ah ! ces vieux, ils ne pensent jamais à leurs amourettes alors que ça leur ferait tant de bien de faire des galipettes…

Elle me jette une feuille de salade et grogne dans sa barbe avant de sortir les couverts et les serviettes, puis de me rejoindre au salon.

Avant de me mettre à table, je vais chercher l'article dans mon portefeuille. Je crois qu'un verre de vin ne sera pas de trop pour accompagner l'annonce peu commune que je vais faire à Diane. Si elle pouvait être légèrement pompette, ça m'aiderait à la convaincre. Je vais donc chercher une bouteille de vin blanc dans le réfrigérateur, la débouche puis nous sers deux grands verres que j'apporte à table.

Tout en dégustant une seconde portion de fèves au lard, je sors l'article de ma poche :

— Diane, j'ai trouvé ça dans le *Journal de Montréal* aujourd'hui.

Sans lui en dire plus, je lui tends le morceau de papier et la regarde le déplier, puis le lire. Deux fois. Elle fronce les sourcils et me jette un regard méfiant comme pour sonder mes intentions. Je lui fais alors un grand sourire qui laisse peu de place aux doutes. Elle observe le journal, puis moi de nouveau, l'air de plus en plus ahuri :

— Non… tu … ?

J'acquiesce en souriant toujours. Elle écarquille les yeux, puis répète :

— Non !

Elle relit une partie de l'article et répète :

— Non ! Mélissa, je n'ai pas goût à ça ! Ce n'est pas de mon âge ! Et puis, je ne sais pas me servir d'un ordinateur. Je suis incapable de remplir une fiche. Je n'ai pas envie de faire ça !

— Je vais t'aider, Diane. Je te jure que ça pourrait être super fun ! Tu n'as pas envie de faire un tour en montgolfière avec un charmant monsieur ?

Là, elle fait un bruit qui ressemble à un grmpfff et elle se lève pour débarrasser la table en fronçant les sourcils. Sur le chemin de la cuisine, je l'entends bougonner :

— Plutôt mourir que de monter dans une nacelle avec un inconnu. Fichue idée, pas envie de rencontrer un vieux, c'est n'importe quoi. Très bien toute seule…

Décidée à ne pas me laisser abattre par son comportement et à l'inscrire malgré tout, je vais chercher mon ordinateur et m'assieds sur le canapé pour me connecter au site *Ensemble*.

Une jolie page d'accueil apparaît, montrant des visages de seniors souriants et heureux. On les voit participer à des cours, en train de faire des sushis, en balade dans le parc Mont-Royal, visitant des expositions ou riant en buvant un verre. Dans le menu, je clique sur la rubrique témoignages et lis les histoires de rencontres par des clients satisfaits de leur inscription en attendant que Diane revienne dans le salon.

Je lui sers un autre verre de vin et finis par l'appeler puisqu'elle tarde à revenir. Elle le fait exprès, je le sais.

— Diane ? Diane, je t'ai servi un autre verre de vin. Arrête de faire ta tête de cochon, on va bien s'amuser !

— Une tête de cochon, moi ? Je vais t'apprendre à traiter tes aînés de tête de cochon, mademoiselle l'impertinente. Ah ! ces jeunes !

Elle revient quand même et s'installe près de moi avec son verre. Elle me fait rire et je lui jette un coup d'œil, les sourcils levés. Je lui montre le site et les renseignements à fournir pour s'inscrire :

— Tu as une photo de toi que tu aimes particulièrement, en format numérique pour ton profil ?

Elle marmonne en fouillant dans son sac d'où elle sort son téléphone. Les yeux plissés, elle parcourt plusieurs dossiers avant de m'envoyer une photo où elle sourit, attablée dans son magasin, un cupcake à la crème rose pâle devant elle. Ses cheveux bouclés encadrent son visage et son bonheur saute aux yeux, elle est superbe et rayonnante. Je charge la photo et la sélectionne pour sa nouvelle page de profil, puis commence à remplir la section « caractère ». Diane ne dit plus un mot.

Elle fixe toujours l'image, le regard embué. Sa voix tremble quand elle avoue :

— C'est Charles qui a pris cette photo… Il faisait le pitre pour me faire sourire en dansant comme un pingouin. Il ne savait pas danser.

Elle lève vers moi ses yeux pleins de larmes.

— Personne ne sait danser la danse du pingouin à part lui, Mélissa. Si tu savais comme il me manque.

— Oh ! Diane, je suis sûre que tu trouveras un homme qui te fera rire de nouveau un jour. Il ne saura certainement pas faire le pingouin comme Charles, mais il chantera peut-être comme un canard pour entendre ton rire. Personne ne remplacera jamais ton mari ; seulement, peut-être que tu pourrais faire une petite place à un autre homme dans ton cœur…

Elle renifle et acquiesce en s'approchant de moi pour regarder l'écran de l'ordinateur. Je pose ma main sur son épaule pour la réconforter le temps qu'elle se calme et qu'elle lise ce que j'ai déjà inscrit.

Un peu apaisée, Diane inspecte plus précisément sa page. Elle se met à protester :

— Je ne suis pas bornée ! Et je ne suis pas « accro à mon job » !

J'éclate de rire.

— Bien sûr que si ! Et tu es aussi douce, généreuse, bienveillante, bonne vivante, gourmande.

— Gourmande, ça veut dire grosse. Enlève-moi ça !

— N'importe quoi, ça veut dire que tu aimes bien profiter de la vie et de bons petits plats. Les hommes adorent les femmes qui ont un bon appétit.

— Si tu le dis…

Nous passons le reste de la soirée à remplir les différentes rubriques nécessaires à la validation du profil de Diane. Une fois que c'est fait, nous sommes épuisées. Je referme l'ordinateur en lui disant :

— Et maintenant, il n'y a plus qu'à attendre qu'un homme t'écrive ou que tu trouves un profil intéressant !

Diane me fait un sourire, puis m'embrasse sur la joue en me regardant tendrement. Elle me quitte pour entrer dans sa chambre, me laissant le cœur rempli d'amour. Je l'adore et j'espère qu'elle rencontrera un homme formidable qui saura la rendre heureuse. Elle le mérite tellement.

## 7

# C'EST PARTI POUR LE SHOW !

*Mélissa*

Dring, dring, driiiing ! La sonnerie de mon téléphone m'arrache à mon énième rêve de crème fouettée. Complètement déboussolée, j'écrase ma main sur l'iPhone qui me pourrit la vie et le menace d'une bonne douche s'il n'arrête pas son cirque tout de suite. Bien au chaud dans mon lit, je me tortille pour m'étirer de tout mon long, puis observe l'écran d'un œil. Dimanche, 7h30. Dimanche ! Le jour de la première répétition pour l'émission de *Best Singer*. Mon pouls s'accélère et je bondis de mon lit en commençant des vocalises discrètes pour ne pas réveiller Diane. Le mois de septembre a filé et octobre a déjà bien pris ses quartiers à Montréal où les arbres arborent les couleurs de l'automne et où l'air se rafraîchit de jour en jour.

Alors que je me brosse les dents, toujours en fredonnant, les yeux fermés pour me concentrer sur les paroles de ma chanson, j'entends un bruit bizarre suivi d'un cri de surprise et de pas précipités dans le couloir. Je n'ai pas le temps de sortir de la salle de bains qu'une furie en panique débarque dans ma chambre dans un tourbillon de bras qui gesticulent, de pantoufles en peluche rose et de robe de chambre à fleurs. Je ne peux pas m'empêcher de demander :

— Toi aussi, tu fais la danse du poulpe ?

Mais Diane ne trouve pas ça drôle et réplique, l'air toujours plus affolé :

— Je ne sais pas comment faire !

On croirait qu'elle vient de tomber nez à nez avec un orignal qui lui aurait dit : « Femme, je vais te manger ! » Elle répète, les yeux de plus en plus exorbités :

— Je ne sais pas comment faire !

Elle se gratte la tête et me fixe, attendant peut-être la réponse à la question de la création de l'univers. Je crache le dentifrice, me rince rapidement la bouche, puis la prends doucement par le bras pour l'amener sur le lit. Je la fais asseoir sur le matelas et m'accroupis devant elle :

— Qu'est-ce qui t'arrive ?

Elle pousse un soupir :

— On m'a envoyé un message !

J'essaie de lui poser la main sur le front pour vérifier si elle a de la fièvre. Agacée, elle marmonne, en chassant ma main comme si j'étais une mouche :

— Qu'est-ce que tu fais ?

— Je m'inquiète pour toi ! Tu débarques en courant dans ma chambre, tu as l'air d'avoir perdu un œil, tu t'agites et tu n'es pas cohérente ! Tu as fait un cauchemar ?

Je suis sûre qu'elle a rêvé d'un orignal !

— Tu crois que je délire ?

Elle prend une seconde pour se calmer, respire un grand coup, mais elle a toujours la mine dépitée :

— Un homme m'a écrit sur le site *Ensemble*. Il veut me voir mercredi soir pour participer à un atelier de composition florale !

Je me retiens de rire. Diane n'est pas dupe et plisse les yeux en voyant mes lèvres s'étirer. Dents serrées, je m'exclame d'une voix qui trahit mon état d'hilarité :

— C'est super !

— Planter des fleurs avec un inconnu ? Mon Dieu, dans quoi me suis-je embarquée ? Tout ça, c'est ta faute ! Maintenant, je me sens cruche.

— Mais non, c'est normal de se sentir décontenancée au début ! Qu'est-ce qu'il t'a écrit, ton Prince charmant ?

— « Chère Diane, vous ressemblez à une belle marguerite, fraîche et douce. Accepteriez-vous de m'accompagner pour dompter des fleurs sauvages à un atelier de composition florale ce mercredi ? »

Cette fois c'en est trop, je n'arrive plus à me retenir et j'éclate de rire. Je ris tellement que des larmes coulent sur mes joues et que je n'arrive plus à respirer. Entre deux hoquets, je parviens à dire :

— Dompter des fleurs sauvages ?

Elle se renfrogne et triture ses mains en évitant de me regarder. Mais impossible de reprendre mon sérieux. Je lui lance :

— Marguerite ?

Elle tourne la tête vers moi et j'aperçois de petites ridules se plisser au coin de ses yeux. Je me tiens le ventre, incapable d'arrêter mon fou rire. Diane ne parvient plus à se retenir et s'esclaffe à son tour. Je roule sur le sol et Diane s'écrase sur le lit, la pièce est remplie de notre bonheur, de ces notes de joie, de nos rires pétillants.

Tout à coup, Diane se redresse. De nouveau inquiète, elle me demande une fois de plus :

— Qu'est-ce que je lui réponds ?

Je me reprends, m'assieds en tailleur, réfléchis une seconde en fronçant le nez, puis lui propose le plus sérieusement possible :

— « Cher Monsieur, vous ressemblez à une pivoine forte et virile. Je serais ravie d'aller planter des tiges et dresser des roses en votre compagnie… Peut-être pourrons-nous partager un peu de nos jardins secrets ? »

En guise de réponse, je reçois un coussin en pleine figure. Je m'écroule à nouveau, terrassée par un autre fou rire.

Une fois le calme revenu, j'évite de repenser au message que ce monsieur lui a écrit pour ne pas repartir dans une crise de rire et me racle la gorge :

— Le plus simple, c'est de lui répondre sobrement. Tu n'as qu'à lui dire que tu serais ravie de participer à cette activité avec lui, tu lui demandes l'heure, le lieu et voilà ! Ce n'est pas compliqué !

Je regarde Diane qui me fixe comme si je venais de lui demander de construire une fusée pour aller explorer des planètes encore inconnues de notre système solaire. Elle acquiesce plusieurs fois de suite. Son désarroi manifeste me serre le cœur. Alors je me lève, lui tends la main et, malgré le stress que je ressens en pensant aux répétitions qui se profilent et à l'émission en direct qui approche, je parviens à la réconforter :

— Viens, je vais t'aider à écrire ton message, tu verras, tout se passera bien. Tu pourrais même drôlement bien t'amuser, tu serais surprise !

Elle saisit ma main et me rends mon sourire en soupirant de soulagement avant de m'entraîner vers son ordinateur d'un pas légèrement plus sautillant que d'habitude.

Comme je déteste arriver en retard, j'accélère le pas sur Sainte-Catherine, des baskets confortables aux pieds pour assurer pendant les répétitions, le cœur battant déjà à tout rompre alors que je ne suis même pas encore sur scène ni à l'antenne. Comment vais-je supporter toute cette pression ? Devant le grand bâtiment de Play Record, je m'arrête une seconde. Est-ce vraiment ce que je veux ? Quand je vois que mes ambitions et mon rêve m'ont coûté mon couple, que j'ai quitté la Suisse, que j'habite avec une charmante dame qui pourrait être ma mère… je… non ! Je me surprends à sourire ! À croire que mon corps analyse bien mieux mes besoins que ma tête. Je suis heureuse ! En réalité, je suis exactement là où j'ai envie d'être à ce moment de ma vie. Et ça me change drôlement.

Dans la salle de répétition qui a été transformée en plateau TV et aménagée avec une scène et des gradins pour le public, les neuf autres candidats sont déjà là. Dès que je passe la porte, une brune au visage qui m'est familier, perchée sur des escarpins vertigineux, fonce sur moi, les sourcils et le nez froncés. On dirait qu'elle va me sauter dessus et m'arracher les oreilles. Bon Dieu, qu'est-ce que je lui ai fait ? Alors qu'elle se plante devant moi, je reconnais la femme qui attendait Matthew à l'extérieur quand il est venu à la boutique. D'instinct, je ne l'aime pas. Pas du tout, même ! Cette femme semble porter un signal clignotant sur ses beaux cheveux lisses : « attention, danger. Ne pas approcher sous peine de mort ».

Sans même m'en rendre compte, j'ai mis mes mains sur mes oreilles. On n'est jamais trop prudent. Du coup, je vois juste ses lèvres bouger sans entendre ce qu'elle vient de me cracher au visage. Elle a l'air agacé et me fait un geste pour que je dégage mon visage. Je m'exécute toute en faisant un pas en arrière.

— Vous êtes bien Mélissa Müller ?

J'acquiesce mais cette confirmation n'a pas l'air de lui faire plaisir. Elle continue d'un ton sévère qui me déplaît vraiment :

— Vous êtes la dernière arrivée, on vous attend pour commencer les répétitions.

— Mais, je... pourtant je ne suis pas en retard !

En guise de réponse, elle me lance un regard furieux.

— Ce n'est pas la question. Allons-y.

Je me retiens de lui tirer les cheveux, histoire de lui dire ma façon de penser, mais elle est déjà cinq mètres devant moi. Seul point positif : apparemment, elle n'est pas cannibale. Mes oreilles sont sauves !

Arrivée devant la petite troupe de candidats qui papotent joyeusement, elle tape plusieurs fois dans ses mains pour capter l'attention du groupe, ce qui fonctionne instantanément – davantage grâce à son charisme qu'à ses secs applaudissements.

— Bien, maintenant que j'ai votre attention, j'aimerais me présenter. Je m'appelle Arvana Tanner et je suis l'attachée de presse du concours *Best Singer*. Je travaille depuis cinq ans au sein du groupe Play Record et, grâce à mes contacts dans la presse, je peux vous assurer une carrière de chanteur en claquant des doigts. Alors, suivez toujours mes conseils. Qu'on parle de vous en bien ou en mal, l'important, c'est qu'on parle de vous…

Un homme à la carrure imposante vient d'arriver derrière elle et n'hésite pas à l'interrompre sévèrement :

— Je ne partage pas le point de vue d'Arvana sur ce sujet précis, mais je dois avouer que ses méthodes sont plutôt efficaces.

— Matthew, tu es là !

Elle minaude devant le directeur de Play Record et ça m'énerve, mes poings se serrent et je manque de me mordre la langue. Ils échangent un regard qui me semble suspect, puis elle reprend une contenance, lisse sa jupe qui n'a pourtant pas un pli et finit sa petite tirade :

— Une première partie des candidats va commencer par répéter ici, l'autre va me suivre pour le relooking.

Le relooking ? Avant d'avoir eu le temps de protester, je suis emmenée avec quatre autres chanteurs dans une pièce annexe remplie de portants de vêtements de toutes sortes et – ce qui m'inquiète davantage – de coiffeurs ciseaux en main. S'ils me touchent les cheveux, je les mords !

Arvana me lance un autre regard mauvais et fait le tour des relookeurs pour jeter un œil aux books qu'ils tiennent devant eux. Je me rends compte en m'approchant qu'il s'agit de photographies de nous et de diverses propositions de looks, de coiffures et de maquillage. C'est dingue !

Sans me laisser le temps de voir ce que contient le mien, un type maigre au cheveux blonds et aux larges lunettes me prend par le bras et m'entraîne dans un coin de la grande pièce. Avec des gestes maniérés, il me dit :

— Mélissa, ma chérie, viens par-là, on va voir ce qu'on peut faire pour toi ! Mais c'est quoi, ces baskets fluo ?

Il m'a appelée par mon prénom. Je le connais ? J'essaie de me remémorer où j'aurais pu faire sa connaissance avant de penser que chaque relookeur a dû être briefé sur les candidats. L'air horrifié et outré qu'il prend en regardant mes pieds me donne envie d'éclater de rire. Du même ton décontracté, je réplique :

— Mon chéri, as-tu déjà parcouru l'avenue Sainte-Catherine et une scène en talons hauts ? C'est de la torture ! Je n'ai pas envie de mourir tout de suite ni de me tordre une cheville avant les émissions en direct. Sauf si tu peux me porter pendant le show ?

Un sourire éclaire son visage. Il fait mine de me reluquer de haut en bas, ce qui me met plutôt mal à l'aise et répond :

— Avec tes kilos en trop, c'est moi qui risquerais de me fouler la cheville si je te porte !

Nous éclatons de rire. Pour la forme, je lui balance un coup sur le bras en protestant :

— Quelle mauvaise foi…

Je cherche son prénom, ce qu'il devine, et il complète :

— Francis.

— C'est ça, Francis.

— Je plaisante ma chérie, reste comme tu es, tu es parfaite ! Ils demandent systématiquement aux candidates de perdre du poids pendant le programme. C'est purement marketing.

— Et purement débile, j'ajoute en m'asseyant devant un miroir.

— Exactement. Vous finissez par ressembler à des gamines de douze ans, c'est pitoyable. Alors, qu'est-ce qu'on va faire de ta tignasse de tigre ?

Il inspecte mes cheveux et je lui jette un regard mauvais, ce qui ne semble pas du tout l'effrayer malgré l'intensité que j'essaie d'y mettre. Je suggère en le fixant toujours (rapport à mes dons de transmission de pensée qui ne demandent qu'à s'épanouir) :

— Rien ?

J'espère encore que mon avis compte dans ce jeu, après tout j'aime bien mes cheveux ni lisses ni bouclés, mais apparemment ce n'est pas le cas de Francis. Il pouffe tout en me peignant avec une brosse en poil de sanglier un peu comme si je n'avais rien dit, qu'aucun son ne soit sorti de ma bouche. Il fixe mon reflet dans le miroir et semble pensif, puis finit par déclarer en me brossant de plus belle :

— On pourrait te donner un look plus rock en te faisant des mèches roses !

J'éclate de rire. Il est super drôle ce Francis, j'adore les Québécois, ils ont un humour irrésistible. Mais j'ai comme un doute. Je me sens obligée de préciser :

— Je ne suis pas une Barbie ! Je ne veux pas ressembler à un flamant rose !

Il arrête de s'acharner sur mes cheveux pendant une seconde et pousse un gémissement :

— Arvana avait tellement envie qu'on teste cette couleur sur toi.

Tu m'étonnes. Il faut croire que ça l'amuserait que je ressemble à une barbe-à-papa. Je lui jette un regard et la vois passer d'un candidat à l'autre, les books en main, en approuvant certains changements, en critiquant d'autres. En tout cas, elle a l'air déterminé. Et elle semble déjà me détester. J'espère qu'elle ne viendra pas inspecter le travail de Francis de sitôt.

Le coiffeur a l'air dépité, alors je lui fais une proposition plus traditionnelle :

— Tu peux me faire des mèches si tu veux, mais on reste dans le classique, genre blond.

— OK, on va essayer ça. Si Arvana n'aime pas, je dirai que tu m'as forcé.

Il me regarde avec un grand sourire et je lui réponds par un clin d'œil. Il me laisse seule quelques minutes pour aller chercher du matériel de l'autre côté de la pièce.

À peine ai-je tourné la tête vers le miroir que j'aperçois Arvana dans le reflet. Je sursaute.

— Alors où en est-on ici ? lance-t-elle mielleuse, en prenant une de mes mèches de cheveux entre ses mains pour l'inspecter comme si la qualité de ma masse capillaire dépendait d'elle.

— Nulle part encore. Francis est allé préparer la mixture pour me faire des mèches.

Un rictus s'étale sur son visage aux traits parfaits.

— Bien, je vais voir s'il a besoin d'aide. Je reviendrai vers toi quand tu seras avec le styliste.

Et elle me quitte bien trop rapidement. Je l'observe en plissant les yeux, sentant le mauvais coup à plein nez.

Après une heure de pose d'un produit qui me pique les yeux à cause de l'ammoniac qu'il contient, je peux enfin passer au bac à shampoing. Francis me laisse m'installer, il positionne ma tête puis retire un à un les supports en plastique en m'arrachant des mèches entières de cheveux et je grimace pendant toute la manœuvre en essayant de penser à autre chose qu'à la douleur. Heureusement (ou non), un événement va me faire oublier l'épreuve. Quand mon cher et tendre coiffeur couine comme une souris en entortillant une mèche entre ses doigts, je sens que quelque chose ne se passe pas tout à fait comme prévu (sûrement mon sixième sens infaillible) :

— Alors ça, c'est curieux...

Le ton de Francis m'alerte tout de suite et je redresse la tête.

— Quoi, qu'est-ce qui se passe ?

Il est devenu pâle et regarde mon crâne comme si une chouette venait d'y installer son nid et d'y pondre cinq œufs. Son silence m'inquiète encore plus et je me relève d'un bond pour m'approcher d'un miroir. Oh ! mon Dieu ! Les mèches qu'il a mis deux heures à traiter sont... vertes ! VERTES ! Je ressemble à Shrek ! Ce n'est pas possible ! Je me tourne, paniquée, vers Francis et ne peux m'empêcher de pointer le doigt vers ma tête en agitant les jambes. La bouche sèche, je balbutie :

— Mais, mais... on dirait que des algues ont fait caca sur ma tête !

Ma réplique le fait éclater de rire. Je gronde :

— Ce n'est pas drôle !

Mais il ne peut pas s'arrêter et se tient le ventre. J'attends patiemment, les bras croisés sur la poitrine, qu'il se calme et j'essaie désespérément de trouver une solution à cette catastrophe verdâtre :

— Tu pourrais me faire une teinture blonde par-dessus pour cacher tout ça, non ?

Entre deux spasmes, il secoue la tête :

— Impossible, ça ne pourra pas couvrir la couleur. Au mieux, ça fera du vert pâle... mais ce sera toujours vert... à moins que tu souhaites avoir les cheveux platine voire blancs.

Moi, avec la tête d'une vieille dame ? Non !

— Qu'est-ce qu'on peut faire ? Je ne vais pas passer à la télé en ressemblant à une bouse de vache malade !

— Mélissa, arrête avec tes comparaisons, tu me tues, là !

J'ai toujours les yeux rivés sur le miroir en cherchant une solution à cette catastrophe capillaire quand je vois Arvana passer derrière moi, un rictus au coin des lèvres. Je n'aime pas beaucoup son expression, d'ailleurs. Cette fille a vraiment l'air malsaine. D'ailleurs… non… elle n'aurait pas pu ! Si ?

Avant que j'aie eu le temps de lui sauter dessus pour lui fracasser un sèche-cheveux sur la figure et la forcer à avouer son méfait en lui plantant un peigne dans l'œil, Francis me pousse gentiment sur ma chaise et me fait asseoir.

— Je vais te faire une coloration châtain foncé tirant sur l'acajou. Tu verras, ce sera très joli. Avec un carré très légèrement plongeant. Tu vas être canon !

Je ne suis pas très convaincue mais après deux nouvelles heures passées entre ses doigts de fée, je dois avouer qu'il avait raison. La coupe et la couleur sont magnifiques et me donnent un air sophistiqué que je n'ai jamais réussi à obtenir malgré mes nombreuses tentatives. Je touche la matière aérienne que j'ai sur la tête comme si c'était de la soie et lui souris :

— Bravo, Francis, c'est vraiment beau.

— C'est toi qui es belle, ma caille. Allez, file au relooking, ils vont faire de toi une vraie femme fatale.

Pas très confiante malgré ma nouvelle coupe de cheveux et les encouragements de Francis, je me dirige vers le dressing où des portants de vêtements tendance côtoient les plus belles chaussures que j'ai jamais vues de ma vie. Chaque paire doit coûter l'équivalent de ce qui se trouve dans mon armoire.

Après différents essayages, je porte un jean délavé qui me fait des fesses rebondies et bien plus fermes que ce qu'elles sont en réalité, une chemise à carreaux avec un sautoir et plusieurs bracelets au poignet. Des hauts talons rouges et une petite veste magnifiquement coupée complètent ma tenue et me donnent un côté chic. Pour être honnête, je ne me reconnais pas. Ajoutez à cela un maquillage subtil qui met en valeur mes yeux et mes lèvres, et vous obtenez une Mélissa toute neuve. Incroyable ! Chaque fois que je croise un miroir, je dois regarder deux fois mon reflet pour être certaine qu'il s'agit bien de moi. On dirait une apparition. Moi, mais en mieux. Il faut que j'en profite parce que dès demain matin, à la maison, Cendrillon redeviendra une femme des plus normale, sans maquillage ni brushing.

À cause du retard pris durant la première phase de mon relooking, je suis la dernière à entrer sur le plateau pour répéter ma chanson. Tous les autres candidats sont partis et il ne reste que les musiciens et le jury dans la salle. À l'idée de voir le producteur, mon cœur se serre et je peine à déglutir tandis que je pénètre dans la pièce avec ma guitare.

Matthew est là.

Dès que j'apparais sur la scène, les mains moites et la gorge sèche, il cesse de parler avec les autres jurés et me fixe d'un air surpris comme s'il avait du mal à me reconnaître. Après m'avoir regardée de la tête aux pieds, il se mord légèrement la lèvre. Par réflexe, j'ai la chair de poule et mon cœur s'emballe encore davantage. Je n'arrive pas à détacher mon regard de ses yeux comme si un fil invisible s'était tendu entre nous et je crois déceler un léger sourire sur ses lèvres. Inspirer. Expirer.

Ma guitare serrée contre moi, j'avance jusqu'au centre et j'ajuste le micro tandis que le pianiste et le batteur se positionnent. Alors que les premières notes d'une autre de mes chansons, *The Last Time*, s'élèvent, j'avale péniblement ma salive. L'air concentré de Matthew me stresse. Les lèvres pincées, les sourcils légèrement froncés, il focalise toute son attention sur moi. Mes jambes tremblent, j'ai l'impression qu'elles se sont transformées en marshmallow, je cligne des yeux, puis place mes mains près des cordes, prête pour le premier accord.

Pour me concentrer et oublier la présence et le regard presque trop intense de Matthew, je ferme les paupières et me laisse porter par cette chanson que j'ai composée deux ans plus tôt quand mes parents ont quitté la Suisse pour le sud de la France. Je replonge dans ces sensations douloureuses d'abandon, de solitude et de profonde tristesse que j'avais éprouvées à l'époque.

Ma prestation terminée, j'ai l'impression de sortir de la transe qui m'a poussée à mettre mes tripes sur le plateau et à tout donner pour transmettre de l'émotion à mon public. J'ouvre les yeux, presque étonnée de voir les installations et les caméras en face de moi. Étonnée de voir le jury bouche bée, et les larmes dans les yeux de Susanna et Julian. C'est moi qui ai fait ça ? Vraiment ?

C'est l'une des plus belles choses du monde. Une des plus précieuses sensations. En les voyant si émus, je ne peux m'empêcher de sourire timidement comme si je m'excusais pour ce que je venais de provoquer. Le silence qui plane dorénavant dans la pièce semble encore empli de sentiments et je prends quelques secondes supplémentaires pour les laisser digérer la chanson. Je crois que j'en ai besoin aussi.

Puis, lentement, attentive à ne pas rompre le charme, je descends de la scène pour les rejoindre. Susanna, la mine encore chiffonnée, me prend dans ses bras et me serre contre elle. Julian acquiesce en souriant et me lance :

— C'était très touchant, Mélissa. J'ai hâte de voir la réaction du public vendredi.

L'évocation du premier direct me tord l'estomac, mais j'essaie de me concentrer sur son compliment et le remercie sans quitter des yeux Matthew qui n'a pas encore dit un mot.

— On se voit vendredi pour le direct ! lance Susanna en prenant le bras de Julian et en nous faisant un clin d'œil.

Tout le monde se salue et je regarde Simon, Susanna et Julian quitter la salle avec les derniers techniciens, sans réagir. C'est plus fort que moi, j'ai du mal à me dire que je viens de chanter devant un parterre de professionnels. Et que je vais vraiment participer à ce concours.

Intimidée par la présence de Matthew, je décide de me retrancher le plus rapidement possible dans l'autre salle pour ranger ma guitare et déguerpir avant qu'une furieuse envie de plaquer mes lèvres contre les siennes me reprenne. Pour justifier mon repli, je balbutie un pathétique :

— Étui guitare !

Étui guitare ? Mais c'était quoi, ça ? Surprise par ma soudaine inaptitude à faire une phrase à la syntaxe correcte, je sens mes joues s'enflammer. Matthew ne manque pas une miette de ma transformation en amibe sans cervelle et me fixe intensément. Pire, il fait un pas et se rapproche de moi. Merde. Je dois dorénavant lever les yeux pour le regarder. Il sent bon. Irrésistible. Son air un peu triste et la nostalgie dans son regard me donnent envie de lui poser mille questions et de savoir comment ces sentiments si obscurs sont arrivés dans ses beaux yeux. Malgré ce côté sombre, sa présence et son charisme provoquent un tsunami dans mon corps. Comme si toutes les cellules dansaient La Macarena. C'est assez déstabilisant.

Matthew prolonge ce contact visuel qui me perturbe sans prononcer une seule syllabe. Les gens ne font jamais ça, normalement ! Sa respiration s'accélère légèrement, sa langue vient humidifier ses lèvres, ses yeux deviennent encore plus noirs. Là, face à lui, je me sens soudainement très forte. Plus forte que lui. Comme si le rapport de force avait changé en l'espace de quelques secondes. Comme si je pouvais faire de lui ce que je voulais. Son regard est devenu presque suppliant.

Quelques secondes de plus et je ne tiendrai pas. La pression est trop forte. J'ai envie de lui. J'ai envie de sa bouche sur la mienne, de son corps contre le mien. J'ai chaud. Je brûle. Je suffoque. Lui aussi ? Ressent-il la même chose que moi ? Pourquoi ne bouge-t-il pas d'un pouce ? Mais non ! Qu'est-ce qu'il fait ?

Un, puis deux pas en arrière. Je fronce les sourcils. Il détache ses yeux de moi et fixe le sol comme pour reprendre ses esprits :

— Il faut que j'y aille. Je… j'ai encore beaucoup de travail pour préparer le concours et les émissions en direct.

J'avale ma salive et réponds dans un souffle un simple :

— OK.

Je suis incapable de parler davantage. Il doit sentir ma déception parce que, après m'avoir tourné le dos et amorcé quelques pas pour sortir, il s'arrête et me fait de nouveau face.

— Très réussi ton relooking, Mélissa. Tu es…

Il marque une pause et nos regards se croisent.

— … splendide, termine-t-il avant de me planter là, les jambes en coton et la respiration saccadée.

Alors que je le vois s'éloigner, je sens mon ventre se tordre et mon cœur se serrer.

# 8

# DES FLEURS
# ET UN RENDEZ-VOUS ÉPIQUE !

*Diane*

Je ne veux pas y aller. Non, c'est décidé. Debout devant mon miroir, les yeux écarquillés comme une chouette et la bouche en cœur, je tente pour la troisième fois de me mettre du rouge à lèvres sans déborder. Mais, chaque fois que j'essaie, ma main tremble, et je dois tout recommencer. Encore ! Je me sens pathétique, ridicule et décalée. Les larmes me montent aux yeux et mon nez me pique dangereusement, ce qui annonce une crise de découragement. Cette histoire de rendez-vous me travaille depuis hier soir, elle me donne des maux de ventre et des palpitations. À cinquante-cinq ans, je n'ai plus envie de m'infliger ça.

Ma chambre d'habitude si bien rangée ressemble à un champ de bataille. Blouses, jupes colorées, robes et pantalons traînent sur le lit ou jonchent le sol. Et je n'ai même pas encore sorti les chaussures. Oh ! et puis flûte, je n'y vais pas.

Après tout, pourquoi me forcer, pourquoi me faire subir ce stress ? Pour souffrir et finir seule de toute manière ? Non merci, je préfère travailler à mon nouveau menu et inventer une recette de cupcakes dans ma cuisine. Tranquille. Je sors de la salle de bains, tout agitée, et hausse la voix :

— Mélissa ? Mélissa !

Appuyée sur la rambarde, je fixe l'étage du dessous et attends de voir apparaître la frimousse de la jeune femme.

— Je ne me sens pas bien, je crois que je vais annuler.

Je la vois froncer les sourcils, pencher la tête sur le côté, puis me faire un sourire qui montre qu'elle a compris ma détresse. Elle monte en sautillant les marches qui nous séparent et se poste devant moi :

— Qu'est-ce qui ne va pas, Diane ?

— Tout ! Enfin rien ! La coiffure, le maquillage, la tenue. Je n'y arrive pas, c'est tout ! J'ai mal au ventre et je ne ressemble à rien ! Enfin si, à une serpillère bonne à jeter.

— Diane, tu es magnifique ! Mais comme personne ne te l'a dit depuis longtemps, tu l'as oublié. Viens, je vais te mettre du rouge à lèvres et refaire ton chignon.

Je ronchonne dans ma barbe alors que Mélissa me traîne dans la salle de bains. Son regard s'attarde sur les vêtements dispersés. Elle se tourne vers moi, la mine étonnée :

— Mais, Diane, on a choisi ta tenue ensemble hier soir ! Pourquoi est-ce que tu as voulu tout changer au dernier moment ?

— Je voulais être jolie !

— Ta robe met en valeur ta taille et tombe comme il faut sur tes hanches. C'est parfait. Un peu de rouge sur les joues et les lèvres, et tu seras magnifique pour ton rendez-vous.

Ni rassurée sur mon allure, ni persuadée que cette histoire de site de rencontres soit une bonne idée, j'obéis pourtant à Mélissa qui m'ordonne de m'asseoir sur la cuvette rabattue des W-C, et me laisse bichonner. Une demi-heure plus tard, elle me tend un petit miroir :

— Voilà, j'ai terminé, regarde !

Je cligne des yeux plusieurs fois, me mords l'intérieur des joues et observe mon reflet. La femme que je vois dans le miroir me renvoie cinq ans en arrière quand je prenais encore du plaisir à me pomponner et à me faire belle pour Charles. Il adorait la teinte de mon rouge à lèvres et, chaque fois qu'il me voyait le porter, il accourait vers moi pour m'embrasser. Et même si je le sermonnais puisqu'il se retrouvait avec plus de rouge à lèvres sur sa propre bouche que sur la mienne, j'adorais qu'il le fasse. Mélissa semble deviner mon trouble mais elle ne pose aucune question. Elle se contente de poser sa main sur mon épaule et de murmurer :

— Tu es si belle, Diane.

« Tu es si belle, Diane. » Lui aussi le disait avant.

Avant…

Je jette un coup d'œil dehors pour me donner du courage mais la pluie qui s'abat sur Montréal depuis cette nuit ne me donne pas envie de sortir. Je pousse un soupir et Mélissa me jette un regard réprobateur. Pour me justifier, j'explique :

— Il mouille à boire debout !

Son expression dubitative me fait sourire et je me sens obligée de lui donner des explications :

— Il pleut beaucoup.

Elle rétorque :

— Chez moi, on dit « il pleut comme vache qui pisse » !

Je ne peux m'empêcher de rire :

— Je préfère notre expression à la vôtre !

— Moi aussi, mais la nôtre est assez parlante aussi. Tu as déjà vu une vache faire pipi ?

— C'est quoi cette question ?

— Ben, ça fait un sacré jet de pipi, c'est tout !

Nous éclatons de rire et je sens la tension qui m'habitait quitter mon corps. Mélissa jette un œil à son portable, me regarde, puis se met à chantonner la chanson du lapin dans *Alice au pays des merveilles* :

— En retard, en retard, j'ai rendez-vous quelque part ! Allez, ma chère, ton Prince charmant t'attend !

— Prince charmant, Prince charmant… avec ce temps, je risque plutôt de tomber sur un crapaud.

— Ne sois pas si négative. Il suffit de l'embrasser pour qu'il se transforme. Au pire, tu lui bouffes les cuisses, il paraît que c'est bon !

Je pousse un grognement et me lève de la cuvette que je trouvais pourtant bien confortable.

Mélissa s'installe sur le pas de la porte tandis que j'enfile une paire de bottines à talons en forçant un peu. J'essuie la poussière qui s'est amoncelée sur le cuir depuis plus de cinq ans et manque de perdre l'équilibre en franchissant le seuil. J'ai perdu l'habitude, je suppose. Après avoir regardé le plan et repéré une nouvelle fois la boutique de fleurs qui se trouve à dix minutes à pied de chez moi, j'embrasse ma petite fée et saisis mon parapluie

Je lui jette un dernier regard comme si j'allais à l'échafaud et ouvre le parapluie contre le déluge. Un rempart contre l'adversité. Si seulement je pouvais le garder toute la soirée pour me protéger des hommes.

L'odeur du béton mouillé par la pluie d'automne flotte dans l'air, des feuilles mortes collent à mes chaussures et le martèlement des gouttes m'agresse les oreilles.

Heureusement, la marche me détend un instant. Puis le stress que je ressens depuis hier soir me rattrape dès que j'arrive devant la vitrine colorée du fleuriste.

L'intérieur est éclairé malgré l'heure tardive et je distingue plusieurs personnes de mon âge en pleine discussion. Tous se sont faits beaux pour l'occasion. Pour séduire. Pour plaire. Dans l'espoir de commencer une nouvelle vie à deux. Moi, qu'est-ce que je fais là ?

Prise de panique, je fais demi-tour mais j'entre en collision avec un petit monsieur rondouillard que je reconnais tout de suite. Flûte, il fallait que ce soit lui. Son rire aigu me fait crisser des dents.

— Oh ! mais c'est ma jolie fleur qui est arrivée avant moi !

— Léon. Ravie de faire votre connaissance.

Il doit avoir dix ans de plus que sur sa photo de profil, une calvitie bien plus prononcée et quelques kilos supplémentaires. Au moins, il a l'air gentil. Après tout, je ne suis pas parfaite non plus. D'ailleurs, question kilos je n'ai rien à dire. Léon me fait un grand sourire et ouvre la porte de la boutique, tout guilleret, en m'invitant à passer devant lui dans un geste théâtral :

— Après vous, ma pivoine.

J'apprécie sa galanterie mais la question que je me pose est : va-t-il vraiment me donner des noms de fleurs tout le long de la soirée ? Et si je l'appelais mon petit cactus ou mon rhododendron, comment le prendrait-il, lui ?

À peine entrés, nous sommes accueillis par une grande tige blonde qui sent la rose. Ou est-ce la boutique ?

— Bonsoir, mes chers, je suis enchantée de vous voir ici ce soir ! Je m'appelle Marie-Pierre et je serai votre animatrice pour la soirée. Vous pouvez vous installer au fond, le matériel est sur la table.

Nous nous exécutons et prenons nos quartiers près de l'arrière-boutique. Sur la table sont disposés deux petits sécateurs, de la ficelle, de la mousse et différentes sortes de fleurs que je n'ai jamais vues. L'odeur fraîche et vivifiante des plantes me détend et je me surprends à apprécier cet instant.

Quelques minutes plus tard, les derniers participants sont arrivés et Marie-Pierre commence le cours en nous apprenant à tailler les tiges puis à les disposer dans la mousse. La conversation avec Léon s'oriente rapidement sur sa passion pour les végétaux.

— Les fleurs parlent, je suis certain que vous l'ignoriez.

— Le jour où j'entendrai des marguerites me dire bonjour, je crois que je prendrai rendez-vous avec mon psy !

Il sourit mais il n'a pas l'air de comprendre ma blague. Je me racle la gorge et reprends mon sérieux. Je ne veux pas qu'il pense que je le prends pour un fou qui entend des voix (de plantes). Je réponds donc aussi sérieuse que j'en suis capable :

— J'ai entendu dire que les plantes adoraient qu'on leur mette de la musique classique.

Heureux que je partage ses certitudes, Léon affiche un grand sourire et acquiesce :

— Oui, mes myosotis adorent Schubert. Par contre, mes gueules-de-loup sont fans de Lady Gaga !

Il plante une tige de rose à côté d'une jonquille et, moi, je manque de m'étouffer de rire. Encore. L'image des végétaux se déhanchant sur *Paparazzi* ne quitte pas mon esprit. Il me jette un regard noir et je toussote pour garder mon sérieux.

— Et vous, Diane, quelle est votre passion ?

Je me retiens de dire « mon mari », il risquerait de mal le prendre. Du coup, je parle de mon métier et de Sweet Cuppins :

— Mon travail. J'adore pâtisser et je tiens un magasin de cupcakes dans le vieux Montréal.

— Bien, bien, bien... Et vous faites des recettes à base de fleurs ?

Encore ces satanées fleurs !

— J'ai parfois tenté des crèmes à la rose et à la lavande.

— Excellent, excellent !

Est-il obligé de tout répéter deux fois comme s'il n'avait rien d'autre à dire ?

Deux heures plus tard, nous avons terminé notre composition et autant vous avouer que l'assemblage de couleurs et d'espèces de fleurs n'est pas des plus esthétique. Des tiges partent de tous les côtés et le jaune des roses couplé au violet des pivoines n'est pas une association très heureuse. Exactement comme Léon et moi.

À peine sorti de la boutique, Léon se tourne vers moi, un grand sourire affiché sur son visage rougi par les verres de vin servis pendant l'atelier :

— Alors, on va chez vous ?

— Pour quoi faire ?

— Pour s'amuser et fourrer un coup !

Bloquée par sa demande, je ne suis pas certaine d'avoir bien compris ce qu'il vient de dire. Comme je dois arborer la même expression qu'une chouette devant un mulot qui parle, il répète en s'approchant de mon visage.

— Je vous trouve très sexy, Diane !

— Je crois que j'avais compris !

Léon a fermé les yeux. Moi, je les ai gardés grands ouverts. Ses lèvres avancent vers moi, mues par un unique désir : manger ma bouche. Je lève la main et la positionne devant mon visage pour me protéger, si bien que ses lèvres s'écrasent contre… ma paume. Le pauvre homme, les yeux toujours fermés, semble prendre conscience qu'il n'a pas visé la bonne cible. Étonné, il ouvre les yeux et cligne des paupières plusieurs fois, l'air hagard et la moue boudeuse. On dirait qu'il ne comprend pas la situation et je dois dire que malgré son comportement trop entreprenant, il fait peine à voir. D'une voix douce, je lui explique :

— Je suis désolée, Léon, mais… je ne peux pas.

Il a un petit rire bon enfant et me regarde avec des yeux pleins de pitié comme si je manquais une occasion exceptionnelle.

— Je comprends, Diane, tout le monde n'est pas prêt à sortir avec un oiseau de paradis.

Cette dernière allusion florale m'achève définitivement et je suis incapable de retenir mon éclat de rire. Devant son air abasourdi, je repars de plus belle dans un fou rire sonore, vexant définitivement mon prétendant qui m'abandonne sur le trottoir en bougonnant des noms de fleurs.

Quand je me reprends enfin, j'ai mal aux joues et à la mâchoire d'avoir tant ri. J'aspire quelques grandes bouffées d'air pour me remettre de mes émotions, puis marche en direction de la maison.

Amusée par cette soirée mais épuisée par le stress qu'elle a engendré, j'ouvre la porte de chez moi avec soulagement, impatiente de raconter ma mésaventure à Mélissa.

— Alors ce rencard ? s'écrie-t-elle en accourant vers moi.

Elle m'observe comme si mon visage allait lui raconter le déroulement de la soirée depuis mon entrée dans le magasin de fleurs jusqu'à sa conclusion épique. Je la vois pencher la tête. Puis elle me demande :

— Tu as pleuré ? Ton mascara a coulé !

Je passe mon doigt sous mes cils pour effacer le maquillage et repense à la tête de Léon, à sa dernière réplique – « tout le monde n'est pas prêt à sortir avec un oiseau de paradis ». Nouvelle explosion de rire tonitruant. Mélissa ne comprend toujours pas mais, devant mon hilarité, elle se met à rire aussi :

— C'était si horrible que ça ? parvient-elle à articuler entre deux hoquets.

Je suis incapable de sortir un mot intelligible et hoche la tête, pliée en deux, les bras autour du ventre. Elle m'attrape par la taille pour me guider vers le salon et m'aide à m'asseoir sur le canapé dans un geste doux malgré les soubresauts qui nous secouent toutes les deux. Elle étend sa main, saisit le plaid, nous couvre les pieds, puis croise les bras autour de ses genoux. Là, elle me regarde, un sourire sur les lèvres et me demande, pressée :

— Raconte !

# 9

# LE STRESS DU DIRECT !

*Mélissa*

Matthew se tient devant les candidats qui ont été rassemblés sur la scène juste avant l'arrivée du public. Tous les regards sont dirigés vers lui et le silence se fait instantanément quand il prend la parole pour le briefing de la première émission en direct :

— Bonjour, tout le monde, et bienvenue sur ce plateau que vous commencez à connaître. Nous voilà partis pour neuf émissions en direct avec vous, comme nous sommes mi-octobre, nous terminerons en décembre. Lors de chaque show, les deux candidats qui auront récolté le moins de votes du public seront sur la sellette. Ils chanteront un nouveau titre et le jury décidera qui mérite de poursuivre l'aventure, et cela jusqu'à la finale. Les téléspectateurs voteront pour leur chanteur préféré, lui offrant ainsi la victoire. Comme vous le savez, le vainqueur remportera un contrat avec Play Record pour l'enregistrement de son CD ainsi que la promotion de l'album, et, étant donné notre force de frappe, cela fera de l'un de vous une star. Sachez que, durant toute la durée du concours, votre vie va changer. Vous ne serez plus considérés comme des anonymes, les gens vous reconnaîtront dans la rue, ils vous demanderont de signer des autographes, la presse vous sollicitera pour des interviews. Nous attendons de vous une attitude des plus professionnelle. Si vous avez besoin de conseils, Arvana et moi sommes là, prêts à vous orienter au mieux et à vous soutenir avec bienveillance dans vos carrières naissantes. Bonne chance pour ce soir.

Les mots « Arvana » et « bienveillance » ne vont pas ensemble du tout. Par réflexe, j'entortille une mèche de cheveux autour de mon index, soulagée de ne plus avoir de vert sur le crâne.

À la simple pensée de l'émission qui commence dans à peine une heure, mon cœur bat la chamade et ma gorge rivalise avec le désert de Gobi niveau sécheresse. J'ai l'impression que je vais mourir, tandis qu'Arvana nous emmène dans une pièce tapissée d'écrans qui nous permettent de suivre l'émission et le passage de chaque candidat en direct.

Je suis la dernière de la liste. La plus mauvaise place puisqu'elle ne laisse pas beaucoup de temps aux téléspectateurs pour voter.

Le premier candidat à se lancer dans l'arène, que j'envie secrètement davantage pour le fait qu'il aura plus vite fini que parce qu'il pourra comptabiliser plus de votes, s'appelle Tim Broder. Ses cheveux noirs ondulent de part et d'autre de son beau visage, lui donnant une allure de sex-symbol, et sa voix grave et chaude envoûterait n'importe quel mélomane. Ou n'importe quelle adolescente. Voire n'importe quelle femme.

Son physique et sa voix font de lui l'un des candidats les plus sérieux. Toutes les midinettes vont craquer pour lui, c'est certain. Même si je le trouve charmant, quelque chose dans son regard attise ma méfiance. Je me demande si c'est l'ambition que je devine ou quelque chose de plus profond et de plus malsain.

Le silence se fait tout à coup dans la pièce et le générique de l'émission débute. Nous sommes tous tendus, les doigts entrelacés, les mines inquiètes levées vers l'écran géant. Soraya Lens, la présentatrice, assure le lancement de l'émission, et Tim est dorénavant au centre de la scène, les deux mains sur le micro, les yeux fermés, prêt à chanter sa reprise de *Let it be* des Beatles. Il serait capable de faire pleurer un sapin avec son timbre rauque et son air sombre. Parmi les dix participants, je suis l'une des seules à composer et interpréter mes propres chansons. C'est mon point fort. Ma différence. Arvana m'a expliqué que cela faisait partie du story-telling que l'équipe de production allait utiliser pour raconter mon histoire. Je souhaitais lui demander ce que signifiait ce terme exactement mais son air supérieur m'a retenue et à la place je suis allée sur Google. L'équipe de tournage est même venue chez Diane me filmer en train de composer (enfin de faire semblant car c'est impossible d'écrire une suite de notes et d'accords mélodieux quand trois caméras sont braquées sur vous) et de jouer des airs de guitare en fredonnant. Ce petit portrait et quelques images de mes castings, suivis de la délibération du jury, seront diffusés avant ma prestation.

Ce soir, c'est la première rencontre avec le public. J'ai rarement été aussi angoissée et aussi impatiente en même temps, ce qui est un mélange plutôt curieux.

Arvana nous a aussi conseillés de créer une page Facebook pour que les fans puissent suivre notre parcours dans *Best Singer* et notre actualité. D'après elle, le nombre de likes devrait déjà exploser après la première émission. Je l'espère puisque, pour le moment, trois personnes seulement aiment ma page « Mélissa Müller chanteuse ».

Diane. Et encore, on a créé son profil juste après ma page.

James, le collègue de Steve fan de l'émission.

Et un Bulgare qui s'appelle Chewbacca Senior. Je ne vous parle pas de sa photo et de la raison pour laquelle il a choisi ce pseudo. Sachez seulement que ça a un rapport avec les poils.

D'ailleurs, Diane qui passe une bonne partie de son temps libre sur les réseaux sociaux depuis son inscription sur le site *Ensemble* m'a proposé de m'aider à alimenter ma page. Elle a déjà improvisé une séance photo dans le salon pour poster des images de moi en train de jouer. Elle est adorable.

La sixième candidate, une belle rousse flamboyante du nom de Ginny, s'époumone sur *So Bad* de Nickelback. Bien que j'adore cette chanson, j'ai du mal avec son interprétation qui manque d'émotions et de nuances. C'est d'ailleurs la remarque que lui fait Matthew Thornton une fois qu'elle a terminé. Une remarque qui l'a froissée, si j'en juge la tête qu'elle fait, les sourcils froncés et les lèvres pincées.

Plus que quatre chanteurs avant moi. Je serre les poings et avale péniblement ma salive. La gorge en feu, les mains moites, je frôle les cordes de ma guitare pour retrouver une sensation familière et apaisante. Je ferme les yeux, je me concentre et remue les lèvres en répétant de manière muette les paroles de mon titre *Lost in you*, une compo qui évoque la rupture et l'impression d'avoir fait le bon choix malgré le manque. Ce n'est pas ma chanson préférée : *If you knew* reste plus facilement en tête, mais elle est assez rythmée et moins nostalgique que les autres. *Lost in you* est un bon choix pour une première émission selon Matthew puisque cette chanson plus commerciale plaira à un panel de téléspectateurs plus large.

Le neuvième candidat, Xavier, le mec sympa aux dreadlocks qui m'avait sortie de ma rêverie lors du casting et qui a également été sélectionné pour les directs, s'apprête à entrer sur le plateau avec son banjo.

Après lui, ce sera mon tour. J'inspire profondément mais la dose d'oxygène ne suffit pas à apaiser ma tension et mon pouls filant. Je suis proche de la syncope.

La dernière pause publicitaire est lancée et, alors que je suis en train de regarder si une fenêtre ne me permettrait pas de sortir du bâtiment, de gagner l'escalier de secours et de m'enfuir ni vu ni connu, une main se pose sur mon épaule et me fait sursauter.

— Désolé, je ne voulais pas t'effrayer. C'est ton tour, il faut que tu rejoignes le plateau.

La voix chaude de Matthew met fin à mon plan d'évasion et je lève la tête vers lui, tentant de lui faire un pitoyable sourire. Genre un sourire de Grinch. Les poils verts en moins.

J'humidifie mes lèvres, les yeux toujours rivés aux siens. Je crois qu'il devine mon angoisse parce qu'il resserre ses doigts sur ma peau et murmure pour que la suite de la conversation ne soit que pour nous :

— Je ne m'avance jamais d'habitude, Mélissa, le public et ses goûts sont bien trop imprévisibles, mais il va t'adorer. Je le sais, je le sens…

Comme un automate, je me lève, déglutis péniblement, ajuste le bandeau de la guitare autour de mon cou et suis Matthew d'un pas rapide jusqu'à l'entrée de la scène. Il rejoint son fauteuil et j'aperçois les autres jurés qui discutent en attendant la fin de la publicité tandis que Soraya ajuste sa robe rouge, le micro en main pour annoncer ma venue dès que le producteur lui transmettra l'ordre dans son oreillette. La machine est huilée. Chacun connaît sa place. Chacun connaît son rôle. Sauf moi. Et si toute cette organisation était trop grande pour moi ? Que me restera-t-il si ce rêve-là s'effondre ? Si je ne suis pas à la hauteur ?

Avant d'avoir eu le temps de réfléchir à la question, je suis propulsée sur le plateau par un assistant qui mime « c'est à toi » en me poussant en avant. Est-ce que je me permets, moi, de le pousser devant plein de monde et de grosses caméras en lui disant « c'est à toi » ?

Mon portrait vient d'être diffusé et le public tout comme le jury s'est arrêté de parler dès que je suis entrée.

Poum. Poum. Poum.

C'est mon cœur qui produit ce bruit ?

Toutes mes sensations sont exacerbées comme si j'allais imploser. Le mélange d'adrénaline, de peur, d'excitation donne un cocktail détonant qui me permet de tenir debout et de ne pas me liquéfier devant les millions de téléspectateurs. Mon seul but est de parvenir jusqu'au micro installé au milieu de la scène et de grimper sur le petit tabouret qui se trouve devant.

Un pas après l'autre.

Poum. Poum. Poum.

Je m'arrête devant le pied du micro, m'assieds lentement, cale la guitare sur ma cuisse, positionne ma main droite au-dessus du manche et prends une grande inspiration avant de laisser mes doigts courir sur les cordes et lancer le premier accord.

À cet instant, plus rien d'autre ne compte. Il n'y a que la musique. Il n'y a toujours eu que la musique. C'est ce qui donne un sens à ma vie. Au chaos de l'existence. Portée par la mélodie entraînante, j'entonne le premier refrain et frissonne quand, à ma plus grande surprise, le public tape des mains en rythme pour m'accompagner. Un sourire s'étale sur mes lèvres et je regarde les visages en face de moi, j'observe les réactions, la transe qui gagne les corps, les mouvements de la foule qui vibre avec moi.

Je vis pour ça. J'ai survécu aux moqueries, aux railleries des pessimistes pour vivre des moments comme celui-ci. Et, même si je ne gagne pas, j'aurai ressenti encore une fois cette certitude puissante et bienfaisante. La certitude que je suis faite pour la musique.

Quinze minutes plus tard, maître Lenoir, l'huissier de l'émission, entre sur le plateau avec les résultats du concours.

Tim Broder arrive en tête. Je suis troisième. Incroyable !

Ginny, la rousse, est éliminée après délibération du jury.

À la fin de l'émission, nous sommes tous conviés à un apéritif dans la maison de disques. Des petits fours, des canapés et de nombreuses bouteilles de champagne sont disposés sur des tables couvertes de nappes blanches. Comme je n'ai rien mangé avant le show à cause du stress, je meurs de faim. Mon ventre se prend pour une fanfare et multiplie les gargouillements bizarres et bruyants. J'avale mon troisième canapé au thon et enfourne un feuilleté au crabe par-dessus quand je sens une présence derrière moi. La bouche pleine, je me retourne et tombe nez à nez avec… Matthew qui me regarde d'un air amusé.

— Tu n'as pas mangé depuis une semaine ou la nourriture québécoise te déplaît au point que tu ne te nourris plus ?

Comme je suis incapable de répondre sans lui recracher du thon dans les yeux, je m'abstiens. Je suis polie parfois. Ma bonté me perdra. Il en profite pour ajouter une autre provocation, s'approchant un peu plus de moi.

— Tu as aussi perdu ta langue ?

Je grogne en faisant un geste équivoque qui, dans ma tête, signifie très clairement : comme je suis incapable de mâcher à une vitesse supersonique trois canapés et un feuilleté en même temps, je te saurais gré d'être patient et de me laisser le temps d'avaler un repas complet avant de me poser des questions. Sans quoi, je risque de perdre ma dignité. Et tu risques d'avoir de la bouillie sur le visage. Il ne faudrait pas que cela devienne une habitude, d'ailleurs. J'avale d'un coup et siffle :

— Moi et ma langue allons très bien, je vous remercie.

Il m'observe, un sourcil levé et un sourire narquois aux lèvres.

— Je n'en doutais pas après ta prestation. Tu as déjà de très bons commentaires et d'excellentes critiques sur le net.

— Hein, je suis sur le net ?

Mon exclamation le fait rire et il dégaine son smartphone de la poche de son pantalon pour me montrer les commentaires qui suivent l'extrait de ma chanson posté sur la page Facebook Best Singer. Je n'en crois pas mes yeux. C'est irréel.

Ce qui l'est encore plus à ce moment-là, c'est la présence du producteur si près de mon cou. Je sens son souffle sur ma peau et me surprends à aimer cette proximité. La preuve ? Des frissons parcourent mon dos malgré la chaleur de la pièce et je sens mes jambes flageoler.

Quand il s'écarte pour reprendre une posture plus décente, nous sommes incapables de continuer une discussion normale, comme si l'attirance que nous ressentons suffisait à créer un lien entre nous.

Alors qu'un blanc s'installe, Tim Broder vient interrompre notre moment de complicité et me glisse une coupe de champagne dans la main en s'écriant :

— Bravo, Mélissa, c'était drôlement bien ta chanson !

Matthew lui lance un regard noir et mon cœur fait un bond. Sans prononcer un seul mot, le producteur se détourne et se dirige vers Arvana, la mine sérieuse et les sourcils froncés, me laissant en tête à tête avec l'autre candidat. Qu'est-ce qui lui prend de réagir comme ça ?

À deux heures du matin passées, la fête bat son plein dans les locaux et j'en suis à ma cinquième coupe de champagne quand ma vessie se rappelle à mon bon souvenir. J'entreprends donc une mission « W-C » et quitte la pièce en chantonnant : « Petites toilettes, venez par ici, ne vous cachez pas, je vous trouverai » – ce qui ferait fuir n'importe quelle personne sobre. Moi, je m'amuse en me prenant pour un agent du FBI en pleine intervention, mimant une arme avec mes doigts à chaque croisement de couloirs, espérant tomber sur le sigle bien connu.

Alors que je me perds dans un nouveau dédale interminable, mon petit jeu d'exploratrice commençant à me fatiguer, j'entends un gémissement qui provient d'une pièce adjacente. Intriguée par la sourde plainte, je passe la tête dans l'entrebâillement de la porte. Tapi dans un coin sombre, j'aperçois Matthew qui fume une cigarette en se tenant la jambe et en marmonnant des paroles incompréhensibles. La tête baissée, le dos voûté, il semble parler à des personnes imaginaires.

Malgré la pénombre, je parviens à distinguer les traits de son visage, grimaçant de douleur.

Je m'approche doucement, mais je m'arrête brusquement quand je l'entends répéter :

— Pardon. Je suis désolé. Pardon.

Inquiète, je me précipite vers lui et m'agenouille pour être à sa hauteur :

— Matthew, ça va ?

Il me fixe sans ciller et serre la mâchoire avant de grogner entre ses dents.

— J'ai mal à la jambe. Je suis désolé. J'ai fait mon possible, mais ça n'a pas suffi…

— Qu'est-ce qui n'a pas suffi ? Je peux faire quelque chose pour vous ?

— Personne ne peut rien plus rien pour moi. C'est trop tard…

Le ton sur lequel il vient de prononcer sa phrase me glace le sang. Vu la bouteille de champagne vide qui git à ses pieds, il a trop bu.

Je m'apprête à l'interroger de nouveau quand la porte s'ouvre et qu'Arvana apparaît dans la lumière du corridor. Elle accourt vers nous et évalue la situation d'un coup d'œil rapide, puis me demande d'un ton inquiet :

— Il t'a dit quelque chose ?

— Il a dit qu'il était désolé. Et que sa jambe le faisait souffrir.

— C'est tout ?

Je hoche la tête avant de lancer un nouveau regard à Matthew, inquiète de le voir dans cet état.

— Je peux faire quelque chose pour l'aider ?

À son tour, Arvana s'agenouille près de lui avant de me jeter un regard mauvais. Sèchement, elle m'ordonne :

— Va-t'en, Mélissa, je vais gérer ça. Et surtout, ne parle à personne de ce que tu as vu. Il délire, il a juste trop bu…

Je quitte la pièce, la tête pleine de questions. L'abus d'alcool ne suffit pas à expliquer l'attitude étrange du producteur. Pourquoi est-il désolé ? Qu'est-ce qu'il n'a pas pu faire ? Qu'est-ce qui le met dans cet état de désespoir ? Et surtout… que cherche-t-il à oublier en se soûlant ?

# 10

# UN CHEVAL ET UN PRÉTENDANT…

*Diane*

Mélissa est rentrée dans un drôle d'état pendant la nuit. Si je le sais c'est que je l'ai croisée en allant aux toilettes et qu'elle avait l'air préoccupée dans sa conversation avec les rideaux du salon. Ce matin, alors que je beurre un toast pour lui faire une tartine, elle a toujours l'air pensif. Je dispose son assiette devant elle, elle me sourit distraitement puis repart dans ses pensées. Tout en la fixant, je m'assieds en face d'elle et avale une gorgée de jus d'orange avant de lui demander doucement :

— Tu te sens bien, ma pitoune ? Tu n'as pas l'air en forme. Pourtant, tu as été formidable hier soir !

Elle lève les yeux sur moi avec un léger sourire, inspire et prend le temps de formuler son explication. Son visage se chiffonne :

— Il s'est passé un drôle de truc à la soirée d'hier. J'ai trouvé Matthew en train de délirer dans une pièce sombre, tout seul. Il marmonnait qu'il était désolé et que sa jambe lui faisait mal.

— Il était peut-être fatigué après le concours. Il doit subir une sacrée pression avec cette émission.

— Il n'y avait pas que ça… il avait l'air tellement désespéré, tellement triste.

— Tu as pu parler avec lui ?

— Non, l'attachée de presse a surgi de nulle part et m'a très gentiment demandé de dégager. Mais moi, j'avais juste envie de l'aider, de le soutenir. Il a l'air si mystérieux, si secret. Si sombre parfois… il m'intrigue.

— Fais attention, il m'a tout l'air d'être un homme blessé. Et un homme blessé a tendance à faire du mal autour de lui, même s'il ne le souhaite pas.

— Tu as peut-être raison, Diane.

Après le petit-déjeuner, Mélissa file à la boutique pour assurer l'ouverture. Je devais m'occuper du service de la journée après son émission du vendredi mais, comme j'ai reçu une demande de dernière minute pour une nouvelle rencontre sur le site *Ensemble*, elle a insisté pour me remplacer sous prétexte que je devais profiter de la vie. Quel grand cœur, cette petite ! Chaque jour je la considère un peu plus comme la fille que je n'ai jamais eue et je commence vraiment à m'attacher à elle.

J'ai été invitée à un rendez-vous matinal cette fois-ci avec Martin Faucon, un entrepreneur dans l'informatique. Après le désastre de la dernière fois, j'appréhende la rencontre, mais j'essaie de rester motivée et positive. Même si mes prétendants laissent mon cœur de marbre, je dois reconnaître que je suis ravie de tester de nouvelles activités qui me permettent de sortir de chez moi. En fait, Mélissa avait raison, je commence à revivre. Je découvre des choses, j'échange avec des hommes et, petit à petit, je reprends confiance en moi. Le chemin sera encore long mais je sens que la femme que j'étais, celle qui croquait la vie à pleines dents et qui vivait chaque seconde intensément, est en train de revenir. Et cette sensation me fait un bien fou.

La vie, ce n'est pas de s'enfermer dans un travail même si on l'adore.

La vie, ce n'est pas de se morfondre en ressassant le passé et la douleur.

La vie n'est pas toujours une partie de plaisir mais elle mérite qu'on joue avec elle comme elle joue avec nous.

La vie peut être plus belle si on s'en donne les moyens.

C'est exactement ce que je pense en quittant la maison et en prenant mon char pour me rendre hors de Montréal au point de rendez-vous fixé par Martin. Pour garder la surprise, il ne m'a pas dit quelle activité il avait prévue pour cette première rencontre. Il m'a juste demandé de mettre un pantalon, ce que je trouve plutôt curieux. Du coup, je me demande si :

1) Il a peur des jupes.

2) C'est un fétichiste des pantalons.

3) C'est à cause de l'activité qu'il a choisie, ce qui m'effraie presque davantage.

Alors que j'arrive à l'adresse indiquée, mon sang ne fait qu'un tour. Est-ce que j'ai bien lu ?

Je tourne vivement la tête pour vérifier le panneau, bien que les enclos et les chevaux qui s'y ébattent en plein air laissent peu de place au doute.

J'adore les animaux mais pas forcément ceux qui pèsent plus lourd que moi et qui mesurent deux fois ma taille. Peu rassurée, je me gare et sors de la voiture, remontant mon pantalon qui descend trop bas sur mes hanches.

C'est en tournant la tête que j'aperçois Martin. Il me fait un grand sourire que je lui rends et court vers moi à petite foulée avant de m'offrir une accolade chaleureuse. Il sent le chèvrefeuille et le citron. Il a les cheveux blancs assez longs type ancien surfeur à la retraite et porte des lunettes de soleil. Son teint hâlé montre qu'il aime les activités en plein air ou les cabines de bronzage et sa silhouette fine et musclée témoigne de l'importance qu'il doit certainement accorder à une activité physique régulière.

— Alors, Diane, heureuse d'être avec les chevaux et le plus bel étalon de la région ?

Oh non, s'il me traite de jument ou qu'il multiplie les métaphores douteuses comme le mordu de fleurs de la dernière fois, je les abandonne illico, lui et ses équidés. Je n'ai même pas le temps de lui répondre qu'il enchaîne :

— C'est très important pour moi, le sport. Tu es sportive ?

J'ai envie de lui demander s'il a bien vu ma photo avant de m'inviter à partager un moment avec lui. Là encore, il n'attend pas ma réponse pour poursuivre, à croire qu'il aime s'entendre parler.

— Moi, je suis accro au sport. Avec l'informatique, je ne fais que ça. Vélo, équitation, hockey, course à pied, tir à l'arc, fitness, natation… j'aimerais ouvrir ma propre salle de fitness, d'ailleurs.

J'ai envie de lui demander s'il est amoureux du sport et si toutes ces activités physiques lui laissent l'énergie pour le « sport matelas », mais je me retiens. C'est là que je remarque le legging turquoise dans lequel son fessier est moulé et je laisse échapper un petit rire. Rire apparemment interprété comme un gloussement ravi de la part de mon prétendant qui aurait mieux fait d'installer un miroir en face de lui pour entretenir une conversation avec lui-même. Il m'entraîne vers le manège en posant sa main au creux de mes reins et me fait un sourire radieux qui dévoile une rangée de dents trop carrées et trop blanches pour être naturelles.

— Je sais, je sais, je fais de l'effet aux femmes, tu n'es pas la première et tu ne seras pas la dernière. Enfin, qui sait ?

Il produit un gloussement suffisant. Tout ce que je trouve à lui répondre, c'est :

— Ce sont tes vraies dents ? On dirait une mâchoire de diplodocus !

Il écarquille les yeux comme si ma question ne faisait pas partie des demandes auxquelles il pouvait répondre et se contente de sourire. Quel étrange personnage.

— Voilà, nous sommes arrivés au manège.

J'ai un instant de panique quand nous nous retrouvons devant un seul cheval, un énorme animal aux pattes larges comme celles d'un éléphant et au cou plus épais que celui de trois bœufs. Mais où est le deuxième ? Et pourquoi n'est-il même pas sellé ? L'espèce de sangle comportant deux poignées sur le dessus ne me rassure pas vraiment non plus. Martin flatte l'encolure de l'animal qui s'ébroue comme s'il n'appréciait pas beaucoup ce contact, se retourne vers moi d'un air fier et ajoute :

— Elle est belle, n'est-ce pas ? Moins que moi mais je ne suis pas jaloux !

En me voyant dubitative, il précise, plus enthousiaste que je le suis devant un cookie au chocolat :

— Nous allons faire de la voltige, Diane !

— De la… quoi ?

— Voltige !

Moi qui ai la souplesse et la grâce d'un hippopotame, j'étouffe un rire. Moi, sur un cheval, en train de faire des acrobaties ? Je crois qu'il rêve ! Ce qui lui confère au moins une qualité : il est optimiste.

— Allez, je commence, lance-t-il en sautillant près du cheval, l'air impatient d'un gamin de cinq ans devant un magasin de jouets.

Ben tiens, ça m'aurait étonnée qu'il me propose d'essayer avant lui. Avec l'aide du moniteur qui joint ses mains en guise d'étrier, il grimpe sur la jument et claque la langue pour la mettre au pas. Il étire ses bras, fait des moulinets en souriant et en me regardant comme s'il était fier de se trouver tout là-haut alors que je suis tout en bas.

— Tu vois, Diane, c'est important de faire des étirements pour éviter un claquage. Ensuite, tu peux te mettre à genoux et même debout.

D'un mouvement élégant, il faut en convenir, il saute sur ses genoux, reste quelques foulées dans cette position puis se met debout, les deux bras en croix.

On dirait Jésus en legging turquoise. Stop, Diane, arrête de te faire des films de la sorte, tu vas avoir une autre crise de rire et il prendrait certainement très mal le fait que tu te moques de lui.

— Au galop, ordonne-t-il à la monture qui s'élance d'un coup.

Martin garde le rythme et se balance élégamment sur l'équidé qui entame un nouveau cercle autour du moniteur. Après quelques tours de piste, il saute au sol et vient me chercher pour que j'essaie à mon tour. Il sourit comme s'il était ravi de sa prestation et replace une mèche de cheveux derrière son oreille. Quant à moi, je recule d'un pas pour mettre un peu plus de distance entre moi et l'animal qui se tient tranquillement à quelques mètres. Je bégaie :

— Je ne suis pas certaine que ce soit une bonne idée…

— Mais si, c'est très agréable, tu verras. Tu as déjà monté à cheval ?

— Sur un poney quand j'avais quatre ans, ça compte ?

— Tu pratiques un sport ?

— La pâtisserie ?

Il m'observe comme si c'était la première fois qu'il me voyait et reporte son attention sur le cheval, un sourire satisfait sur son visage.

— Je vais monter avec toi !

Je pousse un gémissement. Monsieur Legging tend ses mains jointes et, avec l'aide du moniteur, ils me hissent sur le dos de Chouquette, la jument. Maintenant que je sais son nom, j'ai beaucoup moins peur d'elle. Elle et moi, on a plein de choses en commun. Ce qui n'est pas le cas de Martin qui ne doit même pas connaître les chouquettes, cette spécialité française. Ni aucun aliment qui comporte du sucre d'ailleurs. Il grimpe derrière moi et lance :

— Allez, Chouquette, au trot !

J'ai l'impression d'être un prunier qu'on secoue dans tous les sens. Mes bras, mes jambes tapent contre la pauvre jument et ce n'est rien comparé à la danse de mes fesses sur son échine. Derrière moi, Martin s'égosille :

— Les étirements, Diane, les étirements. Tends tes jambes en avant, n'aie pas peur !

— Pas peur ? Déjà qu'au sol je n'ai aucun équilibre, alors sur un cheval…

— Agrippe sa crinière, ça va te rassurer. Et moi, je te tiens !

Pour me tenir, il me tient. Il me serre contre lui, les deux bras autour de ma taille comme si j'étais un nounours !

— On se met debout ? propose-t-il en se redressant.

Je crois que je n'ai pas bien compris la question. Sans me laisser le temps de lui répondre, il me tire par les aisselles pour m'aider à me soulever. Tout doucement, je lâche prise, j'essaie de trouver mon équilibre, je positionne mes pieds sur le dos de Chouquette et je... vole ! Les deux bras tendus, Martin derrière moi (j'ai beau râler, sa présence me rassure), je me laisse porter par la jument qui est passée au galop. Le mouvement doux de son allure me donne l'impression d'être bercée par les vagues et plus rien d'autre n'existe que cette sensation de liberté.

Charles, je vole. Charles, je me tiens debout sur un cheval et je vole ! C'est beau, Charles, c'est beau. Je suis libre, comme toi. Libre et je vis !

Un large sourire s'étale sur mon visage et je ferme les yeux un court instant pour me laisser aller au rythme de la jument. Quand je me rassieds sur le dos chaud de Chouquette, je passe mes doigts dans ses crins rêches, puis caresse ses flancs pour la remercier.

Le moniteur m'aide à redescendre tandis que Martin recommence des acrobaties de plus en plus périlleuses. Je crois que c'est quand il a tenté de faire le poirier que tout a dégénéré.

Il a basculé en avant et, dans un petit cri qui n'avait rien de très masculin, il est tombé lourdement sur les fesses. Heureusement, la sciure du manège a adouci sa chute, mais son ego meurtri aura du mal à se remettre de cet affront. Je me hâte de venir dans sa direction et lui demande, hésitant entre le gloussement et l'inquiétude qu'il se soit vraiment fait mal :

— Martin, ça va ?

À en juger à sa tête qui oscille de droite à gauche dans un mouvement d'incompréhension, on dirait qu'il vit le pire des drames. Un crime de lèse-majesté. Tout penaud, il se relève, époussette la sciure sur son legging, et se tient le dos avec ses deux mains. Il s'approche de moi sans lever les yeux et me lance :

— Écoute, Diane, je pense que c'est mieux que ça s'arrête là entre nous. Jamais aucune femme n'avait provoqué ma chute. C'est un signe.

— Selon moi, le simple fait que tu portes un legging turquoise est un signe, Martin, dis-je d'un air tout aussi sérieux.

Il grimace et remballe sa fierté en suivant le moniteur dans le manège. La main sur ma bouche pour étouffer le nouveau fou rire que je sens naître dans mon ventre, je prends la direction de mon char. À peine ai-je fermé la portière que j'éclate de rire ! Mais qu'ai-je fait pour tomber sur des numéros aussi incroyables ? Le point positif ? J'ai essayé la voltige. Et le contact avec la jument Chouquette m'a fait beaucoup de bien. J'ai également retenu de mon expérience sur le site *Ensemble* que je ne dois pas sortir avec :

1) Un oiseau de paradis

2) Un étalon qui fait de la voltige

Tout ce que je souhaite, c'est d'apprendre à connaître un homme gentil, drôle et attachant qui ne porte pas de legging turquoise et qui ne m'appelle pas « ma petite pivoine ». Est-ce trop demander ?

Ce soir, comme tous les derniers inscrits sur le site, je suis conviée à un repas dansant avec l'équipe d'*Ensemble*, afin d'échanger sur nos expériences et d'obtenir une chance supplémentaire de trouver la perle rare. J'hésite entre impatience et angoisse en sortant la sixième robe de mon armoire. Cette fois-ci, Mélissa ne pourra pas me conseiller puisqu'elle est toujours à la boutique.

Après cinq essayages, je suis lessivée et découragée. Tous ces efforts m'épuisent.

C'était pourtant si simple avec Charles. Un pincement au cœur me pousse à m'asseoir sur le rebord du lit et à jeter un coup d'œil à la pile de lettres qui n'a pas bougé de ma table de chevet. Je saisis la troisième et déplie délicatement l'enveloppe avant de sortir le papier.

Je frissonne en retrouvant son écriture si familière, ses courbes et ses lettres déliées. Tous les souvenirs me reviennent et mon ventre se serre douloureusement. Toujours les mêmes sensations. La même douleur. Le corps a une sacrée mémoire et les stigmates de cette histoire sont gravés en moi à jamais.

*Montréal, 20 février 2010*

*Ma chérie, mon amour,*

*Tu t'es rendu compte du changement, je le sais. Tu l'as perçu dans notre quotidien. Peut-être as-tu vu la peur dans mes yeux et les doutes qui m'assaillent ? Je sais que tu me connais mieux que personne et que tu devines chaque angoisse qui se cache derrière un soupir.*

*Mes rendez-vous extérieurs deviennent de plus en plus réguliers et je sais que mes excuses pour m'y rendre sont de plus en plus bancales. Pardonne-moi, j'essaie de faire au mieux.*

*Tu te souviens du cours de cupcakes auquel nous avions participé ensemble ? Tu m'as dit que tu rêverais d'en organiser toi aussi. J'aimerais que tu le fasses. Tu es tellement douée pour rendre les gens heureux.*

*Vis tes rêves, je t'en prie.*

*Saute en parachute, vole en montgolfière. Ose faire tout ce qui te fait envie et que je n'ai jamais réalisé avec toi. Parfois, on arrête de choisir et la vie choisit pour nous. Choisis ta voie, Diane. Ne laisse jamais la routine ou la peur gagner.*

*Tout va trop vite quand il est trop tard.*

*Je t'aime tant, Diane.*

*Vis, s'il te plaît. Profite de chaque instant intensément.*

*Pour moi.*

*Ton Charles qui t'aime pour l'éternité*

Le cœur serré, je la range sur les autres, caresse le papier rugueux et inspire profondément en retenant un sanglot. Alors je souffle lentement comme pour évacuer la tristesse et les sentiments négatifs qui me prennent à la gorge, et je choisis de mettre ma robe rouge, celle que Charles préférait. Peut-être me portera-t-elle chance ?

Les mains moites, les lèvres pincées, je pénètre dans la grande salle louée pour la soirée en tentant de repérer mes deux derniers prétendants. Pour les fuir et m'installer à l'autre bout de la salle, évidemment ! Des lampions colorés et des guirlandes disposées sur les poutres plongent la pièce dans une ambiance tamisée et romantique malgré le brouhaha ambiant. Des serveurs en costume déambulent parmi les invités, portant des plateaux chargés de verres de vin et de coupes de champagne. J'en saisis une au passage pour me donner une contenance et avale quelques gorgées du liquide frais et pétillant tout en me repliant vers le buffet.

Plusieurs longues tables ont été dressées et regorgent de verrines et de feuilletés, de viande froide et de salades diverses. Partout dans la salle, des tables basses et des canapés permettent aux invités de flâner d'un coin à un autre. Alors que je développe un soudain intérêt pour la nappe de la table, une voix grave et chantante me fait sursauter :

— Bonsoir. Votre robe est tout simplement époustouflante.

Je me retourne en manquant de renverser mon champagne sur un homme charmant, d'une soixantaine d'années, qui ne me semble pas totalement inconnu. Sans même réfléchir, je lui demande :

— Je ne vous ai pas déjà vu quelque part ?

— C'est original comme approche.

Ses yeux pétillent et je lui souris en prenant conscience que je viens de lui servir une phrase passe-partout et des plus banale quand on est inscrit sur un site de rencontres. Pire, une phrase de drague typiquement masculine. Pourtant, j'ai vraiment l'impression de l'avoir déjà vu ! Il boit une gorgée de son verre, probablement un whisky fumé à en juger par l'odeur, et affirme :

— Vous devez être inscrite depuis longtemps sur le site pour avoir développé de telles techniques d'approche.

— Vous faites ça souvent ?

— Discuter avec de belles femmes en robe rouge ?

— Être impertinent avec des femmes que vous ne connaissez pas ?

Nous nous sourions au-dessus de nos verres.

— Si vous m'avez déjà vu quelque part, je ne suis pas totalement un étranger.

— Je n'ai jamais prétendu vous connaître.

— Vous n'avez pas tort. Je m'appelle John et je suis ravi de vous rencontrer.

Il me tend la main et mes doigts se referment sur les siens tandis que je réponds :

— Je m'appelle Diane et je suis terriblement gênée d'être à cette soirée.

Il rit et mon cœur fait un bond.

— La présence d'autant de célibataires vous perturbe ?

— Je crois que c'est davantage la présence des deux prétendants que j'ai eu l'occasion de rencontrer qui me perturbe.

— C'était si terrible ?

— Pire encore !

— Dommage.

— En fait, j'ai beaucoup ri toute seule. Et j'ai appris à fabriquer de très belles compositions florales et à tenter des acrobaties sur le dos d'un cheval ! À vrai dire, cela faisait longtemps que je n'avais pas profité de la vie comme ça… Et puis, je ne sais pas si je cherche vraiment l'amour. Peut-être que je l'espère sans trop y penser. Je crois que j'ai juste envie de me redécouvrir.

Son regard profond s'arrête sur moi et je regrette presque de m'être confiée aussi vite à un homme que je ne connais pas.

— Et vous y parvenez grâce au site ?

— À trouver l'amour ?

Il me sourit et je lui rends son sourire.

— À vous redécouvrir.

Je porte la coupe à mes lèvres, les yeux dans le vague, puis relève la tête et fixe John :

— Je crois que je suis en train d'y parvenir, oui.

— Alors, je suis content, Diane. J'adorerais passer plus de temps avec vous mais je dois malheureusement y aller, le devoir m'appelle. Ça a été un plaisir de discuter avec vous, la plus charmante femme en robe rouge de la soirée.

— Le plaisir a été entièrement partagé, John.

Il rive son regard au mien quelques secondes avant de m'offrir un dernier sourire sincère, puis s'éclipse avant que j'aie eu le temps de lui demander son nom de famille, son adresse, son numéro de téléphone, sa taille de pantalon ou son plat préféré.

Malheureusement et malgré plusieurs tours de la salle pour le retrouver pendant la fête, je n'ai pas revu John. Par contre, quand j'ai entendu hurler « ma pivoine ! » et que je me suis retournée, j'ai pu assister au triste spectacle de Léon accourant dans ma direction les deux bras en avant, alors j'ai tourné le dos aussi vite que j'en étais capable et je me suis enfuie de la salle.

Mélissa me regarde par-dessus la bouteille de jus d'orange pendant que je sirote mon troisième café du matin.

— Diane, tu dois retrouver ce John. Je ne t'ai jamais vue dans cet état. Chez nous, on appelle ça un coup de foudre !

— La foudre n'a rien à voir là-dedans ! Disons qu'il était sympathique.

Elle rit et je repense au visage de John et à notre court échange de la veille. L'œil scrutateur, elle interroge :

— Sympathique ?

J'attrape ma serviette et m'en sers pour balancer une petite tape sur le bras de Mélissa. Elle le retire en maugréant :

— Ton geste vaut mille mots, Diane, et si ce mec ne te plaît pas, je veux bien devenir nonne !

— Ce n'est pas ce que tu es depuis que tu as rompu avec Steve ?

Elle prend un faux air outré et ouvre la bouche pour répondre, puis se ravise et se radoucit :

— Quoi qu'il en soit, il faut qu'on retrouve ce John.

C'est le cœur un peu plus léger que je vais ouvrir la boutique ce matin-là.

## 11

# UN HOMME ET SES MYSTÈRES

*Mélissa*

J'essaie de faire comme si de rien n'était, mais les mots de Matthew me hantent encore et toujours. Ils reviennent chaque fois que je le vois. Ce qui est le cas, là maintenant, puisqu'il parle avec Arvana, ses jolies fesses dans le couloir tandis que sa tête se trouve dans l'encadrement de la porte.

Arvana m'attend dans son bureau pour me briefer sur l'interview à laquelle je vais participer dans quelques minutes pour le *Journal de Montréal*. Évidemment, je n'ai pas dormi de la nuit et je flippe comme si j'allais passer l'examen le plus important de ma vie. Si je disais d'énormes conneries ? Si je leur racontais qu'à six ans j'ai forcé mon meilleur ami à m'embrasser sur la bouche ? Si j'avouais que le seul homme avec qui j'ai couché m'a plaquée après plus de cinq ans de relation comme on jette une poire moisie ? Et si je n'arrivais pas à me retenir et que je dise, dans un accès de folie, que je trouve le producteur Matthew Thornton vraiment sexy et que, chaque fois que je le vois, je l'imagine dans une scène très hot impliquant du coulis de fraises et du sirop d'érable ?

Matthew pivote au moment où je déboule devant la porte et pile devant moi, l'air surpris.

— Bonjour, Mélissa.

Son ton glacial me fige sur place. Depuis la scène de l'autre soir, j'ai l'impression qu'il m'évite. Pourtant, nous nous fixons comme un chat et une souris dès que nous sommes dans la même pièce (même si je ne sais pas trop qui interprète le rôle de quoi). Il me fixe intensément et je vois qu'il peine à déglutir. J'ai envie de lui parler de ses mots, de ce que j'ai vu et entendu, mais ce n'est ni le bon endroit ni le bon moment. Alors, je me contente de murmurer :

— Bonjour, monsieur…

Monsieur ? Merde, ça fait vraiment trop formel ! Qu'est-ce qu'il me prend ? Il s'approche de moi, ce qui me fait reculer instinctivement vers le mur du couloir. Il n'est plus qu'à quelques centimètres de mon visage, si près que je frissonne en sentant son haleine mentholée sur mes lèvres. Il se penche en avant, plonge ses yeux dans les miens et chuchote :

— Je crois que nous avons dépassé le stade du « monsieur », non ?

— Possible…

— Il faut qu'on discute, Mélissa.

Son ton et sa voix soudain graves me tordent le ventre et je bégaie piteusement :

— Discuter ? Mais… de quoi ? De l'émission ?

— De l'autre soir. Passe me voir quand tu auras terminé ton interview. Je t'attends dans mon bureau.

Cette fois, c'est moi qui ne parviens plus à avaler ma salive et je constate que mes mains tremblent tandis que Matthew s'écarte et s'éloigne de moi. Merde.

— Mélissa, tu es là ?

La voix stridente d'Arvana me tire de mes rêveries et je franchis le seuil de son bureau, encore plus stressée par la perspective de voir Matthew que de rencontrer le journaliste. Elle lève des yeux sévères et demande en parfaite spécialiste de la terreur :

— Alors, tu es prête ?

Prête à m'enfuir, oui, et à me cacher dans les toilettes, prête à avaler une vodka cul sec ou encore parfaitement prête à lui chanter *Pour que tu m'aimes encore* de Céline Dion, mais j'imagine en toute logique que ce n'est pas ce qu'elle sous-entend.

— Je crois, oui.

— Tu ne dois pas croire, tu dois l'être.

Je retiens une grimace et l'envie de lui balancer à la figure le Coca Zéro qu'elle sirote avec une paille. Elle reprend un peu plus doucement :

— Écoute, comme tu es plutôt impulsive et que tu as tendance à dire tout de suite tout ce qui te passe par la tête…

Je l'interromps, un peu vexée et outrée par ses accusations :

— Je ne suis pas impulsive !

Elle me lance un regard noir, pousse un soupir en reposant sa boisson sur un sous-verre :

— Tu vois ? Je suis là pour t'aider, Mélissa, même si tu sembles croire le contraire. Nous n'avons pas besoin de nous apprécier pour travailler dans un but commun, toi et moi.

Elle marque un point et je l'écoute plus attentivement.

— Donc, comme je le disais, je te conseille de prendre le temps de répondre. Réfléchis à ce que tu souhaites confier sur toi, sur ta vie, sur ton travail. Quelle est l'image que tu as envie de donner de toi ? Tu es positive, dynamique et tu as un capital sympathie important. Ce que tu dégages est l'une de tes forces et c'est ce qui devrait t'attirer une attitude bienveillante de la part des médias. Ne retiens pas ta joie de vivre, d'accord ? Prend juste le temps qu'il te faut avant de parler sans stresser ou paniquer. Sinon, tu vas regretter d'avoir dit des bêtises et le journaliste utilisera des informations que tu aurais préféré garder pour toi.

Arvana est très perspicace, je dois le reconnaître. Elle analyse rapidement le comportement des gens, leurs points faibles et leurs points forts.

— Merci pour tes conseils avisés, Arvana. Je m'en souviendrai.

Nos regards se croisent et nous semblons presque étonnées de cette sorte d'entente naissante qui vient d'apparaître entre nous. C'est bien connu, toutes les bonnes choses ont une fin et elle ajoute en fronçant le nez :

— Par contre, tu aurais dû te maquiller un peu plus et te faire un brushing. Tu ressembles à un husky qui sort du Saint-Laurent.

Je me renfrogne et passe instinctivement ma main dans mes cheveux pour les discipliner un peu. Arvana pivote sur sa chaise, avale une autre gorgée de soda puis ajoute :

— Tu dois exiger que le journaliste te montre l'article avant de le publier, d'accord ? C'est un droit. Tu me l'enverras par mail pour qu'on vérifie le texte ensemble. Tu as bien compris ?

Dans la mesure où je n'ai plus quatre ans, je peux affirmer que j'ai bien compris. C'est là qu'il se passe quelque chose d'étrange. Alors que je m'apprête à quitter son bureau, elle m'interpelle d'une drôle de voix :

— Mélissa ? Une dernière chose.

Je me retourne, accrochant son regard sévère, dans l'attente d'un dernier conseil pour mon rendez-vous avec la presse mais ce qu'elle m'ordonne me fige.

— Évite Matthew. C'est le meilleur conseil que je puisse te donner.

Le mot « pourquoi » me brûle les lèvres, mais j'applique ses directives et je réfléchis avant de parler. De quoi se mêle-t-elle ? De toute manière, ce n'est pas avec elle que je dois éclaircir les choses.

Sans répondre, je sors de la pièce et serre les poings de rage.

Dans la salle d'interview, deux bouteilles d'eau et des croissants ont été installés à côté de deux fauteuils qui se font face. La journaliste Elsa Murray et son photographe me sourient dès que j'entre et je m'approche pour leur serrer chaleureusement la main malgré l'inquiétude qui me tord le ventre.

— Assieds-toi, Mélissa, je t'en prie. Bill et moi avons adoré tes premières prestations dans l'émission. Le but de l'article est de présenter ton parcours et ta passion pour la musique. Tu verras, il n'y a aucune question piège.

— Super, c'est parfait. C'est gentil de m'accorder de l'attention, c'est la première fois que je vais passer dans le journal ! Mes parents et mes copines vont être si fiers !

Mon enthousiasme semble les attendrir car ils me sourient comme si j'étais un chaton jouant avec une pelote de laine. Elsa nous sert deux verres d'eau en disant :

— Je t'enverrai plusieurs exemplaires une fois l'article paru. Tu pourras les montrer à toutes tes connaissances.

Je me rappelle le conseil d'Arvana et j'en profite pour demander :

— Est-ce que ce serait possible de le relire avant la publication ? L'attachée de presse de Play Record aimerait y jeter un coup d'œil et j'avoue que je n'ai pas encore trop d'expérience avec les interviews.

— Pas de souci. On commence ?

Je lui souris en guise d'accord et nous nous installons confortablement. Elsa enclenche un dictaphone qu'elle place entre nous sur la petite table basse et Bill se déplace pour prendre des photos sous tous les angles. Je n'arrive pas à réaliser que je suis en train de parler à une journaliste et que des milliers de personnes liront cet article. Je passe un excellent moment, j'ai même l'impression d'être avec une copine. Nous évoquons mon parcours, mon arrivée au Québec, ma manière de composer, les artistes qui m'inspirent et je suis étonnée de susciter autant d'intérêt.

Bon, j'aurais peut-être dû éviter de demander à Elsa « et toi » à chaque fois qu'elle me posait une question mais je n'y peux rien, c'est un réflexe de conversation tout à fait normal, non ?

Du coup, l'interview a duré un peu plus longtemps que prévu mais je crois que tout s'est bien passé. Après avoir pris congé de Bill et Elsa, je ressens à nouveau cette panique sourde au creux de l'estomac. Maintenant que mon interview est terminée, je dois aller voir Matthew.

Partagée entre la curiosité et le stress qu'il provoque chez moi d'un simple regard, j'hésite et me demande s'il ne vaudrait pas mieux faire semblant de me perdre dans les couloirs.

Mon hésitation est de courte durée puisque je tombe sur lui en sortant de la pièce. Le dos contre le mur, les bras croisés, il fixe la porte comme s'il m'attendait. Pour en être certaine, je regarde derrière moi, vérifiant que je suis bien seule, puis fronce les sourcils en posant mon regard sur lui. Il se redresse, ses yeux noirs m'observent intensément, puis il murmure d'une voix partagée entre la supplication et l'ordre :

— Tu viens ?

Il me perturbe. Cette cassure que je perçois en lui contraste avec l'assurance qu'il affiche dans son milieu professionnel. Il marche devant moi, ouvre une porte et me laisse entrer avant lui dans l'espace sombre, à peine éclairé par la lumière extérieure.

Matthew ferme la porte, son corps frôlant le mien au passage. Curieusement, il maintient cette proximité après avoir terminé son geste et pose ses deux mains contre le mur de part et d'autre de ma tête. Il lève des yeux déterminés sur moi et lance dans un murmure :

— Je suis désolé.

Il détourne son regard qui se perd dans le vague. Il me déstabilise. Encore. Je réponds doucement :

— Pourquoi ?

Il me fixe à nouveau :

— Pour ce que j'ai dit l'autre soir. J'avais trop bu, je délirais.

Je suis déçue qu'il me serve cette explication à deux balles. Après tout, qu'est-ce que j'espérais ? Sans le vouloir, je laisse échapper un rire narquois où perce la déception. Je sens qu'il devine ma pensée, qu'il sait exactement ce que signifie ma réaction et il pousse un soupir avant de supplier :

— Mélissa, ne fais pas ça… s'il te plaît.

— Ne fais pas quoi ?

J'ai envie de le provoquer parce que j'ignore ce qu'il attend de moi.

— Ne réagis pas comme si je te traitais en personne ordinaire.

— Tu me traites en personne ordinaire.

L'intensité de son regard et la souffrance que je peux y déceler me donnent des frissons. Est-ce que je suis allée trop loin ?

— Je ne suis pas quelqu'un de fréquentable.

— Pourquoi ?

Cette fois, je n'ai pas pu me retenir de lui poser la question. Et je repense à Diane et à ce qu'elle m'a dit sur Matthew :

> *Fais attention, il m'a tout l'air d'être un homme blessé. Et un homme blessé a tendance à faire du mal autour de lui, même s'il ne le souhaite pas.*

— Il est trop tard pour moi, c'est tout. J'ai eu ma chance et j'ai tout fait foirer. Je ne prendrai plus jamais le risque de m'attacher à quelqu'un. Plus jamais. Je voulais juste que les choses soient claires.

La boule qui vient de se former dans ma gorge me donne l'impression de suffoquer. J'ai la respiration coupée et je retiens de toutes mes forces les sanglots qui menacent d'éclater. Je réponds d'un ton sec :

— Oh, ne t'inquiète pas, elles sont très claires.

L'envie de pleurer me brûle les yeux et la gorge et je le repousse pour pouvoir sortir. J'ai besoin d'air, tout de suite.

Une fois dans la rue, je réalise que je n'ai absolument rien compris à ce qui vient de se passer. De toute manière, je ne comprends pas la tempête de sentiments qui m'assaillent depuis que j'ai rencontré le producteur. Ce que je sais, c'est que je n'ai aucune envie de revoir Matthew. Il ne s'est encore rien passé entre nous et il me fait déjà du mal.

Malheureusement, le prochain face-à-face approche à grands pas. Nous tournons la troisième émission de *Best Singer* ce soir.

Soraya tient dans sa main l'enveloppe qui annonce les votes des téléspectateurs. Comme les deux dernières fois, tous les candidats se lancent des regards en coin en espérant arriver dans les premiers, dans les favoris du public. C'est grisant et stressant à la fois. J'essaie de faire bonne figure dans ma petite robe noire à paillettes, mais le regard scrutateur de Matthew posé sur moi me rend nerveuse. Et ma nervosité doit se voir à l'écran.

— Ce soir, vous avez voté pour… Tim Broder en numéro un ! Tim, viens donc me rejoindre.

Le chanteur s'exécute et rejoint Soraya en plusieurs petits bonds, un sourire éclatant sur le visage. Je souris également, contente de lire autant de joie dans son expression. En deuxième, Xavier, mon ami aux dreadlocks, est plébiscité. Quand Soraya annonce mon prénom, je n'en reviens pas. Je suis troisième ! Trois émissions et je suis arrivée dans le trio de tête chaque fois, comment est-ce possible ?

J'ai mal à la mâchoire tellement je souris. Impossible de ne pas faire autrement. Là, sous les spots du plateau, mon rêve est en train de se réaliser.

Plus que six émissions. Six shows qui pourraient changer ma vie à jamais.

La soirée qui suit le direct est grandiose. Champagne, people, gagnants des saisons précédentes et presse, tout le gratin du monde de la musique est présent et se gave de caviar en papotant dans un joyeux brouhaha. J'ai la tête qui tourne. Tout va trop vite. Trop fort.

Je sors sur la terrasse déserte à cause de la fraîcheur du soir et observe les lumières de la ville qui s'étendent à mes pieds. Un coup de vent fait voler mes cheveux, je passe ma langue sur mes lèvres pour faire disparaître cette sensation de sécheresse dû au champagne quand j'entends la porte coulisser.

Matthew vient s'accouder à la rambarde juste à côté de moi, son bras contre le mien ce qui provoque une accélération immédiate de mon rythme cardiaque. Ce simple contact suffit à me faire frissonner. Toutes mes cellules gèlent d'un coup et je ne bouge plus d'un pouce, tétanisée par sa présence. Il a l'air si perdu que je ne résiste pas et je lui demande :

— Matthew, ça va ?

Il pose enfin son regard sur moi et je déglutis maladroitement. Il délaisse alors la rambarde comme si ma question était une invitation et s'approche jusqu'à se tenir debout devant moi. Il est si près que ses lèvres touchent presque les miennes et que je peux sentir son souffle sur ma peau quand il murmure :

— Tu m'as complètement perturbé, Mélissa.

— Et… c'est bien, ça ?

— Envoûté aurait été un meilleur terme…, murmure-t-il avec un demi-sourire.

Ses yeux où perce une lueur de tristesse toujours rivés aux miens, je parviens à répondre dans un chuchotement à peine audible :

— Et là, ce n'est toujours pas de la drague ?

Il me fait un sourire craquant. Son regard demeure sombre. Pourquoi ?

— Je ne sais pas exactement ce que c'est. Mais je n'arrive pas à contrôler ça.

J'ai envie de lui demander ce que sous-entends ce « ça » exactement, qu'il me fasse une dissertation sur ce « ça », qu'il me répète ce « ça » encore et encore car je sens que c'est important, mais je n'en ai pas le temps puisque l'attachée de presse surgit derrière lui et se racle la gorge pour nous signaler sa présence. Elle siffle :

— Je ne suis pas certaine que ce soit une bonne idée, Matthew…

Nous comprenons très bien ce qu'elle veut dire et nous nous éloignons tout de suite l'un de l'autre comme si une barrière de flammes s'était érigée entre nous. Matthew me tourne le dos et incite Arvana à le suivre, mais elle refuse, restant sur le balcon avec moi. Qu'est-ce qui vient de se passer ?

Je pince les lèvres de frustration. Et là, je repense à Steve, mon ex. L'attirance que je ressens pour Matthew a dépassé le stress. Le stress d'embrasser un autre homme. De découvrir un autre goût. De se laisser aller dans d'autres bras.

En fait, c'est même bien pire. J'éprouve des choses. Et ce n'est pas seulement du désir. J'ai envie de comprendre Matthew, de le soutenir, de le connaître. J'ai envie de savoir d'où viennent cette nostalgie dans ses yeux, cette tristesse dans ses gestes.

Je fixe Arvana comme si elle allait enfin me livrer les secrets de leur étrange attitude, mais elle se contente de me lancer d'un ton neutre :

— Viens avec moi, j'aimerais te présenter quelqu'un. Vous devriez bien vous entendre et si…

Je l'interromps, incapable de tenir ma langue plus longtemps, les mains sur les hanches et la rage au ventre :

— C'est quoi le problème avec Matthew ?

Elle se fige tout à coup et s'arrête, prenant une seconde avant de se retourner pour m'observer. J'ai l'impression de voir les rouages de son cerveau fonctionner à toute vitesse et ne lâche pas des yeux son visage dont je tente de déchiffrer l'expression. Mais Arvana est très douée pour ne rien laisser paraître.

— Je t'ai dit de l'éviter.

— Pourquoi ?

— Ce n'est pas un homme pour toi.

Je fronce les sourcils, lui saisis le bras fermement et m'entends répondre avec bien plus d'assurance que ce dont je me croyais capable :

— Si tu crois que je vais me contenter de ça, tu te trompes.

Mon aplomb semble la déstabiliser. Elle pousse un soupir et détache un instant son regard du mien pour contempler la ville. Puis elle prend une profonde inspiration et me raconte :

— Tu sais, Mélissa, je connais Matthew depuis plus de quinze ans. J'ai vécu beaucoup de choses à ses côtés et il compte énormément pour moi.

— Tu es amoureuse de lui ?

Elle me jette un regard presque outré que je n'arrive pas à interpréter, un peu comme si je lui avais demandé si elle avait couché avec un phoque, et elle ouvre la bouche pour répondre mais aucun son n'en sort. Quelques secondes s'écoulent avant qu'elle murmure :

— Pas moi, non.

Elle ne dit rien de plus. J'attends devant elle qu'elle veuille bien livrer davantage de détails sur leur passé commun mais elle se contente de dire :

— Tu es une fille bien, ne va pas te brûler les ailes en volant trop près de lui. Son âme a… son âme, son esprit et son corps ont été abîmés pour toujours. Maintenant, viens, j'ai une personne à te présenter. Ce sera bénéfique pour ton image auprès de la presse et ça pourrait nous faire profiter de bonnes retombées médiatiques.

Je ne comprends pas bien ce qu'elle entend par là mais je la suis et pénètre dans la pièce surchauffée sur les traces d'Arvana qui fend la foule avec élégance, perchée sur ses talons vertigineux. Ses paroles tournent en boucle dans ma tête et je tente de déchiffrer le sens de ce qu'elle m'a confié sur Matthew sans y parvenir, évidemment. Un peu comme si on me demandait de réussir un Rubik's cube en récitant l'alphabet en allemand.

Au bout de cinq minutes, elle s'exclame tout excitée, les yeux pétillants :

— Il est là !

Elle me montre un homme à la carrure imposante et au visage juvénile qui doit mesurer plus d'un mètre quatre-vingt-dix. Ses bras musclés, ses yeux bleus et ses cheveux blonds coupés courts lui donnent un faux air de Chris Hemsworth. Il est craquant même s'il a l'air encore plus jeune que moi. Arvana n'hésite pas une seconde, elle m'attrape par la main et fonce sur lui en évitant habilement les invités avec une grâce dont je suis totalement dépourvue. Moi, j'ai déjà renversé du champagne sur cinq personnes dans la course. Arrivée à sa hauteur, elle lui touche le bras pour attirer son attention et lui fait une accolade avant de se tourner vers moi :

— Casey, je te présente Mélissa, l'une de nos plus prometteuses candidates au titre de Best Singer.

— Enchanté, me lance Casey en me prenant dans ses bras.

Arvana nous fait un grand sourire et poursuit sur un ton de vendeuse très fière de son produit :

— Mélissa, je te présente Casey Ladouceur, l'attaquant star de l'équipe des Canadiens de Montréal. Je vous laisse faire connaissance. Casey, comme Mélissa ne connaît pas bien la ville, tu pourrais peut-être l'inviter à dîner un de ces soirs et lui montrer les atouts de la région ?

Son attitude d'entremetteuse me fait serrer les dents, mais je dois admettre que Casey est vraiment sexy. Avec un grand sourire et son accent chantant, il se penche vers moi pour murmurer :

— Avec grand plaisir, donne-moi ton numéro et je t'appelle demain pour fixer une date.

Son regard coquin posé sur moi me réchauffe instantanément. J'aperçois Matthew qui me fixe dans un coin. Je soutiens son regard noir quelques secondes, puis reporte mon attention sur Casey et ses grands yeux bleus.

En réalité, c'est Matthew qui complique tout et je n'ai pas à me sentir coupable de discuter et de sortir au restaurant avec un sportif sexy. D'ailleurs, étant donné la proximité de Casey et ses gestes de plus en plus insistants avec moi, sans compter ma rancœur envers Matthew et cette envie stupide de le rendre jaloux, je me dis que je pourrais profiter de la situation et m'amuser un peu. La soirée ne fait que commencer.

# 12

# « J'AI LE VERTIGE »

*Diane*

Je cligne des yeux plusieurs fois de suite, fatiguée d'avoir passé ma soirée devant l'écran de l'ordinateur. Après mes deux rendez-vous décevants avec Léon et avec Martin, j'ai décidé de prendre les choses en main et de chercher moi-même un homme sur le site *Ensemble*. J'ai d'ailleurs trouvé une activité qui me fait envie depuis très longtemps mais que je n'ai jamais osé essayer : un vol en montgolfière ! Il ne me reste plus qu'à trouver le prétendant idéal.

En fait, j'ai envie d'inviter John. Il y a juste un petit problème. J'ai tapé dans la recherche de profils le peu d'informations que j'ai sur lui, ce qui se résume plus ou moins à... John. Il y a plus de deux cents personnes inscrites sur le site qui portent ce prénom et j'ai déjà passé plus de trois heures à tenter de le retrouver sans succès. Chaque fois que la photographie d'un nouveau John apparaît sur la page, mon cœur bat un peu plus fort et la déception est toujours plus amère quand je me rends compte que ce n'est pas le bon. Dépitée, j'envoie alors un message à Pascal, cinquante-huit ans, yeux bruns, sourire enjôleur et petite barbe qui lui confère un air des plus viril. Lui au moins ne doit pas porter de legging turquoise.

Quelques jours plus tard, je conduis en direction d'un terrain aux portes de la ville pour le grand départ en montgolfière, accompagnée de mon nouveau prétendant. La boîte de chocolats et les roses que Pascal m'a offertes reposent sur la banquette arrière et je bavarde joyeusement tandis que mon passager m'observe en souriant, apparemment ravi de m'écouter parler de ma boutique de cupcakes :

— J'adore les cupcakes, Diane, j'espère que tu m'inviteras à en déguster une prochaine fois.

Son timbre rauque et ses yeux doux ne me laissent pas indifférente et je resserre les doigts sur le volant.

— Bien sûr, avec plaisir. Et toi Pascal, qu'est-ce que tu fais exactement ? Sur ton profil, il est noté que tu es dans l'événementiel ?

— En effet, j'ai créé ma boîte il y a dix ans et je gère une trentaine d'employés. Nous organisons des fêtes d'entreprise, des team buildings...

— Des teams… quoi ?

Il rit et je prends plaisir à entendre ce son emplir l'habitacle. L'ambiance change soudainement quand nous apercevons l'équipe qui s'active pour gonfler le ballon à l'aide d'un énorme souffleur à air. Excitée comme une puce, je bondis hors de la voiture pour assister au spectacle de cet immense ballon qui se gonfle petit à petit et qui se dresse lentement dans le champ :

— Pascal, tu as vu ça ? C'est tellement beau ! Et c'est tellement grand !

La nacelle qui peut contenir quatre personnes a déjà été fixée à la toile multicolore. J'ai le sourire jusqu'aux oreilles, trépignant d'impatience de me lancer dans les airs pour découvrir le paysage vu du ciel. Je me retourne vers Pascal, ravie de partager ce rendez-vous qui a si bien commencé, mais quelque chose semble clocher.

Il a blêmi. Ses traits sont figés dans une expression de terreur comme s'il venait de voir une troupe de zombies grognant : « On veut te manger, Pascal. » Inquiète, je lui demande doucement :

— Pascal, ça va ? Tu as peur des gros ballons ?

Il tourne la tête vers moi, les yeux écarquillés, et balbutie :

— Tu m'as invité pour faire un tour dans les airs ?

— Oui, c'est super, non ? On va bien s'amuser. En plus, il fait beau, le spectacle sera magnifique ! Qu'est-ce qui te perturbe autant, tu n'aimes pas voler ?

Il avale sa salive, serre les dents et essaie de se ressaisir. Mais qu'est-ce qui lui prend ? A-t-il la phobie des nacelles en osier ?

— OK, je vais essayer mais je dois te prévenir que j'ai le vertige.

Sa mine inquiète ne me rassure guère. Nous montons tout de même dans la nacelle tandis que le conducteur décroche la corde et actionne la bonbonne de gaz, projetant un jet de flamme et d'air chaud dans le ballon. Nous nous élevons rapidement et en quelques secondes nous avons atteint une altitude de plusieurs centaines de mètres.

Je suis subjuguée par le spectacle qui s'étale sous mes yeux. Les champs, les bâtiments et les voitures sont réduits à des miniatures, j'ai l'impression de relativiser tous mes problèmes et de me sentir légère. Si légère que mon cœur meurtri s'apaise grâce à ce petit bonheur. Un peu, du moins.

Là, au-dessus de ce qui fait ma vie, je réalise que mon existence a changé depuis que Mélissa est arrivée.

J'ai commencé par remettre une robe.

Je suis sortie avec des hommes.

J'ai essayé de faire de la voltige et je suis en train de faire un tour en montgolfière.

J'ai souri des dizaines de fois.

Et j'ai ri à m'en faire mal au ventre.

Ça ne m'était plus arrivé depuis cinq ans.

Près du rebord de la nacelle, j'écarte alors les bras, ferme les yeux une seconde et profite de la sensation du vent sur ma peau.

Je profite.

Je suis heureuse.

Je vis.

J'ouvre les veux et m'ébahis à nouveau de ce que je découvre sous mes pieds. La montgolfière vogue dans les airs, si paisible, sans un bruit, et j'inspire profondément. Je me rends compte que je pense à Charles sans colère et que j'aimerais qu'il soit là avec moi. Curieusement, je pense aussi à John. J'aurais aimé partager cette expérience avec lui.

Je réalise que j'ai oublié Pascal et lance :

— Pascal, tu ne veux pas venir voir comme c'est beau ?

Mon prétendant est recroquevillé dans un coin de la nacelle, les mains serrées sur ses genoux repliés, les yeux écarquillés dans une expression de terreur. À voir sa tête, il est en pleine régression. Il mâchouille son pouce en me lançant des regards désespérés.

Inquiète, je lui demande :

— Pascal, ça va ?

— Je veux voir ma maman !

Flûte, il doit faire une crise. Comme je ne suis pas sa maman, je me contente de lui répondre :

— Tu pourras la voir quand on aura atterri, mon grand. Encore un peu de patience.

Evidemment, je provoque l'hilarité du conducteur qui remet un coup de gaz en me rassurant :

— Tant qu'il ne voit pas le sol, ça devrait aller. Est-ce que vous souhaitez écourter le tour ?

— Oh ! mon Dieu, non ! Je ne louperais ça pour rien au monde.

Malgré les gémissements de Pascal, nous avons terminé le tour en montgolfière. En posant les pieds sur le sol, j'étais convaincue de deux choses :

1) Je n'oublierai jamais ce que j'ai vu et ce que j'ai ressenti ce jour-là.

2) Je ne reverrai jamais Pascal !

En arrivant à la maison, je me sens toujours étrangement apaisée, comme si mon âme s'était remplie d'un bonheur nouveau. Je m'assieds à table pour siroter un grand verre d'eau en attendant le retour de Mélissa.

Quelques minutes plus tard, j'entends en effet la porte d'entrée claquer et vois la jeune femme arriver dans la cuisine, les yeux pétillants de curiosité. Sans attendre, elle me demande :

— Alors, c'était comment ce vol en montgolfière ?

Je lui sers un verre d'eau tandis qu'elle s'approche de la table et je prends le temps de boire quelques gorgées pour la faire patienter avant de craquer et de laisser exploser ma joie :

— Oh ! c'était magnifique, Mélissa ! Nous avons volé au-dessus du Saint-Laurent, puis vers les champs hors de la ville. J'avais l'impression d'être un oiseau... c'était très beau et si paisible, si calme et silencieux.

Elle dépose les clés de la boutique sur la table, se débarrasse de ses bottines dans un coin, puis accroche son sac à une chaise.

— Et Pascal, il était gentil ?

— Pascal a passé plus de temps accroupi dans la nacelle en suçotant son pouce et en appelant sa maman qu'à me faire la conversation.

Elle éclate de rire et tire une chaise pour s'asseoir, dubitative :

— Tu plaisantes ? Le mec viril avec la barbe ?

— Lui-même. Il avait le vertige.

Mélissa tente de reprendre son sérieux en me demandant :

— Tu as invité un homme à faire un tour en montgolfière alors qu'il a le vertige ? Mais pourquoi a-t-il accepté ?

J'hésite à lui répondre de peur qu'elle me trouve ridicule, mais, après tout, c'est plutôt drôle :

— Je voulais lui faire une surprise et prendre les devants pour une fois. Je voulais montrer que j'étais une femme déterminée capable de faire des choix... arrête de rire !

Son fou rire communicatif ne tarde pas à me gagner et nous nous tenons le ventre plusieurs minutes tellement nous rions, incapables d'arrêter les spasmes qui nous secouent. Mélissa essuie ses yeux du revers de la main et j'avale plusieurs gorgées d'eau pour reprendre mon sérieux. La jeune femme m'observe, son expression est redevenue sérieuse. Pourquoi me fixe-t-elle comme ça ? Je lui demande :

— Quoi ?

— Tu ne l'as pas retrouvé ?

Je fais l'innocente :

— Qui ?

Mélissa me gronde instantanément :

— Diane, ne me prends pas pour une quiche ! John !

— J'ai essayé, mais je n'ai pas encore parcouru les deux cents profils qui portent ce prénom.

— Tu as pensé à appeler le site ?

— Comment ça ?

— Tu appelles la société, tu expliques que tu as rencontré ce John à la soirée qu'ils ont organisée avec les derniers célibataires inscrits dans le mois, puis tu le décris. Ils pourront peut-être t'aider ?

— Mélissa, tu es un génie ! Je vais le faire demain.

Mélissa me fixe sévèrement ce qui me laisse deviner qu'elle commence à me connaître un peu trop bien. Piquée au vif, je rétorque :

— Quoi ?

— Diane !

— Demain, Mélissa, je suis fatiguée.

Elle disparaît quelques instants avant de réapparaître, le téléphone en main.

— Maintenant, Diane.

— Tu auras ma peau, ma pitoune. Tu ne dois pas brusquer une vieille dame comme ça, c'est mauvais pour mon cœur.

— Ton cœur est gelé depuis bien trop longtemps, mamie, il est temps de le passer au micro-ondes ! Allez hop, compose le numéro !

Alors que je compose le numéro du site *Ensemble*, mon cœur s'emballe bizarrement. J'ai envie de raccrocher trois fois mais le regard scrutateur de Mélissa m'en empêche et je patiente tandis que j'entends la deuxième tonalité. Je dis un peu trop rapidement :

— Il n'y a personne, je...

— Attends encore une seconde !

Je me pince les lèvres, rapproche à nouveau le combiné de mon oreille et m'apprête à cesser cette mascarade quand une voix féminine me répond :

— Bonjour, vous êtes bien au siège de la société *Ensemble*, que puis-je pour vous ?

Mélissa s'est installée tout à côté de moi et penche la tête vers le téléphone pour écouter elle aussi la conversation. Les mains moites, je me racle la gorge et sens mes joues s'empourprer tandis que je balbutie doucement :

— Bonjour, je m'appelle Diane et je suis inscrite sur votre site. J'ai participé à votre dernière soirée de rassemblement et j'y ai rencontré un monsieur charmant, la soixantaine, de beaux yeux noirs et des cheveux blancs, un regard pétillant. Je crois qu'il buvait du whisky fumé, je me le rappelle parce que c'était le seul.

— Est-ce que vous vous souvenez de son nom ?

— Je suis désolée, mais nous ne nous sommes pas donné nos noms de famille, tout ce que je sais, c'est qu'il s'appelle John. Comme plus de deux cents hommes inscrits portent ce prénom sur le site, j'ai pensé que vous pourriez peut-être m'aider à le retrouver.

— Attendez une seconde, je vais regarder parmi les dernières inscriptions et les invités de la soirée.

Mélissa pose la tête sur mon épaule et j'avale ma salive, mon cœur cognant de plus en plus fort contre ma poitrine en attendant qu'elle effectue ses recherches. Quand la voix résonne à nouveau, le couperet tombe :

— Je suis navrée, mais aucun John ne s'est inscrit au cours de ce dernier mois.

Mélissa fronce les sourcils et une vague de doute m'envahit. Je bégaie, les doigts crispés sur le combiné :

— Mais, comment est-ce possible... je suis certaine que c'est ce qu'il m'a dit. Il s'appelait bien John.

Quelques secondes s'écoulent et le découragement me gagne. Je me sens stupide. Stupide d'avoir appelé. Stupide de m'être ridiculisée. Stupide d'avoir ressenti ce réchauffement dans mon cœur et ces papillons au creux de mon ventre. Alors que je me résigne à remercier mon interlocutrice pour son aide et à raccrocher, la femme s'exclame en me faisant sursauter :

— Attendez ! Je viens de penser à quelque chose. Vous m'avez bien dit qu'il buvait du whisky fumé ?

— Oui ! Oui, c'est bien ça !

— Alors il ne s'agit peut-être pas d'un homme inscrit sur le site. Il s'agit certainement de John, l'actionnaire principal et l'un des créateurs du site *Ensemble*.

À cette annonce, tout ce que je trouve à dire est :

— Oh ! Mais alors, il ne cherche pas l'amour.

Je porte instantanément ma main à ma bouche comme si je pouvais effacer l'énormité que je venais de dire, surprise moi-même par ma conclusion. Conclusion qui me rend d'ailleurs encore plus pathétique puis je me reprends pour ajouter :

— Je vous remercie pour votre aide, mademoiselle, au revoir !

Et je raccroche le plus vite possible, complètement mortifiée. Je prends quelques secondes pour assimiler ce que je viens d'apprendre. John ne sera jamais l'un de mes prétendants.

John ne fera jamais aucune activité avec moi.

Parce que John n'est même pas inscrit sur ce fichu site ! Et parce que John est certainement marié avec une femme aussi charmante que lui. Ils mangent peut-être tous les dimanches avec leurs six petits-enfants et ils sont heureux d'aller se coucher et de se réveiller tous les matins ensemble comme depuis les trente dernières années.

Alors John se fiche certainement de ma solitude et de ma tristesse. Quelle cruche ! Une main chaude vient se poser sur la mienne et Mélissa me demande d'une voix douce :

— Diane, ça va ? Qu'est-ce que tu comptes faire ?

— Arrêter de faire n'importe quoi et surtout, surtout... ne plus jamais aller sur le site *Ensemble* ! J'en ai ma claque ! C'est fini.

Le lendemain matin, pour oublier l'échec douloureux de mon inscription sur le site de rencontres, je me replonge dans mes projets pour Sweet Cuppins. Je n'ai pratiquement pas dormi, repensant à ces cinq dernières années et à ce que je n'ai toujours pas accompli. Adossée contre une pile de coussins, ma lampe de chevet allumée alors qu'il est à peine 6 heures du matin, je parcours une autre lettre de Charles, prenant garde à ne pas froisser davantage le papier déjà usé par mes relectures.

*Montréal, 12 mars 2010*

*Ma chérie, mon amour.*

*J'aimerais tant t'offrir le monde et le futur dont nous avons rêvé.*

*Tu as été la plus belle chose qui me soit arrivée. Tu as été mon essentielle, ma raison de vivre. Mon tout.*

*Merci d'être celle que tu es, merci de m'avoir supporté toutes ces années. Merci de m'avoir appris à réaliser une crème au citron qui épatait toujours mes collègues. Merci d'avoir été fière de moi. Toujours. Peu importe ce que je faisais.*

*Je suis de plus en plus fatigué. Et je suis toujours si désolé d'avoir fait ce choix qui t'éloigne de l'épreuve la plus difficile de mon existence. Je parle d'être loin de toi, Diane.*

*Le futur sans toi m'effraie comme un enfant qui a peur de dormir. Je ne veux pas dormir, Diane. Pas sans toi. Jamais. Mais je n'ai plus le choix.*

*Je t'aime. Tu as été l'amour de ma vie.*

*Merci d'être celle que tu es, ne change pas, tu es parfaite. Et promets-moi une chose.*

*Laisse-toi aimer encore.*

*Je t'aime si fort.*
*Charles*

Je savoure chacun de ses mots malgré la tristesse. Il me manque et j'ai cru, j'ai voulu croire, qu'il avait raison. « Laisse-toi aimer encore. » Oui mais comment ?

Je replie le courrier, le range dans son enveloppe et le repose sur la pile, profitant du mouvement pour saisir un bloc-notes sur la table. En plus des cours de cupcakes que j'aimerais lancer dans les mois qui viennent, j'ai pensé à quelque chose et il faut absolument que j'en parle avec Mélissa. J'ai cogité toute la nuit sur cette idée et j'aimerais beaucoup qu'elle accepte.

Comme je n'arriverai plus à dormir, je décide de me lever et d'aller préparer le petit-déjeuner.

Assise à la table de la cuisine, mon café dans les mains, j'avale une deuxième tartine à la confiture de fraises en lisant le journal. Pour la troisième fois.

Dès que j'entends des pas dans l'escalier, je me relève pour servir une tasse de café au lait à Mélissa et trépigne d'impatience. Elle apparaît dans l'encadrement de la porte, la tête barbouillée, les cheveux en bataille et les yeux encore à moitié clos. D'un geste lent, gorgé de sommeil, elle tire paresseusement une chaise qui racle le carrelage et s'installe en face de moi, me gratifiant d'un sourire en remarquant la tasse devant elle. Elle s'assied et tend le bras pour ajouter deux sucres dans le liquide bouillant avant de le porter à ses lèvres. Elle a à peine le temps d'avaler sa première gorgée que je m'exclame :

— Ma pitoune, j'ai eu une idée pour la boutique ! Qu'est-ce tu penserais d'organiser des soirées musicales une fois par semaine ? Je pourrais servir des cupcakes pendant que tu chanterais ? Qu'est-ce que tu en dis ?

Ses yeux s'agrandissent et elle semble se réveiller d'un coup.

— Oh ! mon Dieu, Diane, mais c'est une idée géniale ! J'adorerais !

— Je te paierai pour tes prestations, évidemment.

— Mais bien sûr. Alors si tu me paies, je te verse les mois de loyer que je te dois.

— Ne dis pas n'importe quoi ! J'y tiens, Mélissa. Tu es une artiste et tu mérites un salaire pour ton travail de compositrice et d'interprète.

Elle se lève, contourne la table pour me faire un câlin, puis m'embrasse sur la joue :

— Tu es géniale, Diane, j'espère que tu le sais.

Je la chasse d'une geste en riant et commence à ranger la table. Quelques minutes plus tard, je l'entends fredonner un air, accompagnée de sa guitare.

# 13

# UNE SOIRÉE INOUBLIABLE

*Mélissa*

Soraya Lens jette un coup d'œil au petit carton, se redresse avec un sourire et annonce d'une voix claire :

— Ce soir, vous avez voté en masse pour…

La cinquième émission de *Best Singer* touche à sa fin et la présentatrice s'apprête à annoncer le classement. Pour ce direct, j'ai interprété *The end*, une chanson qui parle de la maladie d'Alzheimer dont ma grand-mère souffrait. J'en ai eu les larmes aux yeux lorsque j'ai prononcé la dernière phrase et j'ai eu du mal à interpréter plusieurs passages clés du texte, ma voix s'étranglant presque dans ma gorge à cause de l'émotion. Apparemment, je n'étais pas la seule à être émue puisque le public et les jurés ont gardé le silence quelques secondes après la fin.

Tim a l'air sérieux, les mains crispés dans son dos. Il attend certainement de savoir si les téléspectateurs l'ont encore placé en première position, comme ça a été le cas pour les quatre premiers primes.

— Mélissa !

Je tourne la tête sans vraiment réaliser ce qu'elle vient de dire, cherchant des yeux cette autre candidate qui doit bizarrement porter le même prénom que moi.

— Viens donc me rejoindre, ma belle ! m'exhorte Soraya en m'envoyant un sourire ultrabrillant.

Moi ? Tim fait la moue et pince les lèvres d'un air étonné, cachant mal sa déception de ne pas arriver en tête cette fois encore, puis se force à afficher une mine ravie pour moi. Il m'enlace, faisant bonne figure, et grogne entre ses dents dans mon oreille :

— Profite bien, Mélissa, parce que je suis certain que c'est la première et la dernière fois que tu me devances.

Choquée par son assurance et son ton hautain, je fronce les sourcils et rejoins Soraya en me demandant comment réagirait le public s'il connaissait cette facette du chanteur.

Tim est arrivé en deuxième position. Je suis tellement haut perchée sur mon nuage que je n'écoute même pas la suite du classement, trop heureuse d'avoir réussi à toucher le public avec ma musique et avec cette chanson qui compte beaucoup pour moi.

Le show terminé, je gagne les coulisses dans un état second. Alors que tout le monde a déjà quitté le plateau pour participer à la désormais célèbre soirée post-émission, je décide de rester seule un instant, à l'écart de cette euphorie, de ces paillettes et de cette poudre aux yeux que représente la télévision. J'ai besoin de me recentrer sur l'essentiel : la musique.

Je m'assieds sur le rebord du plateau, la guitare sur les genoux et entonne *If you knew* en grattant les cordes, profitant de chaque note, de chaque nuance, de chaque sensation de mes doigts sur le métal. Les yeux fermés, je laisse mon esprit et mon âme se remplir de cet immense plaisir que je prends à chanter.

Quand j'ouvre les yeux, je m'aperçois que je ne suis plus seule. Matthew se tient à quelques mètres, le regard fixé sur moi. Je lève la tête et lui décoche un petit sourire gêné. Ce moment qui devait n'appartenir qu'à moi s'est scindé pour lui appartenir aussi.

Il répond à mon sourire et j'ai l'impression que ses yeux noirs ont redoublé d'intensité. Sans dire un mot, il s'avance vers moi, s'agenouille pour être à ma hauteur, saisit avec soin ma guitare et la pose sur le sol. Puis il prend doucement mon menton entre ses doigts et s'approche encore avant de chuchoter contre mes lèvres :

— Bravo, Mélissa.

Je sens tout mon être se liquéfier, mon cœur cogner contre ma poitrine et mon souffle s'accélérer quand ses lèvres frôlent enfin les miennes. Je le sens frémir, hésiter puis céder à ce baiser que nous attendions tous les deux. Sa bouche goûte enfin la mienne et, doucement, il écarte mes lèvres pour laisser nos langues se caresser. Sous le choc de ce premier contact, nos respirations s'emballent de concert et notre baiser devient plus violent, plus fiévreux. Nos lèvres s'entrouvrent davantage, nos langues se cherchent et se répondent. Il a un goût de caramel et j'aimerais que ce premier baiser ne s'arrête jamais.

Quand il s'éloigne de moi, la respiration sifflante, il ne me quitte pas des yeux pendant plusieurs secondes, les sourcils froncés, la mâchoire serrée. Ce que je lis dans son regard me perturbe. Il a l'air si déstabilisé que j'en ai mal au cœur. Alors que je me lève pour se rapprocher de lui et lui demander ce qui se passe, il tourne les talons sans un mot et me laisse seule avec un million de questions en tête.

Tandis que je prépare deux cafés et deux cookies aux noix de pécan pour les clients qui viennent de s'installer à une table de Sweet Cuppins, je suis attirée par la une du *Journal de Montréal*. Je distingue une immense image de Tim tout sourire tenant un bébé labrador contre son torse. Il est à croquer ! Le chien, pas Tim.

Après avoir apporté la commande, je m'installe au comptoir pour lire l'article sur le candidat, heureuse de sa visibilité même si je me surprends à plisser le front et froncer les sourcils au fur et à mesure de ma lecture. J'ai beau ne pas bien connaître la vie de Tim, le contenu du papier me laisse circonspecte.

***Tim Broder, un chanteur au grand cœur***

*Candidat à l'émission* Best Singer, *Tim Broder a été plébiscité par le public lors des quatre premiers directs de l'émission. Le jeune homme de trente-quatre ans avoue être réellement surpris et ravi de l'engouement qu'il génère.*

*Très tôt, Tim a su qu'il voulait se retrouver sous les feux de la rampe mais il garde les pieds sur terre : « La carrière et la célébrité d'un chanteur, surtout celles qui suivent un télé-crochet, sont parfois éphémères, c'est pour cela qu'à côté de la chanson, je suis très actif dans le domaine associatif », confie-t-il. Tim s'investit dès qu'il le peut pour la cause animale et humanitaire. Il est même devenu vegan par conviction. « Je m'engage autant que je le peux pour que les hommes deviennent meilleurs et préservent la vie et la planète. Et j'aime beaucoup les animaux. Yoyo, mon jeune labrador, est une perle, je l'adore. Je fais tout ce que je peux pour qu'il soit heureux et qu'il s'épanouisse à mes côtés. Chaque semaine, je vais à la Société protectrice des animaux pour donner un coup de main et lui apporter mon soutien. »*

*Dans le futur, le chanteur aimerait aller au Bénin construire une école. « Je pense que l'éducation est la clé de tout. Si nous formons les enfants à être responsables vis-à-vis de la terre, ils grandiront en respectant l'environnement. » Il avoue espérer gagner mais ce qui compte avant tout pour ce chanteur au grand cœur, c'est l'amour du public.*

*Elena Despierres*

Tim s'investit dans des associations ? Il souhaite construire une école au Bénin ? Après tout, je n'ai aucune raison de douter de lui et je suis même plutôt admirative de ses engagements, même s'il me semble l'avoir vu engloutir un steak la semaine passée. Et cela n'a rien à voir avec le fait que j'aimerais lui voler Yoyo, son chiot. Peut-être que c'est vraiment un mec bien derrière son ambition démesurée.

Je replie le journal, le range dans un tiroir et file dans la réserve chercher le micro et les enceintes que j'ai apportés en vue de la soirée. Dans un peu moins de deux heures, je chanterai pour la première fois dans la boutique de Diane. On a prévu de pousser les tables dans un coin pour installer des chaises en arc de cercle autour du micro, et d'offrir un cupcake par entrée facturée dix dollars. J'ai annoncé les dates sur ma page Facebook et sur mon compte Twitter, puis je me suis déconnectée sans aller vérifier le nombre de partages ou de likes.

Autant vous l'avouer, je ne pense pas que mes concerts rencontreront un grand succès. Surtout avec une entrée payante comme l'a voulu Diane. Et même avec un cupcake offert. J'ai une peur bleue qu'il n'y ait personne et que je me retrouve seule devant des chaises vides.

Avec Diane.

Et peut-être Chewbacca Senior.

Une heure avant le début de ma prestation, nous commençons à préparer la boutique : nous disposons les chaises et effectuons les branchements pour la sonorisation.

Tandis que je fais quelques essais en chantonnant au micro, j'aperçois une étrange agitation à l'extérieur de la boutique. Une file s'est formée devant la porte et des attroupements s'agglutinent près de la devanture.

Curieuse, j'ai envie d'aller voir ce qui se passe. Peut-être que Céline Dion ou Cœur de Pirate est dans le coin ? J'arrête de fredonner et appelle Diane qui prépare les dernières fournées de cupcakes :

— Diane, tu sais si quelque chose de spécial se passe dans le quartier aujourd'hui ? Il y a foule dehors, c'est bizarre.

Diane s'essuie les mains sur son tablier, jette un coup d'œil à l'extérieur et se retourne vers moi comme si je venais de dire que la pâte à sucre était sucrée.

— Ça va la tête, ma pitoune ?

— Quoi ?

En la regardant, je percute enfin et mon regard fait un aller-retour d'elle à la foule.

— Je... haha, non !

Je glousse comme une débile en réalisant ce que Diane essaie de me faire comprendre, puis je répète :

— Non ! Vraiment ? Tu crois ?

— C'est évident, non ?

Tous ces gens-là souhaitent me voir chanter ? Ce n'est pas possible, ils sont plusieurs dizaines à trépigner en resserrant leurs écharpes autour de leur cou devant Sweet Cuppins. Parmi les têtes d'inconnus qui se bousculent, j'aperçois l'attachée de presse de Play Record qui descend d'une limousine. Fendant la foule, Arvana accompagnée de Casey n'hésite pas à jouer des coudes pour entrer devant tout le monde. L'arrivée du hockeyeur star de Montréal est saluée par la foule qui hurle et par des dizaines de flashs déclenchés par des paparazzis. Les yeux écarquillés, j'ai l'impression d'assister à la scène depuis un autre corps. Ce n'est pas ma vie, c'est impossible.

Après notre première rencontre, Casey m'a appelée et nous avons prévu d'aller manger ensemble demain soir.

— Bonsoir, charmante chanteuse, s'exclame Casey en me serrant dans ses bras.

Il passe la main dans ses cheveux blonds pour les recoiffer et je me sens hypnotisée, comme dans *Friends* quand la cousine de Ross secoue ses cheveux. Ses yeux rieurs et son air gamin le rendent vraiment craquant même s'ils contrastent avec sa carrure de sportif. Ce saisissant mélange de virilité et de douceur me fascine et je lui rends son sourire avant de lui répondre :

— Salut, Casey. C'est gentil d'être venu me voir, ça me fait plaisir.

Arvana tapote nerveusement avec ses ongles sur ton téléphone et nous demande de poser pour faire une photo qu'elle poste instantanément sur la page Facebook de l'émission :

— Et voilà, mes petits chéris, un peu de pub et de buzz pour vous deux. Vous êtes craquants ensemble et, avec les photographes qu'il y a dehors, je suis certaine qu'on aura quelques articles de presse demain matin !

Elle a l'air satisfaite de son coup et s'installe au premier rang avec Casey qui n'a pas manqué de déposer un léger baiser sur ma joue pour me souhaiter bonne chance.

Les places sont vite remplies et je remercie le public d'être venu en tentant de maîtriser l'émotion qui perce dans ma voix. Jamais je n'aurais imaginé vivre ça un jour. Jamais je n'aurais pensé remplir une salle, certes petite, mais une salle tout de même.

J'alterne les chansons que j'ai composées et les reprises de tubes québécois. Alors que j'interprète le troisième morceau, je crois apercevoir une autre tête connue à l'arrière de la boutique comme une ombre qui se cache derrière la foule. Un regard intense, une présence que je sens planer, une sensation qui me serre la gorge.

Matthew est là, dans un coin, et m'observe d'un air énigmatique.

Une heure et demie plus tard, je termine ce premier concert sous les applaudissements. Malgré la joie d'avoir pu partager cet instant avec le public, j'ai envie de voir Matthew. Dès que les premières personnes quittent Sweet Cuppins, j'essaie de traverser la foule pour le rattraper et lui parler du baiser de l'autre soir et de sa tendance à me fuir depuis cet épisode, mais il a déjà disparu. Je retourne donc vers le micro, déçue par son attitude, et rejoins Casey qui se prête volontiers au jeu des selfies et des autographes avec le public.

Mes premiers autographes, je les signe sur des serviettes roses et bleues estampillées Sweet Cuppins. Ils portent la marque de mon rêve et du bonheur. Le goût du sucre et des mélodies entraînantes.

Ce soir-là, j'ai vécu un rêve éveillé. Et pourtant, l'aventure ne faisait que commencer.

Je n'aime pas les non-dits, tout comme je déteste les situations floues et compliquées. Ce matin, j'ai donc décidé, aux dépens de ma conscience professionnelle et de la petite voix qui m'ordonnait de rester tranquille, de me rendre chez Play Record pour une confrontation avec le producteur.

Ce qui est agréable quand on participe à une émission comme *Best Singer*, c'est qu'on est traité comme des personnes dignes de confiance par toute l'équipe de Play Record. Quand je me pointe au bureau de Matthew, sa secrétaire me fait un grand sourire et me laisse passer sans même me poser une question. Je lui rends son sourire – après tout ce n'est pas elle que j'ai envie de gifler – et parcours le couloir qui relie l'entrée au bureau. À quelques mètres de la pièce, j'entends la voix du producteur. Il a l'air énervé.

— Et là, qu'est-ce que tu fais ?

Apparemment il n'est pas tout seul puisque Arvana lui répond en haussant elle aussi le ton :

— Je fais mon boulot, Matthew. Que ça te plaise ou non, Tim Broder est le favori du concours et je dois tout mettre en œuvre pour que le public l'apprécie. Tu sais combien le capital sympathie d'un chanteur compte pour la vente d'un CD. Je porte à la connaissance des potentiels acheteurs la personnalité et les engagements de Tim. C'est un type bien et il mérite qu'on s'investisse pour lui afin de mettre toutes les chances de son côté.

— Tu n'es pas naïve à ce point, Arvana ? Ce mec, c'est du vent. Il n'a rien.

— Tu es trop dur, Matthew. Et je crois que tu sais exactement pourquoi tu réagis de cette manière.

— Arrête. Toi, tu sais également que d'autres mériteraient qu'on s'engage pour eux mais on ne fait rien.

— Si tu parles de Mélissa, sache que j'y travaille tout autant. Pour son bien et pour le tien.

Alors, comme ça, Matthew est agacé par l'article d'hier sur Tim ? Et il veut m'aider ? Je ne peux réprimer un sourire et l'angoisse que je ressentais cesse de me torturer. Pendant quelques secondes du moins. La porte du bureau s'ouvre d'un coup et je me plaque contre le mur pour qu'Arvana ne me voie pas. Je n'ai pas envie qu'elle ait l'impression que je les espionnais et que je me suis approchée exprès pour écouter leur conversation. Ce qui serait totalement faux, évidemment !

Heureusement, elle part d'un pas rapide et énergique du côté opposé, un dossier et des journaux serrés contre elle. Je m'approche alors et frappe trois coups à la porte fermée, prenant le temps de respirer le plus lentement possible pour calmer les battements de mon cœur.

Comme personne ne répond mais que j'entends la voix grave de Matthew résonner à l'intérieur, j'entre et referme derrière moi. Il me jette un regard glacial qui frigorifierait un pingouin et conclut son coup de fil par un lapidaire :

— On se rappelle plus tard, Jean-Marie, j'ai un problème à régler.

Je le fusille à mon tour du regard. Étant donné ce qu'il vient de dire à Arvana à mon sujet je m'attendais à un autre accueil, et m'approche de son bureau, les mains moites et le pouls filant.

— Alors, comme ça, je suis un problème à régler ?

Il s'humidifie les lèvres, serre la mâchoire et je vois une petite veine battre sur sa tempe puis il me répond d'un ton las :

— C'est une façon de parler.

— Si c'est une façon de parler, peux-tu m'expliquer pourquoi tu me fuis ?

Il reporte son attention sur son ordinateur et siffle entre ses dents :

— Ne dis pas n'importe quoi.

— Ne me mens pas, s'il te plaît. Tu n'arrêtes pas de souffler le chaud et le froid avec moi. Tu ouvres une brèche dans ta foutue carapace, et tu la refermes aussitôt. Tu m'embrasses, puis tu déguerpis chaque fois que tu me vois. Tu as décidé d'instaurer une distance de sécurité de vingt mètres entre nous ou il s'agit d'un petit jeu dont je ne connais pas les règles ?

Il daigne enfin relever la tête de son ordinateur et pousse un soupir qui me fend le cœur :

— Mélissa, j'ai des choses importantes à faire. Je n'ai pas le temps de discuter de ton sentiment stupide et infondé sur mon attitude. Si tu as envie de te plaindre de mon comportement, tu peux écrire à ma secrétaire.

La froideur de son ton et sa réponse cinglante me donnent envie de pleurer. Je retiens mes larmes et réponds en faisant un pas un arrière :

— Bien.

Je quitte son bureau le ventre noué et la gorge serrée. Au moins, je sais à quoi m'en tenir et, même si son rejet me brise le cœur, je sais dorénavant que je dois passer à autre chose.

D'ailleurs, je vais rentrer travailler sur ma prochaine chanson, *Thank you*, pour me changer les idées. Rien de tel que le travail pour oublier les mecs. C'est un nouveau titre, une ode aux difficultés qu'on rencontre dans le métier de chanteur, qui remercie la vie pour les coups durs qu'elle nous inflige et qui nous endurcissent quand on se lance dans une carrière artistique. Je repense à mes parents, à Steve et à ses remarques acerbes, à tous ceux qui m'ont découragée, à tous ceux qui m'ont dit de garder les pieds sur terre et d'accepter un job dans une banque. Ils m'ont tous appris à croire en moi. Ils ont provoqué des réactions si vives et si profondes qu'ils m'ont aidée à me dépasser et à prendre des risques en m'inscrivant à une émission de télévision au Québec. Sans eux, je ne serais pas là.

Un air de guitare.

Une mélodie pour poser ma voix.

Des paroles griffonnées sur un carnet, un mot barré au profit d'un autre, des rimes et des idées.

La chanson se construit et je me prends à rêver de mon CD. Pour atteindre mon objectif, je dois le sortir dans six mois. Juste avant mes vingt-cinq ans.

Le mois de décembre s'est installé à Montréal et le Mont-Royal, comme toutes les rues d'ailleurs, est couvert de neige. Les arbres nus ressemblent à des fantômes et le blizzard qui envahit la ville donne envie de se barricader à l'intérieur.

Diane m'observe, assise sur mon lit, tandis que je remonte mes cheveux pour en faire un chignon, piquant des épingles pour essayer de discipliner mes mèches qui ont l'air de dire : « Laisse-nous exprimer toute notre folie capillaire ce soir, pas question de se serrer dans un élastique. »

— Tu es vraiment ravissante, ma pitoune.

Je sens qu'elle hésite à ajouter quelque chose et je lui lance un sourire pour l'encourager mais je sens toujours sa retenue. Elle inspire profondément, caresse distraitement la couette du doigt, puis joint les mains devant ses genoux :

— Tu as déjà aimé ? Je veux dire aimer plus que tout, aimer si fort qu'on n'arrive plus à imaginer sa vie sans l'autre ?

Je saisis la dernière épingle que j'avais glissée entre mes lèvres pour la piquer dans ma coiffure, laisse quelques mèches s'échapper et me mordille l'intérieur des joues avant de répondre :

— Je le croyais, mais je me rends compte aujourd'hui que je me trompais. Si j'avais connu ce que tu décris, j'aurais été dévastée quand mon copain m'a quittée. J'aimais Steve. Mais j'ai réalisé après notre rupture que j'étais beaucoup plus heureuse sans lui. Il avait fini par m'étouffer, par me faire douter de ma passion... par me faire douter de moi. Alors, non, Diane, je n'ai jamais connu l'amour dont tu parles. Et toi ?

Son visage s'illumine un court instant avant de devenir triste.

— Oh oui ! J'ai eu cette chance. C'est une chance et une malédiction parce que, quand ça s'arrête, on n'a plus envie de vivre.

— Tu n'as plus envie de vivre ?

— Parfois, je ne sais plus très bien.

— Tu aurais préféré ne jamais connaître Charles ?

— Grand Dieu, non ! Mais la vie sans lui n'a plus la même saveur. La solitude est une arme redoutable, elle tue à petit feu, elle fait disparaître les couleurs, elle atténue les sensations, elle suce et dévore le bonheur.

— Diane, qu'est-ce qui est arrivé à votre couple ?

Le regard dans le vide, elle semble lointaine, perdue dans ses pensées :

— Il est parti.

J'attends qu'elle se confie davantage, mais la suite ne vient pas. Comme d'habitude, elle garde ses secrets pour elle. Pour faire diversion, elle enchaîne en me demandant :

— Et ce Casey, tu penses que tu pourrais tomber amoureuse de lui ?

J'ajuste la petite robe noire en dissimulant la bretelle de mon soutien-gorge et me tourne pour vérifier la manière dont le vêtement tombe dans mon dos.

— Je n'en sais rien. Je ne le connais pas encore suffisamment. Il est peut-être très gentil. Et il faut avouer qu'il est sexy !

Elle rit :

— Gentil ? Si tu imagines que cela suffit pour tomber en amour, tu te trompes. Sexy au moins, ça peut te conduire à passer quelques jolies nuits, mais ce ne sera pas suffisant. Et ton producteur ?

Je grogne :

— Matthew ? C'est une cause perdue.

— Une cause perdue comme on les aime ?

— Une cause perdue comme celles qui déchirent le cœur. Je passe à autre chose.

Elle murmure entre ses dents :

— Si tu crois que tu as le choix…

— Hein ? Qu'est-ce que tu as dit ?

— Rien. Profite de ta soirée et de ce charmant Casey.

— J'y compte bien !

Je l'embrasse sur la joue et sors de la maison après avoir enfilé des escarpins qui me donnent le vertige et un énorme manteau. Casey m'attend à l'extérieur, adossé à un cabriolet noir flambant neuf, et m'ouvre la portière dès qu'il m'aperçoit.

— Tu es magnifique.

Casey porte un jean et une chemise noire à manches longues qui met en valeur sa musculature. Je passe mon bras autour de son cou, profitant de l'odeur fraîche et poivrée de son gel douche et il frôle ma joue de la sienne en s'éloignant.

Ce contact me fait sourire et confirme que, même si j'ai un autre homme en tête, le physique et la prévenance du jeune homme ne me laissent pas indifférente.

Casey nous conduit à La Suite, un restaurant gastronomique, et je profite du trajet pour admirer les flocons qui tournoient autour de nous et les tas de neige impressionnants qui bordent les rues.

— À nous, s'exclame Casey en choquant sa flûte de Dom Pérignon contre la mienne.

Ses yeux coquins et sa manière de me regarder, comme si j'étais une étrange chose exotique, attisent ma curiosité. Pourtant, le cadre rigide et un peu snob du lieu me bloque, je n'ai pas l'habitude de manger dans des établissements hauts de gamme. J'ai plutôt tendance à empiler les assiettes et à aider les serveurs. En général, il faut me retenir pour que je n'aille pas rapporter moi-même les plats terminés en cuisine. Ici, je n'ose pas bouger une fesse et j'ai une peur bleue de faire une tache de sauce sur la nappe qui doit valoir l'équivalent de mon salaire mensuel.

Après avoir siroté deux coupes de champagne, je me détends enfin et me lance plus joyeusement dans la conversation avec le hockeyeur :

— Tu as toujours voulu jouer au hockey ?

Question hautement pertinente, Mélissa, bravo. S'il te répond qu'en fait il voulait faire de la pêche au maquereau mais que le secteur était bouché, tu pourras aller te cacher sous le chariot à fromages. Il plonge son regard dans le mien et termine de mâcher sa bouchée de filet de bœuf avant de m'expliquer :

— Oui, c'était mon rêve d'enfant. J'adorais le sport et j'ai grandi dans une famille qui vénérait les Canadiens. J'ai fait une filière sport-études et j'ai beaucoup travaillé pour perfectionner mon jeu. Mon père jouait avec moi tous les jours, il me poussait à dépasser mes limites, à avoir une bonne vision du jeu et à maîtriser la rondelle. Ça a fini par payer.

— Au propre ou au figuré ?

Je fais évidemment référence à son salaire, mais il ne semble pas comprendre ma blague. Il me répond très sérieusement :

— J'ai été persévérant, donc mes efforts ont été récompensés. C'est tellement excitant de faire partie d'une telle équipe. Tu t'entraînes, tu vis au cœur du hockey, tu es admiré par le monde entier, tu gagnes bien ta vie et tu peux draguer qui tu veux. Personne ne te résiste.

En disant ces mots, il me fixe et glisse un nouveau morceau de viande entre ses lèvres. Même si sa détermination est sexy, je trouve son attitude prétentieuse. Pour une fois, il a l'air de percuter, il pose ses couverts sur le bord de son assiette et se justifie :

— Je suis conscient d'être privilégié, Mélissa, je ne suis pas aussi imbuvable et égocentrique que tu le penses peut-être. J'en ai ma claque d'avoir l'impression d'être vénéré, d'être au-dessus de tout le monde. Les femmes bafouillent, gloussent et se pavanent dès que j'arrive. C'est fatigant de ne pas pouvoir entretenir une conversation normale avec quelqu'un qui a des buts dans la vie, une vraie passion. Comme toi.

— Je n'ai pas ta célébrité, mais j'imagine évidemment que les comportements des gens changent et que cela te renvoie une image de toi-même qui n'est pas la bonne.

— Les gens ne cherchent même pas à me connaître. Ils se contentent de ce qu'ils voient à la télévision, mais ce n'est pas toute ma vie. Je suis un passionné, mais je suis aussi un être humain. Et toi, tu as toujours chanté ?

— Je crois que j'ai appris à chanter avant de savoir parler.

Il rit et sirote une gorgée de champagne, les yeux toujours rivés aux miens :

— À dix ans, j'étais fan de musique classique. J'étais fascinée par Mozart et Schubert, et je jouais si souvent leurs morceaux au piano que mes parents en avaient marre d'entendre les mêmes airs soir après soir. À chacun de mes anniversaires, je demandais des livres sur les grands musiciens et les compositeurs célèbres, comme si le fait d'apprendre la manière dont ils travaillaient, leur quotidien, leurs techniques, leurs manies me permettait de me remplir de leur génie et de leur talent. Plus tard, j'ai passé des heures à écouter Brel, Brassens, Balavoine pour m'imprégner de leurs phrasés et de leurs univers si riches, puis je me suis intéressée aux chansons d'Amy Winehouse et de Lana Del Rey.

— Je peux te confirmer que tu es aussi envoûtante que Lana quand tu chantes.

Son compliment me fait sourire et je sens mes joues s'empourprer. Casey sait y faire avec les femmes. Pour ne pas le laisser voir mon trouble, je poursuis :

— La musique représente toute ma vie et je n'arrêterai jamais de composer et de chanter, c'est vital pour moi. C'est magique ! Créer une chanson, une suite de notes qui te procurent des émotions, une mélodie qui reste dans la tête, des paroles qui touchent les gens, c'est tellement stimulant. C'est le plus beau cadeau du monde et je me sens riche intérieurement d'avoir cette passion. Même si personne ne m'écoutait, même si ma carrière ne décollait pas à la suite du concours, je ne cesserai jamais d'y croire. J'admire le fait que tu sois parvenu à réaliser ton rêve, Casey. Ta famille a dû te soutenir et tout faire pour que tu y parviennes. Ce n'est pas le cas de la mienne, on m'a souvent poussée à abandonner, à suivre une autre voie. La Suisse est un petit pays pour les artistes. Là-bas, personne ne croit aux parcours qui n'entrent pas dans des cases.

— C'est pour cette raison que tu es venue à Montréal ?

— Non, en fait j'ai suivi Steve, mon ex, qui a été muté ici.

— Oh ! et comment vit-il ta nouvelle célébrité ?

J'éclate de rire :

— Je n'en ai pas la moindre idée ! Et puis, je ne suis pas vraiment célèbre. Je pense que la vraie difficulté débute une fois l'émission terminée. Sauf si je remporte la compétition, évidemment, auquel cas je serai accompagnée mais je ne me fais pas trop d'illusion. Je sais que Tim Broder est très apprécié de la gent féminine et, d'après les audiences, les téléspectateurs sont en majorité des femmes. Elles vont toutes voter pour sa charmante frimousse et sa voix de crooner.

— Peut-être, mais elles finiront par s'en lasser dès qu'un nouveau beau gosse arrivera sur le devant de la scène. Crois-moi, tu as du talent, un univers à toi, une profondeur que les autres candidats n'ont pas. Tu vas finir par y arriver, j'en suis persuadé.

— Merci, Casey, ça me touche vraiment que tu dises ça. J'ai tellement de doutes par rapport à mon travail qu'ils m'étouffent parfois.

— C'est le lot de tout artiste, j'imagine. Par contre, fais attention, la célébrité biaise les rapports entre les gens. J'ai plaqué ma dernière petite copine parce qu'elle était jalouse de ma notoriété. Elle a tenté de s'en servir pour sa carrière d'actrice, elle n'a pas été sincère et je n'aime pas qu'on joue avec moi. Alors, ne joue pas avec moi, OK ?

Son regard soudain sérieux et son ton plus grave me font relever les yeux vers lui. La sincérité que je perçois dans sa voix m'interpelle et me touche autant qu'elle me déstabilise. Comme si tout allait trop vite. Pour dédramatiser la situation, je lance sur un ton plus léger et enjoué :

— Est-ce que ça te rassure si je te dis que j'ignorais qui tu étais jusqu'à ce qu'Arvana nous présente ?

Silence et lèvres pincées. Suis-je allée trop loin en imaginant qu'il pouvait se moquer de sa célébrité ? Mes épaules retombent et je respire enfin quand il éclate de rire. Pourtant le répit est de courte durée. Derrière les épaules carrées de Casey, j'aperçois deux hommes qui viennent de pénétrer dans le restaurant et qui cherchent leur table. Quand l'un des deux tourne la tête vers moi, j'ai envie de disparaître sous le plancher. La tête blonde et les yeux bleus qui me fixent me plongent dans un passé pas si lointain, que j'ai enfoui profondément dans ma tête. Mon ventre se noue et je m'exclame sans réfléchir :

— Oh, non !

— Qu'est-ce qui se passe, ça va ?

Si je le pouvais, je ramperais sous la table pour qu'il ne me voie pas ! Je lance un regard désespéré à Casey et lui murmure :

— Casey, cache-moi ! Non, ne te retourne pas !

Pourquoi les mecs font toujours le contraire de ce qu'on leur demande ? Il tourne la tête pour identifier la raison de mon trouble mais il est trop tard :

— Bonsoir, Mélissa.

Je me force à sourire :

— Salut, Steve !

— Oh là, là, c'est Casey Ladouceur ! Je vous adore ! C'est incroyable de tomber sur vous deux, là !

James, le collègue de mon ex, alias « Monsieur Pot-de-gel », sautille d'un pied sur l'autre, la bouche en cœur en me regardant comme si j'étais Madonna (j'hésite à lui dire que ce n'est pas le cas mais j'ai peur de rompre le charme) :

— Mélissa, j'ai regardé toutes les émissions et j'ai voté pour toi chaque fois ! Alors, vous sortez ensemble ? Wow, Casey Ladouceur avec Mélissa Müller, c'est génial !

Steve tire une tête de trois pieds de long, il me fait mal au cœur :

— Casey, je te présente Steve, mon ex. Steve, voici...

Steve me coupe d'un air las :

— Je le connais. Tous mes collègues sont fans des Canadiens, on a même des posters dans les bureaux.

Casey fixe Steve comme s'il allait lui envoyer le plat de pâtes aux coquilles Saint-Jacques à la figure. Jaloux, le jeune homme ? Il se lève, se positionne entre Steve et moi, replace une mèche rebelle échappée de mon chignon derrière mon oreille, puis m'embrasse doucement et propose :

— Melly, j'ai envie d'emporter le dessert à la maison. Ils font des moelleux au chocolat délicieux ici. Je prends aussi une autre bouteille de champagne. Tu viens ?

Melly, c'est nouveau ça ? À moitié amusée et à moitié choquée par l'assurance de Casey, je me lève et balbutie un piètre :

— À bientôt, Steve. Passe une belle soirée.

Le regard triste qu'il me lance me laisse de marbre. Je lui en veux de m'avoir larguée à Montréal comme une vieille chaussette et de ne m'avoir jamais soutenue, mais force est de constater que je m'en suis plutôt bien sortie. Alors je n'ai aucune envie de le blesser. Qui sait ce qui se serait passé si je n'étais pas partie chez Diane et que j'aie continué à vivre avec Steve ?

Dans la voiture de Casey, je suis un peu déboussolée par sa réaction, son baiser et cette soirée, alors, quand il me propose d'aller faire la fête et de rejoindre ses coéquipiers dans un célèbre nightclub de la ville, j'acquiesce sans hésiter pour me changer les idées.

Pourtant, même assise sur les genoux du hockeyeur sexy, étourdie par le champagne et la musique à fond, je n'arrive pas à oublier le goût amer de ma dernière confrontation avec Matthew.

## 14

# CASEY OU MATTHEW ?

*Mélissa*

Je suis en train de m'extasier devant les manchots et tente de persuader le soigneur de me laisser en adopter un quand Casey revient des toilettes et m'enlace la taille. Il me murmure à l'oreille :

— Alors, comment trouves-tu le Biodôme ?

— Génial, j'aimerais vivre ici avec les manchots ! Regarde-les, ils sont tellement adorables quand ils marchent, on dirait qu'ils vont se casser la figure. Et si tu as des petits poissons, tu deviens le roi du monde !

Le soigneur me jette un regard noir. Je suis sûre qu'il a peur que j'en vole un une fois qu'il aura le dos tourné. Je saisis un poisson dans le seau et l'agite devant un petit manchot qui s'approche de moi en faisant trois bonds et me regarde avec envie. Je glisse avec bonheur le maquereau dans son bec et l'observe le gober, un sourire jusqu'aux oreilles. Casey me dévisage, les yeux pétillants :

— Ils sont un peu comme toi, en fait, maladroits mais très mignons.

— Je ne sais pas si je suis mignonne, mais je ne suis pas maladroite !

— Après avoir bu une bouteille de champagne, tu es maladroite.

— Si tu fais référence à ta chemise que j'ai malencontreusement tachée en voulant compter le nombre de bulles dans ma flûte l'autre soir, je t'ai déjà dit que je t'en offrirai une autre ! Et puis tu dois arrêter de me gaver de champagne hors de prix, je n'ai pas envie de m'habituer à ton train de vie de folie.

Il éclate de rire :

— Dommage, j'ai encore plein de bouteilles dans ma cave et je ne sais pas avec qui d'autres les boire.

Comme Casey est une célébrité à Montréal, il n'a pas eu de peine à convaincre la direction du Biodôme de nous réserver une visite VIP du lieu, nous permettant d'accéder à certains enclos, dont celui des manchots que nous venons de quitter. Le soigneur prend garde de faire une barrière de son corps entre eux et moi et je dois me résigner en faisant un petit signe d'au revoir aux animaux. Alors que nous quittons les salles dédiées au pôle Nord et au pôle Sud, Casey regarde l'heure :

— Je vais devoir rentrer pour aller à l'entrainement. Tu as vu mon *assist* l'autre soir ? J'étais à deux doigts de marquer le but mais ce con de Greg m'a coupé le chemin alors que j'arrivais devant le filet. Il devrait comprendre que c'est moi le meilleur, non ? Je suis le pilier de l'équipe et le meilleur buteur du championnat, pourquoi il insiste autant ? À cause de lui, j'ai été mis en échec à la balustrade !

J'ai bugué dès le premier mot technique. Casey passe des heures à me parler de hockey, de tactique de jeu, de transferts et de contrats mirobolants. C'est son monde, il n'y a que ça. Les sommes échangées dans les grands clubs de la NHL me donnent le tournis et, comme au foot, je me demande comment on peut être si jeune et gagner une fortune inimaginable alors que la moitié de la planète n'a pas accès à l'eau potable.

De mon côté, même si je passe à la télévision et que ma notoriété se développe (on m'a reconnue dans la rue hier et j'ai cru que les deux jeunes femmes s'étaient trompées), je me contente toujours du salaire modeste de Sweet Cuppins. Grâce à *Best Singer*, je touche mille dollars par émission, à quoi s'ajoutent les extras gagnés lors des concerts que je donne à la boutique.

Le plus important, c'est que je suis heureuse. Mon monde tourne autour de la musique, mais les directs avancent et je crains que tout s'arrête d'un coup. Plus de lumières, plus de projecteurs, plus de public. Plus de musique.

— Melly, tu m'écoutes ?

— Pardon, Casey, je pensais au prochain direct de vendredi. Et je t'avoue que tu m'as perdue au mot *assist*.

— L'*assist*, c'est la passe décisive avant un but.

Il se renfrogne comme un gamin vexé. Casey est prévenant et généreux, mais il est aussi un peu égocentrique. Il gémit :

— Tu m'avais promis de venir au Centre Bell me voir jouer.

— Oui, je viendrai ! Quand a lieu le prochain match ?

— Demain.

— Zut, j'ai une répétition pour l'émission.

— Tu pourrais me soutenir un peu plus. Après tout, des milliers de gens aimeraient être à ta place.

— Tu es sérieux quand tu dis ça ?

Il ne me répond pas et fait mine de se passionner pour le panneau d'information sur les Laurentides. Je soupire :

— Je ne peux pas venir à ton prochain match parce que j'ai aussi une carrière à mener. Mais l'émission est bientôt terminée. Je te promets que, si je suis libre lors du match suivant, je serai là pour t'applaudir ! OK ?

— Parfait, c'est super ! Je te donnerai des places.

— C'est gentil, j'ai hâte ! L'ambiance doit être grandiose avec tous les fans !

— Tu n'as pas idée ! Et quand la foule crie ton nom, c'est le plus beau sentiment du monde. Je te jure que les spectateurs hurleront le mien plusieurs fois le soir où tu viendras.

— Je n'en doute pas, Casey, je n'en doute pas.

Il me fait un sourire éclatant et nous continuons la visite puis Casey me ramène à la maison. Il est gentil, il n'a pas oublié d'enclencher le chauffage à fond dans la voiture. L'hiver s'est installé à Montréal et la neige tombe désormais à gros flocons et recouvre les avenues, les trottoirs et la ville tout entière. Pour tout vous avouer, je meurs de froid depuis plusieurs jours et je ne sens plus mon nez quand je sors dans la rue ! Mais la ville est à couper le souffle et le spectacle vaut bien un anorak ou deux.

Mais où est passé ce fichu ordinateur ? Cela fait bien quinze minutes que je le cherche et je commence à soupçonner Diane de l'avoir repris pour effacer son profil sur le site *Ensemble*, malgré mes tentatives pour le cacher. Comme elle travaille à la boutique aujourd'hui, je ne peux ni l'engueuler, ni lui demander où elle l'a rangé. Après avoir fait le tour du salon, je grimpe à l'étage poursuivre mes recherches. Sur la pointe des pieds, j'ouvre la porte de sa chambre pour y jeter un rapide coup d'œil. Rien. Je pénètre dans la pièce, soulève une pile de feuilles sur son bureau puis me dirige vers le lit explorer sous le couvre-lit à fleurs et les coussins. Je retrouverai peut-être l'ordinateur avant qu'il ne soit trop tard !

Après avoir fouillé ses placards, je dois me rendre à l'évidence, il n'est pas là. Dépitée, je m'assieds sur le lit et observe la table de nuit où s'entassent d'épais romans. Peut-être que dessous... ? J'avance le bras et fais maladroitement tomber la pile de livres qui s'écrase au sol dans un grand boum. Peut-être que Casey avait raison finalement.

Je grogne et m'attelle à ranger en ramassant un à un les ouvrages quand je m'arrête en remarquant une liasse de lettres que j'ai dû faire glisser en même temps que le reste. Le papier froissé et l'écriture manuscrite m'intriguent et, sans réfléchir, je saisis une enveloppe et commence à lire. Une, puis deux et trois.

Toutes les lettres viennent de Charles et, à la manière d'un jeu de piste, elles lui témoignent d'un amour inconditionnel. Alors que leur est-il arrivé ? Qu'est-ce qui a pu blesser Diane à ce point-là ? Charles, qu'avez-vous fait à la femme que vous aimiez pour qu'elle ait si peur d'ouvrir son cœur à nouveau ?

Quand j'arrive à la dernière lettre, je peine à déglutir et mon pouls s'accélère. Ai-je le droit de faire ça ? De lire le témoignage de leur amour, de plonger dans l'intimité de leur couple ?

Je suis déjà allée bien trop loin et la curiosité m'emporte encore une fois, une dernière fois. Mais j'étais loin d'imaginer ce que j'allais découvrir.

*Montréal, 29 mars 2010*

*Ma chérie, mon amour.*

*C'est ma dernière lettre.*

*Le verdict est tombé il y a douze semaines. J'ai un cancer du pancréas foudroyant. Incurable. Il me restait trois mois. Trois mois sur toute une vie. Trois petits mois avec toi mon amour.*

*Et crois-moi, j'ai tout fait pour que ces trois mois soient les plus beaux mois de ta vie.*

*J'ai voulu faire connaître ta passion et ton talent. Tout le monde devrait avoir le droit de manger tes gâteaux, Diane. Tu es une magicienne. Tu donnes du bonheur aux gens.*

*Moi, tu m'as rendu heureux pendant trente ans.*

*Je n'ai pas su comment partager avec toi ce qui m'arrive, je n'ai pas voulu t'inquiéter et voir ma mort dans tes yeux. Je voulais que tu sois heureuse le plus longtemps possible, ma Diane, sans soucis, sans peur. Sans cette angoisse qui me ronge le ventre.*

*Mon seul regret est de ne pas pouvoir passer plus d'années à tes côtés. Ma maladie sera le seul et unique secret que j'aurai eu pour toi en trente ans de bonheur.*

*J'ai demandé au médecin de t'appeler une fois que je serai parti, que tout sera fini, et de te remettre les lettres que j'ai écrites pour toi, pour que tu comprennes mon choix et pour que tu me pardonnes. La vie est injuste, mais je ne peux pas lui en vouloir puisque j'ai eu la chance de te connaître.*

*Je suis tellement, tellement désolé, ma chérie.*

*Ton Charles qui t'aimera pour l'éternité.*

Ma gorge est si serrée que je n'arrive plus à respirer. Les larmes roulent sur mes joues et je suis incapable de retenir plus longtemps mes sanglots. Voilà donc ce que me cachait Diane : son mari lui a dissimulé son cancer jusqu'à sa mort. Elle qui est si douce et si généreuse. Imaginer sa détresse, son incompréhension, sa tristesse, me fait si mal que je me laisse emporter par ma propre souffrance. Je saisis un mouchoir, m'éponge les yeux et renifle plusieurs fois avant de parvenir à me calmer. Pauvre Diane.

Une question me taraude après cette éprouvante découverte : comment avouer à mon amie que je connais son secret au risque de la décevoir ou de la faire entrer dans une colère noire ? Comment aborder ce sujet qu'elle a elle-même si souvent évité ?

Je redescends pour boire un verre, un whisky ou une vodka pure, peu importe du moment que ça brûle le ventre et la gorge, et que ça monte à la tête. J'ai besoin de courage, je dois réfléchir à la situation et trouver une solution pour que Diane aille mieux.

Debout devant le miroir de la loge, avant l'émission, je tire sur la courte robe rouge à franges dans l'idée – totalement illusoire – de lui faire gagner quelques centimètres… en vain. Francis qui passe derrière moi à ce moment-là me tape sur les doigts en sifflant entre ses lèvres :

— Ma chérie, arrête d'abîmer cette superbe création ! La longueur est parfaite, elle met tes jambes en valeur.

— Elle montre presque mes fesses, oui !

— Et alors, elles sont aussi jolies que tes jambes, arrête de t'inquiéter.

Je tourne la tête à m'en dévisser le cou pour tenter d'apercevoir mon fessier moulé dans une robe trop sexy pour moi, mais je n'ai pas la souplesse d'un aigle royal.

— Vous êtes prêts ? interrompt Arvana en déboulant dans la loge.

Comme avant chaque émission en direct, mon ventre s'est transformé en grand huit. Et hop, je fais une roue par-ci, et hop je te mets la tête à l'envers. Tu as envie de vomir ? C'est parfait !

J'avale une gorgée de Coca pour apaiser la sensation de vertige et me rappelle que ce soir j'interprète *If you knew*. Selon Matthew, c'est le moment de la chanter pour mettre toutes les chances de mon côté puisque nous ne sommes plus que quatre candidats, Tim, Xavier, Léa et moi. Enfin, ce n'est pas lui qui me l'a dit puisqu'il semble avoir un problème avec moi, mais Arvana qui m'a transmis le message.

Xavier a gardé son côté reggae ; quant à Tim et Léa, ils sont davantage des interprètes que des compositeurs, même si Léa joue du piano.

La septième émission débute avec un rappel de nos plus belles prestations enregistrées à ce jour. La peur panique d'être éliminée ce soir ne me quitte pas, mon cœur bat la chamade sans que je puisse le calmer. Cette angoisse que tout s'arrête s'installe dans ma tête et mes jambes tremblent comme si j'étais face au Yeti.

Alors que j'accélère pour gagner le plateau, je n'arrive pas à croire que je suis toujours là, que le public a voté pour moi si souvent et qu'il me soutient. C'est hallucinant. Dans la rue, je suis régulièrement abordée par d'adorables fans de l'émission qui me demandent de poser pour un selfie ou qui souhaitent que je leur signe un poster, une affiche ou un simple carnet. Jamais de ma vie je n'aurais osé imaginer vivre cette expérience.

Je n'ai pas envie que ça s'arrête. Jamais.

Même ma page Facebook a gagné des likes – plus de dix mille actuellement.

Un frisson parcourt mon échine tandis que je m'immobilise à l'entrée du plateau, derrière un épais rideau noir que j'écarte pour voir ce qui se passe. Soraya Lens remercie Xavier pour sa prestation et je le vois quitter la scène par la sortie qui mène aux coulisses, sous les applaudissements du public. C'est mon tour.

Ma guitare dans les mains, je sens l'excitation se mêler à la peur, un cocktail étonnant qui a tendance à me galvaniser et à accroître mon impatience de jouer. Je me mords la lèvre, une goutte de transpiration glisse dans mon dos. Dans une minute, je commencerai ma chanson. Dans cinq, mon passage sera déjà terminé.

Comment une vie peut-elle changer en quelques minutes ?

— Je vous prie d'accueillir Mélissa Müller qui nous interprète son titre *If you knew* ! Pour voter pour elle, tapez 3 !

Comment puis-je marcher alors que j'ai l'impression que mes jambes se sont transformées en chaise de massage électrique, me faisant vibrer des pieds à la tête ? Si je prétextais avoir Parkinson ?

Trop tard pour courir en sens inverse, je viens de jouer les premiers accords et chaque fois c'est pareil : je rechigne à monter sur le plateau, j'ai le ventre prêt à exploser, la gorge si nouée que j'ai l'impression que je vais chanter comme Tic et Tac, mais je suis accro à la scène, au public. Je le sens vibrer avec moi, fredonner avec moi, ressentir une palette d'émotions avec moi. C'est une communion parfaite, inespérée, incroyable.

Plus jamais je ne souhaite vivre sans ce sentiment. Sans eux. Sans vous.

Vous êtes mon essentiel.

Un tonnerre d'applaudissement retentit alors que le dernier accord résonne, les jurés sont debout, les spectateurs aussi. J'ai un sourire jusqu'aux oreilles. Là, juste là, j'ai expérimenté le bonheur. Je l'ai senti au fond de mon cœur, je l'ai senti prendre toute la place dans mon corps.

— Les trois demi-finalistes de l'émission *Best Singer* sont...

Nous regardons tous Soraya et l'enveloppe qu'elle tient. Xavier, Léa et moi nous tenons la main. Tim serre les poings.

— Xavier, Tim et... Mélissa !

Seule sur le balcon gelé qui domine la fête, j'observe cette joyeuse foule qui s'enivre, insouciante. Le vague à l'âme et la tristesse ne me quittent pas depuis ma découverte dans la chambre de Diane, je n'ai pas envie de boire, pas envie de rire, pas envie de goûter au bonheur ce soir. Je sens à nouveau les larmes me monter aux yeux et mon nez me piquer, ce qui me fait renifler plusieurs fois. Avant que j'aie le temps d'ouvrir mon sac pour éponger le déluge de morve et d'eau que je sens arriver, on me tend un mouchoir que je saisis avec gratitude avant de me rendre compte que la main qui me le propose est celle de Matthew. Sa présence et son charisme me donnent l'impression de sentir la chaleur qui émane de son corps dès qu'il est près de moi. Ou peut-être est-ce moi qui, malgré le froid, bouillonne de le sentir si proche ? Pourtant, notre dernière conversation me revient vite en mémoire, me nouant le ventre. Il s'accoude à mes côtés et me fixe d'un air inquiet avant de me demander :

— Tu as eu d'excellents résultats ce soir, alors peux-tu m'expliquer ce qui ne va pas ?

Je m'éponge le coin des yeux, me mouche et chiffonne le mouchoir avant de le ranger dans mon sac. Ma voix s'étrangle tandis que je lui confie, incapable de garder ce secret plus longtemps malgré ma rancœur :

— Mon amie Diane a perdu son mari d'un cancer du pancréas. En trois mois, tout était fini.

— Je suis désolé pour elle. Perdre les gens qu'on aime plus que tout est la pire douleur du monde.

— J'imagine, oui.

— Tu lui diras que, si elle a besoin d'aide, je connais de très bons thérapeutes.

— C'est gentil. Mais il est mort il y a cinq ans. Il a choisi de lui cacher sa maladie pour ne pas l'inquiéter, et je viens de l'apprendre.

— Le goût de la trahison a dû s'ajouter à la souffrance de sa mort, alors. Ce n'est pas un bon mélange. Si elle t'en a parlé, c'est qu'elle est en train de se reconstruire. C'est toujours bon signe d'évoquer ce genre de drame.

— Tout le problème est là. Elle ne m'en a jamais parlé. Je l'ai découvert en tombant par hasard sur les lettres qu'il lui avait écrites.

Je lui raconte ensuite son silence chaque fois que nous évoquons son couple, son inscription sur un site de rencontres, puis la déception qu'elle avait ressentie quand elle avait découvert que le seul homme qui lui avait plu n'était pas un prétendant potentiel. Il serre les dents et se mord la lèvre avant d'analyser :

— C'est normal d'avoir peur. Quand on a souffert de ce genre de perte, on préfère rester seul pour se protéger. On n'ose plus prendre le risque d'aimer.

Il marque une pause puis continue :

— Je m'excuse pour l'autre jour, je ne voulais pas me comporter d'une manière aussi détestable avec toi.

— Merci.

Il me sourit d'un air coquin :

— Merci d'avoir été aussi détestable ?

Je lui donne un coup de coude et il attrape mon poignet pour me tirer à lui. Je chuchote :

— Merci de t'excuser.

Il rive ses yeux aux miens et soupire en caressant ma joue avant de suivre le tracé de ma mâchoire, puis d'effleurer mes lèvres avec son pouce. Une tornade de sensations ravage mon être. Son air sombre et ses yeux tristes me donnent toujours envie de lui poser mille et une questions, mais je m'entends juste en susurrer une :

— Qu'est-ce qu'il y a, Matthew ?

— Toi. Tu...

Sa voix s'étrangle et son regard quitte le mien pour se perdre au loin. À qui ou à quoi pense-t-il ? Il prend quelques secondes pour se ressaisir et je sens son autre main se poser au creux de mes reins. Sa chaleur m'envahit et me réchauffe, pendant une minute j'oublie Diane, je vaincs la tristesse, je pense à lui et au bien-être que je ressens dans ses bras. Je deviens égoïste. Je pense à moi, à mes sentiments, à ce que Matthew bouleverse dans mon cœur, aux réactions qu'il provoque, à tout ce qu'il chamboule. Mais mon instinct me hurle de faire attention, de m'éloigner. Matthew ressemble à un désert, bouillant le jour et glacial la nuit, et ça me déstabilise. Son attitude des dernières semaines ne m'aide pas à comprendre ce qu'il attend de moi. Comme pour confirmer ma pensée, sa main glisse dans mon dos, caresse mes hanches et termine sa course près de ma cuisse. Il attrape ma main et murmure dans un souffle :

— Viens.

Il m'entraîne loin du balcon, nous évitons la foule, nous zigzaguons entre les invités qui discutent dans des couloirs reculés et j'ai juste le temps de voir qu'une seule personne a repéré notre manège et nous a suivis du regard jusqu'à ce que nous quittions la grande salle. Arvana.

Matthew, toujours silencieux, me guide vers sa voiture et s'installe au volant avant de démarrer en trombe. Je ne lui pose aucune question, j'ai l'impression de deviner ce qui va suivre. Ou alors je suis très douée pour me faire des films. Peut-être aurais-je dû devenir scénariste et suivre ma meilleure amie en Californie ?

Quand il passe un portail qui mène à une impressionnante propriété, il a l'air d'hésiter, puis donne un dernier coup d'accélérateur avant de se garer devant la maison blanche aux tuiles rouges. Je descends et tente d'ignorer les battements de mon cœur qui ont repris leur rythme effréné tandis que Matthew contourne la voiture pour venir me prendre la main et me faire entrer dans la maison.

Toujours sans un mot, il me guide dans les escaliers jusqu'au dernier étage et pile devant une porte. Si c'est la cuisine, je vais me poser de drôles de questions.

Je sens son hésitation comme si j'étais dans sa tête, je perçois ses gestes de recul, si infimes soient-ils comme s'il se livrait à un violent combat intérieur. Je m'adosse au mur et il appuie ses bras de chaque côté de mon cou, m'empêchant de faire le moindre mouvement. Je cherche son regard mais il a la tête baissée, le souffle court. Je supplie :

— Matthew, parle-moi.

Sur un ton encore plus implorant que le mien, il répond en me regardant enfin :

— Pas ce soir, pas maintenant. S'il te plaît, Mélissa.

Son regard intense mais triste me fend le cœur et je ne peux qu'abdiquer. Ses lèvres effleurent les miennes et il m'embrasse de nouveau. Je retrouve son goût, sa langue et je me perds en lui, je sombre. Je savoure chaque seconde de ce baiser où nos souffles se mêlent, sa langue joue avec la mienne de plus en plus ardemment, son corps se plaque contre le mien. D'une main, il ouvre la porte et me pousse à l'intérieur. La lumière de la lune éclaire la chambre où trône un grand lit et deux tables de chevet, rien d'autre. Pas de photos, pas d'objets personnels. Une chambre dépourvue de tout ce qui rend un lieu personnel et chaleureux.

Matthew agit comme s'il était poussé par l'urgence et le désespoir. Il enlève mon tee-shirt, le jette au sol, déboutonne mon jean avant de lui faire subir le même sort, puis m'allonge sur le lit. Sa bouche n'a pas quitté la mienne. Je glisse les mains sous son pull et je le sens frissonner contre moi. Je sens ses muscles, ses poils doux qui descendent plus bas et je le déshabille à mon tour, plus lentement, tout en continuant à l'embrasser. Je dépose des baisers sur sa joue, sur son cou puis je descends sur ses pectoraux et ses abdominaux bien dessinés. Sa respiration s'accélère tandis que je lui retire son caleçon et en profite pour dégrafer mon soutien-gorge et faire glisser ma culotte le long de mes jambes. Je sens le souffle de Matthew devenir plus court encore. Ses doigts parcourent mon dos, s'attardent sur mes fesses, puis s'introduisent entre mes cuisses. Mon cœur s'emballe. Quand il me pénètre avec son index, je l'entends pousser un gémissement, comme s'il hésitait entre la douleur et le plaisir, tandis que je me tords sous l'assaut de ses caresses. Il effleure doucement mon clitoris, puis plus fermement, et je gémis. Jamais je n'ai ressenti une telle intensité, jamais une telle alchimie ne s'est produite avec Steve. J'ai chaud, soif, j'ai la chair de poule, mon pouls bat de plus en plus vite, je halète, je ferme les yeux. Je jouis.

Et je jouis encore. Matthew enfouit sa tête dans mon cou, je tente d'aspirer de l'air en levant le menton, des gouttes de transpiration perlent le long de ma colonne vertébrale, d'autres coulent entre mes seins.

Il se redresse, me fixe sans que je parvienne à décrypter son regard, attrape un préservatif dans un tiroir puis l'enfile et écarte délicatement mes jambes. Je tressaille. Je l'attends. Je pose ma main sur sa nuque pour l'attirer à moi, j'ai besoin de le sentir plus près, encore plus près.

Il glisse alors en moi, lentement. Puis plus vite. Il accélère. Plus fort. Son corps se tend, il semble hésiter de nouveau, marque une pause puis reprend son va-et-vient et je pousse un nouveau gémissement. Je soulève les hanches en rythme pour qu'il aille encore plus loin. D'un geste, il plaque mes mains contre le matelas, serre mes doigts si forts que j'ai l'impression qu'ils vont craquer. Quelques minutes plus tard, il pousse un râle profond et tente de reprendre son souffle, le nez dans mes cheveux. Puis, il se retire sans dire un mot et roule sur le côté avant de me serrer contre lui. Nous nous endormons en cuillère, apaisés. Du moins, pour le moment.

Quand le soleil inonde la chambre, il est déjà tard et Matthew vient de quitter le lit. J'ouvre les paupières, attirée par quelque chose. Je l'observe tandis qu'il enfile son pantalon. C'est là que j'aperçois sa blessure. Une blessure que je n'avais pas vue hier soir dans la nuit, prise par l'intensité du moment. Et ce que je vois me laisse bouche bée. Choquée. Les yeux écarquillés.

Oh ! mon Dieu, mais qu'est-ce que c'est ?

Que lui est-il arrivé ?

Une longue brûlure rouge lui barre le mollet. La peau est satinée par endroits et une interminable cicatrice blanche qui remonte jusqu'à sa cuisse disparaît maintenant sous l'étoffe de son jean. Quand il me remarque enfin, il fronce les sourcils, serre les dents et s'empresse de se rhabiller.

Je repense à la fameuse soirée après la première émission. La soirée où je l'ai découvert délirant dans un coin sombre. De toute évidence, cette ancienne brûlure le fait toujours souffrir. Nos yeux se croisent et nous nous regardons de longues secondes sans prononcer un seul mot. Il passe un tee-shirt gris et quitte la chambre. Mais ? Qu'est-ce que je suis censée faire maintenant, seule dans un grand lit vide avec un mec soudain muet ?

En un bond, je suis debout et cherche frénétiquement mes habits de la veille. Il ne manquerait plus que Monsieur revienne alors que je suis toujours nue comme un cochon rose ! Aussi vite que possible, je remets mon tee-shirt, mes chaussettes et tente de sautiller dans mon jean pour le remonter sur mes cuisses en me demandant comment j'ai pu prendre deux kilos depuis hier soir, quand je vois Matthew, portant un plateau de petit-déjeuner, qui m'observe depuis la porte comme si j'étais un kangourou fan de kung-fu.

Je suis mortifiée !

Il est mort de rire.

— Tu comptais partir sans ta culotte ?

Il me désigne d'un signe de tête mon sous-vêtement qui traîne au pied du lit puis vient poser le plateau. Il est toujours aussi beau. J'ai toujours une fesse à l'air. Merde !

Je plaque un sourire sur mon visage, glisse enfin ma fesse dans le pantalon en tirant dessus comme une malade, puis m'approche de lui, méfiante.

Il s'assied et verse du café fumant dans deux tasses. L'odeur de la boisson chaude me réconforte et j'obéis à son invitation silencieuse en me joignant à lui. Je saisis la tasse qu'il me tend, ajoute du sucre et du lait et avale une gorgée.

Nous sirotons nos cafés en silence. Mais je sens que quelque chose cloche et mon cœur se serre. Mon instinct ne me trompe pas puisque, à peine quelques secondes plus tard, il me lance d'une voix neutre :

— Je t'ai commandé un taxi, il sera là dans dix minutes.

Il ne m'a même pas regardée en disant ces mots. Une douche glacée m'aurait fait moins d'effet. J'ai la gorge si serrée que je repose mon café sur le plateau, incapable de boire une goutte de plus. Je me lève, j'attrape ma culotte que je fourre dans mon sac, je lui tourne le dos et sors de la chambre le plus rapidement possible. J'atteins le rez-de-chaussée de la villa tandis que des bruits de pas précipités me parviennent de l'escalier. Alors que j'ouvre la porte pour rejoindre le taxi qui m'attend à l'extérieur, un bras m'attrape et me fait faire volte-face. Matthew se tient devant moi, le souffle court, il me fixe et lâche mon bras pour prendre mon visage en coupe et m'embrasser.

Déstabilisée comme je l'ai rarement été, je me laisse faire avec l'espoir que son baiser sera suivi d'une discussion, d'une explication, mais rien ne vient. Si je pouvais avoir un décodeur de Matthew, ça me serait bien utile. Pour terminer en beauté cette nuit et cette matinée où je n'ai rien compris, il murmure :

— Merci pour cette nuit et pardon. Je ne sais plus comment on fait. Je ne sais plus.

Il caresse ma joue et se penche vers moi pour m'embrasser de nouveau avant de me sourire. Je me glisse dans le taxi avec l'impression que je deviens folle.

De retour à la maison, je profite d'être seule pour faire le point. Mon cœur est un mixer dans lequel se mélangent le doute, la plénitude, l'amour, la peur et l'incertitude. Mon portable vibre et me tire de mes pensées en me signalant l'arrivée d'un message. Casey.

*Hello, Melly,*

*J'ai du champagne au frais et mes potes de hockey seront à la maison demain soir. J'aurais aimé que tu viennes, tu me manques.*

Je lui manque. On s'est embrassés (plusieurs fois et c'était bon), on sort ensemble au restaurant et on a pris l'habitude de visiter une attraction de Montréal par semaine. Est-ce qu'on peut considérer Casey comme mon petit ami ? Je n'en sais rien, il est encore trop tôt.

Quoi qu'il en soit, il faut que je lui parle. Étant donné la force des sentiments que je commence à éprouver pour Matthew, je dois être honnête avec lui et ne pas lui donner de faux espoirs.

Avant de donner rendez-vous au hockeyeur pour tout lui expliquer, je vais éclaircir les choses avec le producteur. Et cette conversation ne saurait tarder puisque les candidats restants, soit Xavier, Tim et moi, sont convoqués demain chez Play Record pour évoquer la demi-finale de *Best Singer* et établir un programme de chansons et de reportages pour l'avant-dernière émission.

Je suis devant le bureau de Matthew avec Xavier et Tim, au bord de la crise cardiaque. Pourtant l'entretien se déroule d'une manière très professionnelle et en deux heures nous avons défini les chansons que nous allons interpréter. Tu t'attendais à quoi ? Qu'il te saute dessus pour t'avouer son amour ? Quelle gourde ! Disons qu'un sourire, ç'aurait déjà été bien.

Mais il m'ignore. Comme une débile, je me dis que c'est normal, il ne souhaite certainement pas afficher son histoire d'amour naissante avec une candidate. Ce serait comme un prof qui sort avec une de ses étudiantes, non ? Arrête de dramatiser, Mél.

Pourtant, il passe la journée à faire comme si je n'existais pas. Pas un seul regard, pas un geste tendre. Pas une seule parole gentille. Avant de partir, je discute dans le couloir avec Arvana pour planifier une entrevue à la radio quand Matthew nous rejoint. Sans m'adresser un regard, il ordonne à l'attachée de presse :

— N'oublie pas de contacter Radio Québec, les producteurs m'ont écrit pour organiser une série d'enregistrements. Je file, je vais bosser depuis la maison. Appelle-moi en cas de besoin, bonne soirée, Arvana.

La gorge nouée, je vois le regard interloquée d'Arvana qui passe de moi à lui. Au moins, je ne suis pas folle, son attitude est équivoque. Et jusqu'à preuve du contraire, je n'ai pas le superpouvoir de devenir transparente. À moins qu'Arvana voie les fantômes !

Il m'ignore en beauté et mon cœur se serre encore un peu plus.

Quand je rentre à la maison, je ne sais plus quoi penser.

Le lendemain, je suis la dernière à répéter mes titres sur le plateau de *Best Singer*. Il est tard, Tim et Xavier sont déjà partis et j'ai décidé de chanter jusqu'à ce que tout soit parfait. Matthew est le seul à être resté, ce qui est un signe plutôt encourageant pour moi. Il faut avouer qu'au point où j'en suis avec lui, je me mettrais presque à lire dans les feuilles d'érable pour comprendre son attitude. Assis sur son fauteuil de coach, il me regarde d'un air sévère tandis que je recommence pour la cinquième fois ma nouvelle compo *The last day*.

Il me rend nerveuse.

Une fois satisfaite (ou plutôt complètement épuisée), je pose ma guitare sur le socle et le rejoins d'un bond. Instinctivement, je m'approche de lui pour l'embrasser. Après tout, nous sommes enfin seuls et personne ne peut nous voir. Sa volonté d'être discret est la seule explication que j'ai trouvée pour justifier son comportement, les autres hypothèses me font trop mal.

Mais il se détourne et me lance violemment :

— Qu'est-ce que tu fais ?

Il a l'air furieux et me laisse en plan en me tournant le dos, mais je lui cours après et lui saisis le bras. Cette fois, c'en est trop et je hurle, sentant les larmes me monter aux yeux :

— Arrête de m'ignorer. Arrête de faire comme si je n'existais même pas. Putain, tu me tues là ! Arrête, je t'en supplie, arrête…

Mes supplications n'ont aucun effet sur lui. J'essaie d'avancer la main pour lui effleurer la joue, mais il se détourne. Encore. Il me lance un regard noir et répond d'un ton dur qui me fend le cœur :

— Je suis désolé.

J'ai l'impression que chacune des syllabes qu'il prononce déchire mon cœur en morceaux.

— Pourquoi tu me fais ça, Matthew ?

— C'était une erreur.

— Quoi ?

— Ce qu'on a fait l'autre nuit. Nous deux. C'était une erreur.

Ses mots n'ont aucun sens pour moi, mais je n'arrive plus à parler. Matthew serre les dents en me fixant toujours et je cherche désespérément dans ses yeux un indice qui me prouverait qu'il y a encore une chance pour nous deux. Malheureusement, ses traits sont figés, ses mâchoires crispées, son regard sombre. Je déglutis. J'ai envie de pleurer mais je me retiens pour ne pas me sentir encore plus pitoyable.

Après m'avoir regardé un instant, il se détourne de moi et s'éloigne, me laissant seule, plantée au milieu de la grande pièce vide. Ses pas lourds résonnent et emplissent toute ma tête, leur écho me tue, martelant à chaque nouvelle enjambée l'échec de cette relation naissante.

15

# JOHN, ES-TU LÀ ?

*Diane*

D'après Mélissa, j'ai reçu plusieurs invitations sur le site *Ensemble* ces dernières semaines. Un certain Maurice voulait me convier à une dégustation de fromages, Pierre-Olivier m'a proposé d'aller traire des vaches, et Frank souhaitait m'emmener pêcher des méduses. J'ai refusé. Fini les rencontres, fini les espoirs stupides de retrouver l'amour à mon âge. Mélissa m'en veut, mais la déception que j'ai ressentie en apprenant que John n'était pas inscrit sur le site m'a replongée dans des sentiments si douloureux que je préfère ne rien ressentir du tout. Mon cœur vit sous anesthésie et c'est bien mieux ainsi.

Je voulais me désinscrire, mais Mélissa cache l'ordinateur portable chaque jour dans un nouveau recoin de la maison pour que j'arrête « mes conneries ». Elle m'a dit de prendre le temps de réfléchir avant de faire quelque chose que je pourrais regretter.

Je repense à tout ça tout en m'activant dans la cuisine de Sweet Cuppins et sors du four la troisième plaque de cupcakes « génoise à la vanille », puis remue l'appareil aux agrumes que je compte insérer avec une poche à douille avant de les napper creamcheese. C'est déjà la cinquième soirée musicale que nous organisons à la boutique et nous rencontrons un succès si fulgurant que les places s'arrachent des semaines à l'avance. Ma pitoune commence à être connue dans la région.

Mélissa a gardé les pieds sur terre et travaille toujours avec moi malgré son succès dans l'émission. Elle dit que son job chez Sweet Cuppins, « c'est la vraie vie, la réalité » et que la télévision abîme les gens et les cœurs. Je sais qu'elle fait référence à son beau producteur, elle m'a raconté ce qui s'était passé entre eux. J'ai consacré des soirées à lui cuisiner des cookies au chocolat qu'on dégustait devant des rediffusions de *Sex and the City* pour lui remonter le moral. Avec du vin. Beaucoup de vin.

Malheureusement, je crois que ce stratagème n'a pas suffi : elle a cet homme dans la peau. Elle tente bien de l'oublier avec Casey mais je crains que son histoire avec lui ne fonctionne pas, elle n'a pas les yeux qui pétillent, elle n'a pas la voix qui chante ni le corps qui vibre pour lui. Ce n'est pas sa faute, on ne choisit pas ses amours.

— Mmmh, ça sent bon, lance-t-elle gaiement en plongeant son doigt dans le nappage.

Elle vient de faire irruption dans ma cuisine, la guitare en bandoulière et ferme les yeux en savourant la préparation sucrée.

— Alors, ma pitoune, tu es prête ?

Elle pousse un soupir, fronce le nez et m'avoue :

— Je crois que Matthew va assister au concert ce soir. Arvana m'a écrit un message pour me prévenir qu'ils devraient venir ensemble.

— Vous n'avez pas reparlé depuis ?

— Non, j'ai bien appris ma leçon et je fais comme lui, je l'ignore.

Je lui jette un regard plein de sous-entendus et la vois replonger l'index dans le nappage. Elle s'insurge :

— Quoi ?

— Viens là, ma petite chérie.

Je la prends dans mes bras et sens ses épaules s'affaisser et son corps se détendre contre ma poitrine. La pauvre petite, elle doit subir tellement de pression. Alors si on ajoute les histoires de cœur… Nous n'avons pas le temps de discuter davantage puisque les spectateurs commencent à arriver. Ils babillent, rient, tirent les chaises, s'installent. Un joyeux brouhaha envahit la boutique et je souris. Sweet Cuppins apporte du bonheur aux gens et c'est exactement ce dont j'ai toujours rêvé. Je passe entre les personnes présentes et les rangs de chaises, un plateau de cupcakes vanille et chocolat dans les mains, et leur propose les différents parfums. Je vois les yeux des gourmands s'écarquiller, les sourires des amateurs de douceur, des connaisseurs, des habitués du magasin. C'est une belle soirée, l'une de celles qui passent trop vite, mais nous laissent une impression de bonheur dans la tête.

À 20 heures, Mélissa entre en scène sous un tonnerre d'applaudissements et je la vois rougir de l'effet qu'elle produit. La petite est gênée et je trouve ça touchant. Elle a l'air si fragile et pourtant elle est si forte, si déterminée.

Je crois que je peux dire que je l'aime comme ma fille, comme cet enfant dont j'ai rêvé mais que je n'ai jamais eu.

Mélissa ferme les yeux et commence à chanter, emportant comme un courant d'air les âmes de ses auditeurs. Elle flotte, elle vole, elle se balance doucement. Je pourrais l'écouter des heures, elle a déjà conquis mon cœur et je sais que je ne suis pas la seule.

J'observe son producteur installé discrètement au fond de la salle, qui ne la quitte pas des yeux, l'air triste.

Alors qu'il ne reste plus que deux chansons au programme, j'assiste à l'arrivée d'un nouveau spectateur. Non ! Je me frotte les yeux sans parvenir à y croire. Les vapeurs de sucre m'ont certainement fait tourner la tête et je perds la boule. Ce visiteur ne m'a pas vue, mais moi j'ai les yeux braqués sur lui, la bouche ouverte comme si je venais de voir une licorne.

Quand Mélissa a terminé d'interpréter sa dernière composition, je m'approche d'elle et tente de l'appeler le plus discrètement possible :

— Psst, Mélissa !

Comme elle ne m'entend pas, je réitère plus fort, si fort que les premiers rangs se retournent. Flûte !

Elle me remarque enfin et fait demi-tour :

— Diane, ça va ?

— Tu sais qui est ce monsieur ?

— De qui tu parles ?

Je pointe du doigt l'homme qui discute avec le producteur et qui s'apprête maintenant à quitter ma boutique. Je me souviens que je les ai déjà vus ici, ensemble, avant même que je rencontre Mélissa. Elle écarquille les yeux et hausse les épaules en les observant, puis me répond :

— Aucune idée. Un spectateur comme un autre ?

— C'est John !

— John ? Ton John ?

— Oui, mon John. Et mon John discutait avec ton Matthew !

— Ce n'est pas MON Matthew. C'est juste Matthew tout court. Et pourquoi tu me demandes qui c'est, si tu le sais ?

— Tu sais si Matthew le connaît ?

— Oh ! c'est peut-être un mec avec qui il a couché et qui est venu lui demander des comptes ?

Je la regarde d'un drôle d'air avant de lui prendre le bras.

— Je sais que ce n'est pas le moment de te demander ça à cause de ce que tu vis avec Matthew, mais tu crois que tu pourrais lui poser la question indirectement ?

Elle sourit et rétorque :

— Tu veux dire aussi indirectement que : « Matthew, pourrais-tu me dire qui était ce charmant vieux monsieur qui était avec toi à mon concert et qui s'appelle John » ?

Je lui donne une petite tape sur le bras et murmure dans un soupir :

— Tu as raison, c'est pitoyable.

— Je plaisante, ma Diane, je lui poserai la question demain à la prochaine répétition. Il va me prendre pour une folle, mais je ne suis plus à ça près avec lui.

— Merci, ma pitoune, tu es un amour.

Matthew est en train de partir à son tour et ça me fend le cœur de lire la tristesse dans les yeux de Mélissa qui le voit s'éloigner. Moi, j'ai du mal à réaliser ce qui vient de se passer et la tempête d'émotions qui me traverse. J'ai voulu minimiser ma réaction, mais, quand j'ai revu John, mon cœur s'est mis à battre plus vite.

16

# JOHN ET MOI

*Mélissa*

Comme la seule phrase qu'a prononcée Matthew et qui m'était destinée depuis le début des répétitions était « Évitez les fèves au lard de la cantine » (il s'adressait en fait à tous les candidats), je n'ai pas encore osé lui parler de John. Chaque fois que je passe près de lui, mon cœur se serre. Chaque fois que je le vois détourner les yeux de moi, mon nez me pique. Chaque fois que je le vois m'éviter, j'ai envie de pleurer.

Je suis mal barrée.

Je crois que je vais élaborer une nouvelle stratégie pour obtenir l'information. Ça ne me réjouit pas beaucoup, mais j'ai promis à Diane et je suis certaine qu'Arvana peut m'aider.

Après le repas de midi, je vais chercher deux cafés et me plante devant elle alors qu'elle vient de terminer sa dernière bouchée de salade à la feta et aux graines de tournesol.

Elle lève des yeux suspicieux vers moi et je brandis mon arme de séduction massive : mes deux pauvres cafés achetés à la cantine. Elle s'essuie délicatement les lèvres avec sa serviette, puis la repose avant de me siffler :

— Si tu crois que je vais décrocher un nouvel article pour toi dans la presse avec ce jus de chaussette, tu te trompes.

Toujours aussi sympathique et avenante.

— Si je te dis que tu peux m'aider à rendre heureuse une vieille dame en m'accordant cinq minutes de ton temps, tu acceptes ?

Diane m'aurait tuée si elle m'avait entendu parler d'elle comme d'une vieille dame, mais il me fallait ruser avec Arvana pour parvenir à mes fins.

— Tu nous fais une crise de démence ?

— Et toi, tu pourrais exceptionnellement nous faire une crise de gentillesse ?

J'ai vraiment dit ça tout haut ? Il semble bien mais, au lieu de me renverser mes cafés sur la tête, elle sourit. Cette femme est vraiment folle. Elle ajoute :

— Qu'est-ce que tu veux ?

— Tu pourrais me suivre dans la salle de repos, s'il te plaît ?

Elle soupire, se lève tout de même et daigne m'accompagner, parcourant élégamment la distance qui nous sépare de l'autre bout de la pièce. J'ouvre la porte et pénètre dans la salle encore déserte, puis lui désigne un fauteuil dans lequel elle s'installe non sans me jeter un autre regard noir où je décèle néanmoins une pointe de curiosité. Je lui tends le café qu'elle saisit, elle en avale une gorgée, fait la grimace et le repose sur la table basse. Je tire un tabouret et m'assieds près d'elle.

— Comme tu le sais peut-être, je vis avec Diane, une veuve de cinquante-cinq ans...

Elle me coupe :

— Tes orientations sexuelles ne me regardent pas.

— Arvana ! je m'exclame, choquée.

Elle rit et je me détends. Même si elle me déstabilise, je commence à comprendre son humour douteux et à m'habituer à son attitude rentre-dedans – au fond, elle n'est pas si méchante. Je poursuis :

— Tu l'as vue plusieurs fois ces dernières semaines, c'est elle qui tient Sweet Cuppins, le magasin où je travaille. Diane a perdu son mari il y a cinq ans et elle s'est inscrite sur un site de rencontres dans l'espoir de retrouver l'amour.

Je m'attends à ce qu'elle explose de rire et se moque de la démarche de mon amie, mais, à ma surprise, elle n'a pas cillé et elle m'écoute avec la plus grande attention. Encouragée, je continue mon histoire :

— Lors d'une soirée organisée par le site, elle a rencontré un homme qui lui a vraiment plu, mais elle a appris qu'il n'était pas inscrit sur la plate-forme : et pour cause, c'est son créateur. Il s'appelle John et, par le plus grand des hasards, nous l'avons vu lors de mon dernier concert à la boutique. D'ailleurs, il discutait avec Matthew.

Elle confirme ce dont je me doutais en lançant un laconique :

— Ce n'est pas un hasard.

Rien de plus. Dans un soupir, je lâche :

— Comme je sais que tu es proche de Matthew et que tu étais également présente l'autre soir, je me suis dit que tu saurais certainement de qui il s'agit. Je me trompe ?

— Tu ne te trompes pas.

Elle va me dire qui c'est, oui, ou elle attend que les réserves d'eau potable de la planète soient épuisées ? Elle pousse un long soupir à son tour et se met à ronger l'ongle de son pouce avant de me fixer et d'ajouter :

— L'homme dont tu parles, je le connais même très bien. Et depuis plusieurs années.

Elle marque une nouvelle pause avant de murmurer :

— C'est le père de Matthew.

Je n'ai pas dû bien entendre et rêve de pouvoir rembobiner pour réécouter notre échange. Donc, tout ce que je parviens à bégayer est :

— Le quoi ?

— Le père de Matthew, John Thornton.

Je suis sous le choc.

— Ah !

Pas mieux comme réplique, ce serait bien que mes neurones se reconnectent et que je puisse aligner une phrase. Passé l'effet de surprise, j'essaie de faire abstraction du fait que Diane et moi sommes entichées de deux hommes de la même famille, et j'ose demander :

— Tu crois que je pourrais le voir pour lui parler ?

— Bien sûr, je vais te donner son numéro. Je crois même que c'est une excellente idée. Tu sais, John aussi est veuf. Il a perdu sa femme il y a une dizaine d'années et il ne s'en est jamais vraiment remis. Alors, si tu as besoin d'un coup de main pour pousser le destin et les aider à se revoir, je suis là. C'est si dur d'assister au deuil des gens qu'on aime que je ne souhaite cette épreuve à personne.

Sa voix s'étrangle sous le coup de l'émotion et, pour la première fois, j'entrevois une autre femme. Une femme sensible, humaine et généreuse. Il ne faudrait pas que je m'y habitue. Arvana me note le numéro de John sur mon portable puis se lève et me demande avec un sourire triste :

— Tu me tiendras au courant pour Diane ?

Je hoche la tête et la regarde quitter la pièce, le numéro de John toujours affiché sur mon écran. Inutile d'attendre plus longtemps, j'appuie sur « appeler » et plusieurs sonneries passent avant que la voix d'un homme s'élève du combiné.

Je suis en train de me liquéfier. Mes jambes tremblent comme si j'étais en expédition au pôle Nord avec Mike Horn. Ma salive s'est transformée en lave et me brûle la gorge. Mon cœur galope plus vite qu'un cheval de course et mon bras gauche me fait atrocement souffrir. Oh ! mon Dieu, je fais une crise cardiaque !

— Mélissa, ça va ? Tu es toute pâle.

Xavier me tire de mes pensées. Il me sourit avec bienveillance et je replace la lanière de ma guitare qui pesait sur mon épaule gauche avant de hocher de la tête. En fait, ça ne va pas du tout, je suis morte de peur. Tim se tient derrière nous et râle sur le lancement du direct qui a déjà dix bonnes minutes de retard. Nous allons commencer cette avant-dernière émission par un tube de Roch Voisine que j'adore, *Tant pis*, avant d'enchaîner avec trois chansons chacun, entrecoupées de prestations à deux, voire à trois. Ce soir, peut-être que tout sera terminé pour moi. Si je me fais éliminer aux portes de la finale, tous mes espoirs de sortir un CD avant mes vingt-cinq ans s'envoleront en fumée et avec eux la possibilité de sortir un CD tout court.

Moi qui suis fan de *The Voice* et qui ai suivi toutes les saisons depuis le début, je dois me rendre à l'évidence : très peu de candidats parviennent à percer après avoir participé à l'émission, même parmi ceux qui ont atteint les phases finales du concours.

Une fois qu'on ne passe plus à la télévision, on nous oublie aussi vite qu'une tache de vin sur une vieille nappe !

Soraya, vêtue d'une incroyable combinaison noire (Mattel aurait-il pris exemple sur ses mensurations pour créer la Barbie ?), assure l'animation et le lancement de chaque chanson et de chaque reportage sur les trois derniers candidats.

Le premier film de la soirée est consacré à Tim. On le voit dans un refuge de la SPA s'extasier en compagnie de chiots tous plus attendrissants les uns que les autres, il les câline, les bichonne, les brosse et leur donne à manger. Le gendre idéal en mieux, impossible de lui résister. On le voit ensuite dans un studio d'enregistrement en train de jouer avec l'un de ses amis, puis de chanter une chanson au micro. Curieusement, l'air me rappelle vaguement quelque chose mais impossible de retrouver où j'ai déjà entendu cette mélodie. Je dois sûrement me tromper. De toute manière, je n'ai pas le temps de me poser davantage de questions puisque nous devons retourner sur scène et entonner le dernier tube de Cœur de Pirate, avec Xavier et Tim.

Quand nous revenons en coulisses, j'assiste, impuissante, à la divulgation d'informations très personnelles sur ma petite personne devant des millions de téléspectateurs. Mais c'est quoi ça ? Sur mon premier reportage, on me voit discuter avec Casey après l'un de mes concerts chez Sweet Cuppins, il est tout près de moi et rit en me fixant comme si j'étais un cupcake au chocolat. Une voix off fait l'éloge de mon intégration au Québec et de mes deux nouvelles passions locales : le hockey sur glace et l'attaquant Casey Ladouceur !

Oh ! mon Dieu ! Je n'ai jamais autorisé ça ! Si j'attrape Arvana, je la trucide en lui faisant bouffer ses coupures de presse !

Mon seul réflexe est de jeter un œil à Matthew. Je ne sais pas ce que j'attends, j'hésite entre deux possibilités :

1) Qu'il me fusille du regard, signe qu'il m'en veut, donc qu'il n'est pas si indifférent à moi. Plus dix mille points pour cette solution.

2) Qu'il sourie en me voyant avec Casey, heureux pour moi, et qu'il me le montre en levant le pouce dans ma direction. Puis je le maudirai jusqu'à la fin de ma vie en lui souhaitant les pires horreurs.

Mais rien ne se produit et je crois que c'est bien le pire. Son indifférence m'arrache le ventre.

Je suis toujours en train de le fixer quand je me fais gronder par un technicien qui m'ordonne de rejoindre le plateau. Show must go on. Nous retournons sur scène et j'essaie de profiter de l'avant-dernière émission de *Best Singer* sans me torturer l'esprit, même si c'est plutôt compliqué de chanter devant Matthew sans rien ressentir.

Quelle que soit l'issue, j'aurai vécu des moments incroyables grâce à ce show, je me serai produite pour le première fois devant un public, j'aurai signé mes premiers autographes, j'aurai reçu mes premières lettres de fans et des tonnes de gentils messages sur Facebook. J'en ressortirai infiniment plus confiante et infiniment reconnaissante envers toute l'équipe de Play Record.

Mes bonnes résolutions et mes belles pensées s'effacent quand l'huissier arrive sur scène, l'enveloppe contenant les résultats du vote du public dans les mains. J'hésite à le plaquer au sol en hurlant « kamatéééé ! » pour la lui arracher des mains et m'éviter la terrible épreuve du suspense interminable avant la divulgation des résultats, mais je me retiens, je suis une femme bien élevée (et accessoirement je ne suis pas un joueur de rugby de Nouvelle-Zélande).

Dix minutes plus tard, Soraya a terminé son laïus après avoir dit une quinzaine de fois : « Nous allons découvrir quels candidats partiront en finale de la sixième saison de *Best Singer* » et ouvre enfin l'enveloppe, une expression de curiosité forcée sur le visage, puis sort le carton.

Là, je n'ai plus envie de remercier personne, je n'ai plus envie de bouger de cette scène. Je veux juste continuer l'aventure et vivre mon rêve un peu plus longtemps.

Mon pouls s'accélère.

Je ferme les yeux aussi fort que possible.

Je serre la main de Xavier en espérant qu'il sera choisi lui aussi tellement il le mérite.

Et j'implore les dieux du sirop d'érable et des caribous. Montréal, je t'aime !

Tout ce que j'entends, c'est la voix aiguë de Soraya qui hurle Tim Broder, mettant un terme à l'espoir que j'entretenais d'être en finale avec Xavier.

Les secondes passent, je frémis, j'ai froid malgré les spots puissants qui chauffent le plateau et j'attends le verdict, le couperet.

Quand elle annonce le nom de l'autre participant qui affrontera Tim, j'oscille entre la tristesse et la joie.

Xavier est éliminé. Moi, je continue.

Mon rêve de petite fille est à portée de main. Je le frôle, je l'effleure du bout des doigts.

Je le vois.

Il est là. Il s'approche. Presque. Bientôt.

Et mon cœur explose.

Après avoir fêté cette victoire avec toute l'équipe de l'émission et avec Casey venu me rejoindre pour l'occasion dans les locaux de Play Record, j'ai encore célébré la bonne nouvelle avec Diane durant une partie de la nuit.

En me levant, je suis épuisée, j'ai des valises sous les yeux et une mine de marmotte alcoolique, mais une autre mission importante m'attend aujourd'hui et je me prépare à la va-vite pour ne pas être en retard.

Quand je pousse la porte du café Neve, une délicieuse odeur de café torréfié me chatouille les narines. Les chaises et les tables en bois sombre tout comme le grand panneau où sont inscrits les boissons à la craie confèrent au lieu un look bobo chic et le brouhaha des conversations qui vont bon train me donne le sourire.

Mon rendez-vous est déjà arrivé et m'attend en touillant une boisson chaude et en grignotant un cookie géant. Je fais un détour par le bar, passe ma commande sans oublier d'emporter le même biscuit géant à la table et le rejoins, les jambes tremblantes et le cœur battant. Postée devant lui avec mon plateau, je ne trouve rien de mieux à dire que :

— Bonjour, vous êtes bien John ?

Il me fait un grand sourire et se décale pour me laisser une place à côté de lui sur la banquette. Je ne le connais pas mais je l'apprécie déjà. Il porte une chemise bleue et un jean, et je l'observe tandis qu'il casse un morceau de cookie qu'il enfourne dans sa bouche avec gourmandise tout en me faisant un clin d'œil :

— J'adore leurs cookies, ils sont délicieux. Je suis ravi de faire votre connaissance Mélissa, Matthew m'a beaucoup parlé de vous.

Bien évidemment, je me demande ce que son fils a bien pu lui raconter sur notre histoire, et s'il s'est contenté d'évoquer le côté professionnel ou s'il lui a confié des détails plus intimes.

Je dois y penser si fort qu'il semble deviner mes interrogations. D'après ce que je peux lire dans ses yeux, il est au courant de beaucoup de choses puisqu'il poursuit en me confiant :

— Il vous apprécie beaucoup, mais il a du mal à s'attacher, c'est à cause de son histoire et de raisons très personnelles. Il faut lui laisser un peu de temps. Il a...

Même si je brûle de curiosité de connaître la suite de l'histoire, je n'ai pas envie que le père de Matthew justifie l'attitude de son fils envers moi. Je le coupe donc un peu brutalement :

— Je ne suis pas venue vous parler de votre fils, monsieur Thornton.

— Ah, je pensais qu'après ce que vous aviez vécu ensemble, vous auriez besoin d'explications sur les raisons de son comportement. Vous n'avez pas été très précise au téléphone.

Je rougis et mon ventre se noue en pensant à la nuit passée avec Matthew, puis à son violent rejet :

— Je crois que votre fils est assez grand pour savoir ce qu'il fait. En fait, je vous ai appelé pour discuter de votre site *Ensemble* et de la dernière soirée que vous avez organisée. Je ne sais pas si vous vous en souvenez, mais vous avez rencontré mon amie Diane, une charmante femme d'une cinquantaine d'années.

Il sourit et ses yeux pétillent :

— La femme à la robe rouge.

Il est mignon, on dirait un enfant de sept ans qui tombe amoureux pour la première fois.

— Exactement, la femme à la robe rouge. Écoutez, vous allez peut-être me prendre pour une folle, mais ce soir-là, j'ai l'impression qu'il s'est passé quelque chose de fort entre vous deux. Est-ce que je me trompe ?

Il baisse les yeux, avale une gorgée de café et serre la mâchoire. À cet instant, il me fait penser à Matthew et mon cœur se serre. Il repose sa tasse avant de continuer son histoire :

— Vous savez, il y a dix ans, j'ai perdu ma femme Hélène dans un tragique accident. J'étais au fond du trou, complètement désespéré et tellement seul dans cette douleur que je devais me relever. C'était simple, soit je me lançais dans un nouveau projet, soit je me laissais mourir. J'ai décidé de me battre pour mon fils et de remonter la pente. C'est là que j'ai eu l'idée de créer le site *Ensemble*. La plate-forme a mis du temps à voir le jour mais, grâce à elle, j'osais espérer que je rencontrerais une femme aussi formidable qu'Hélène.

— Et vous avez réussi ?

— Non, c'était impossible. Elle avait mis la barre beaucoup trop haut. Je me suis désinscrit au bout d'un an après plusieurs déceptions et me suis contenté de mon rôle d'actionnaire. Le soir où j'ai rencontré la femme à la robe rouge, j'ai eu l'impression que quelque chose en moi s'était remis à fonctionner. Appelez-le le désir, l'intérêt, la flamme… je ne sais pas, mais ce que je sais, c'est que je me suis réveillé. Et j'ai eu peur. Mon assistante m'a dit qu'une certaine Diane avait appelé le standard de la société pour me retrouver et je peux vous dire que je me suis senti comme le roi du monde. J'ai trouvé son profil sur le site, mais je suis resté tétanisé devant la page. Qu'est-ce que je devais faire ? Comment lui parler ? Qu'est-ce qu'on dit quand son cœur recommence à battre la chamade ? Je me sentais ridicule. D'ailleurs, c'était pour la revoir que je suis venu à la boutique de cupcakes le soir de votre dernier concert. Mais je me suis dégonflé.

J'ai le sourire jusqu'aux oreilles de l'entendre parler comme ça et je lui confie en me penchant vers lui :

— Moi, j'ai une idée pour vous aider tous les deux.

Il me lance un regard curieux, puis se penche vers moi pour que je lui explique mon plan.

# 17

# CETTE FOIS, J'EFFACE MON PROFIL. SAUF SI…

*Diane*

Après une pause de plusieurs semaines, Mélissa m'a enfin autorisée à me resservir de l'ordinateur portable, mais elle m'a fait promettre de répondre au dernier message que j'ai reçu sur le site *Ensemble* avant d'effacer mon profil. Selon elle, il vaut la peine qu'on s'y attarde. Sous la menace, j'ai malheureusement promis et, maintenant, j'ai peur de découvrir de quoi il s'agit. De toute manière, ma réponse est toute prête depuis des jours :

*Cher Monsieur,*

*Merci pour votre message, mais je ne suis plus sur le marché des célibataires. J'ai décidé de me marier avec de la pâte à sucre, c'est doux, sucré et réconfortant, et ça ne vous trahit jamais. Pas comme un homme.*

*Sucrément vôtre,*
*Diane*

Je bougonne toujours tandis que je m'installe sur le canapé avec un thé chaud et l'ordinateur que je pose sur mes genoux. La page de mon profil se charge et une pointe d'excitation m'envahit comme au tout début de l'aventure alors que j'étais encore remplie d'espoir. L'onglet « message » me rappelle que j'ai de nombreux mails auxquels je n'ai pas répondu, mais seul celui dont m'a parlé Mélissa m'intéresse. Une fois que j'aurai tenu ma promesse, je refermerai cette page Internet pour de bon, sans regret. Un clic et le mail s'affiche sous mes yeux.

*Chère Diane,*

*Complètement perdu dans ma solitude, j'ai enfin eu le courage de m'inscrire sur le site* Ensemble *quand j'ai réalisé que je m'étais enlisé dans une vie sans intérêt. J'ai connu le grand amour, un amour si fort qu'on imagine être incapable de continuer à vivre sans y goûter tous les jours. J'ai connu ma femme très jeune et j'ai eu la chance de partager de nombreuses et magnifiques années avec elle.*

*La douleur de sa perte m'a ravagé, labourant mon cœur qui n'est plus qu'un champ de ruines. Je ne l'oublierai jamais, mais elle n'aurait pas souhaité que je me morfonde seul, que j'arrête de vivre, que je passe le temps qu'il me reste à la comparer à chacune de mes nouvelles rencontres. J'ai été déçu, j'ai perdu l'espoir. J'ai préféré rester seul.*

*Puis je suis tombé sur votre profil et j'ai eu envie de vous écrire.*

*La vie est trop courte et trop précieuse pour laisser passer les belles rencontres.*

*Ceux qui sont là-haut n'auraient pas aimé que nous vivions sans amour et sans l'idée que nous retrouvions un jour le bonheur.*

*Un solitaire*

Je relis trois fois le mail, chamboulée jusque dans mes tripes. Ces mots, j'aurais pu les écrire moi-même. Je suis si perdue que j'ai les mains qui tremblent et que je me retrouve à cliquer sans le faire exprès dans mes brouillons de mails.

*Cher Monsieur,*

*Merci pour votre message, mais je ne suis plus sur le marché des célibataires. J'ai décidé de me marier avec de la pâte à sucre, c'est doux, sucré et réconfortant, et ça ne vous trahit jamais. Pas comme un homme.*

*Sucrément vôtre,*
*Diane*

Oh non ! Je n'ai tout de même pas fait ça ! Si ?

Par mégarde, j'ai appuyé sur la touche « envoyer » et mon mail de réponse est parti ! Mais quelle cruche !

J'ouvre une nouvelle fenêtre, mortifiée, et espère de toutes mes forces qu'un mail peut se perdre en route et ne jamais atterrir dans une boîte de réception. Pour rattraper ma bourde, je me lance dans une réponse bancale mais une réponse tout de même :

*Cher Solitaire,*

*Avant de lire votre message, j'avais décidé de supprimer mon compte du site* Ensemble.

*Moi qui rêvais de sauter en parachute, j'ai sauté dans l'inconnu et, même si j'ai découvert l'art de la composition florale, la montgolfière et la voltige, j'ai dû me rendre à l'évidence : aucun des prétendants rencontrés ne m'apportait l'échange et la complicité que j'avais rêvé de retrouver.*

*Comme vous, j'ai eu la chance de connaître le grand amour. Le problème, quand il n'est plus là, c'est que, lorsqu'on y a goûté, on ne se contente plus d'une relation banale. On a connu le vertige du bonheur.*

*On veut être émoustillé, avoir le ventre qui se tord délicieusement et la tête qui tourne, avoir le cœur qui bat et les yeux qui pétillent.*

*Sommes-nous devenus trop exigeants ?*

*Comment s'appelait celle qui vous a rendu heureux ?*

*Mon cher et tendre mari s'appelait Charles, nous vivions ensemble depuis plus de trente ans et son absence, aujourd'hui encore, tapisse mon être d'une solitude dont je ne me défais pas. C'était un homme exceptionnel qui m'a rendue plus heureuse que je ne l'aurais espéré. Son absence est dans chaque souvenir, dans chaque recoin de ma maison et dans chaque parcelle de mon corps.*

*Diane*

Flûte, je me suis laissé prendre, la petite avait raison. Les mots de cet homme me sont allés droit au cœur et je n'ai pas pu retenir mes confidences. Après tout, ça fait un bien fou de parler de Charles et de la perte de celui qu'on aime avec une personne qui a vécu une expérience similaire.

Je ferme la fenêtre Internet sans avoir supprimé mon compte, et je comprends que mon cas est encore plus grave que ce que je croyais quand je me surprends à recliquer sur mon profil à peine cinq minutes plus tard. Maintenant, j'attends impatiemment une réponse de ce fameux « Solitaire ».

Le lendemain matin, complètement accro à mes mails, je bondis du lit et, avant même de me brosser les dents et de m'habiller, je me rue sur l'ordinateur et me connecte sur le site *Ensemble*, le cœur battant. Quand j'aperçois le petit 1 rouge juste au-dessus de l'enveloppe m'indiquant que j'ai reçu un message, je souris et mon corps tout entier est envahi de picotements de joie.

*Chère Diane,*

*Si nous ne sommes pas exigeants en amour, quand faut-il l'être ? Je crois que j'avais oublié à quel point j'avais eu de la chance de vivre un amour aussi enrichissant avec Hélène, j'avais oublié à quel point mon histoire avec elle était exceptionnelle. Mes nouvelles rencontres m'ont tristement rappelé la réalité de son absence.*

*Mais j'aime croire que tout n'est pas terminé pour nous. Je reste persuadé qu'il nous reste de belles choses à voir et à partager. J'ai longtemps pensé que je ne méritais plus d'être heureux, comme si j'avais épuisé un certain quota de bonheur.*

*En perdant Hélène, je me suis persuadé que je méritais ce drame, comme si on me punissait d'avoir vécu autant de joie, et j'ai prolongé la punition en me coupant des autres. Je ne méritais pas l'intérêt que me témoignaient certaines femmes, je ne méritais pas de rire, je ne méritais pas d'oublier ce qui s'était passé.*

*Mais je crois aujourd'hui qu'elle n'aurait pas souhaité que je m'enferme. Elle aurait souhaité que je profite de la vie, que je fasse le tour du monde, que je vive chaque seconde intensément. Je suis certain que Charles aurait souhaité la même chose pour vous.*

J'ai les larmes aux yeux en terminant de lire son message. En arrivant aux dernières lignes, je repense à ma bourde et à mon mail pathétique préparé pour éloigner les prétendants récalcitrants. Heureusement, sa réponse me laisse l'espoir qu'il n'a jamais reçu mon premier courriel. J'y crois jusqu'à la dernière ligne où je lis à la place de sa signature, un simple :

*Votre pâte à sucre.*

J'écarquille les yeux de surprise, puis éclate de rire.

Ce jour-là, j'ai passé ma journée à échanger des anecdotes, des morceaux du passé et mes espoirs pour le futur avec mon nouvel interlocuteur. Cette journée, j'ai ri, j'ai été émue d'en apprendre davantage sur sa vie, ses sentiments, j'ai pleuré et j'ai senti un lien que je n'avais plus ressenti depuis très longtemps avec un homme.

À chaque message que nous échangions, je sentais monter en moi un désir de plus en plus présent. Le désir de le rencontrer.

# 18

# LA GRANDE FINALE DE *BEST SINGER* !

*Mélissa*

Casey s'approche, appuie sa joue contre la mienne, sourit et étire le bras pour positionner son portable devant nos visages :

— Souris, ma jolie Suissesse, susurre-t-il à mon oreille.

Je tire la langue et louche en faisant la grimace la plus horrible dont je suis capable. Nous sommes devant le pavillon chinois du jardin botanique et Casey a tenu à immortaliser la scène et à poster une photo de nous deux sur sa page Facebook. Il clique sur l'écran pour vérifier la photo et fronce les sourcils avant de percuter et d'éclater de rire :

— T'es vraiment incorrigible. Tu ne peux pas rester sérieuse une minute ?

— Je serai sérieuse quand je serai vieille et j'ai encore du temps devant moi ! En fait, je donne de l'espoir à toutes tes fans en montrant qu'une femme tout à fait normale quoiqu'un brin cinglée peut sortir avec un Apollon comme toi.

— C'est qui, Apollon ?

Je ris avant de reprendre rapidement mon sérieux en réalisant qu'il n'a vraiment pas compris. Pour changer de sujet, je lui attrape la main et l'entraîne vers le lac qui se situe un peu plus loin, je n'ai pas envie de le mettre mal à l'aise comme c'était déjà le cas l'autre jour quand j'ai parlé de Haendel et qu'il m'a demandé dans quelle équipe de NHL il jouait. Nous nous asseyons sur le petit muret en pierre pour profiter de la vue et Casey me tend son téléphone en souriant pour que je puisse y lire un article.

— Regarde, on parle de nous dans *People*. J'aime bien cette image, on va bien ensemble, non ?

Ce mec est aussi touchant que déstabilisant. Il n'a aucune culture, mais il embrasse comme personne… et ses abdos – je vous ai déjà parlé de ses abdos ? Jusqu'à maintenant, j'ai trouvé des excuses chaque fois qu'il ne proposait de passer la nuit chez lui ou que la situation devenait chaude entre nous. Le fantôme de Matthew est si présent dans mon esprit que je pense à lui dès que Casey s'enflamme. La situation devient de plus en plus critique. Il pense que c'est une stratégie pour le rendre fou de désir et me prend pour une grande romantique, alors que je suis juste une femme au cœur brisé qui n'arrive pas à oublier la nuit magique qu'elle a vécue avec un connard. Je suis pathétique. Et je vais finir par craquer puisque Casey est tout ce qu'il y a de plus désirable. Je reporte mon attention sur l'écran du portable et y découvre une photo de lui et moi en train de nous embrasser à la sortir du restaurant La Suite, notre QG.

***Casey Ladouceur amoureux d'une candidate de* Best Singer**

*L'attaquant des Canadiens est enfin sorti de son célibat. Après avoir vécu une courte idylle avec une jeune actrice, le hockeyeur a été aperçu plusieurs fois ce dernier mois en compagnie de Mélissa Müller, la star montante de l'émission* Best Singer. *Hier encore, le petit couple à la mode a été vu au restaurant gastronomique La Suite, l'air plus complice que jamais.*

Je souris, touchée par l'air amoureux et un peu niais qu'arbore Casey quand il me regarde, mais je ressens également un vif pincement au cœur en voyant mes yeux fermés. Je me souviens parfaitement de cet instant-là. Je me rappelle avoir pensé à Matthew, avoir rêvé que les deux hommes échangent leur place, avoir regretté que le producteur ne soit pas là en face de moi pour évoquer le talent de Timbaland, la virtuosité de Ryan Tedder, le chanteur et compositeur du groupe One Republic, ou les cinq grands concertos de Tchaïkovski. J'avais bien tenté de parler de ce dernier avec Casey mais quand j'avais évoqué le nom du compositeur russe pour savoir s'il le connaissait, il m'avait répondu qu'il n'aimait pas cette sorte de thé et qu'il préférait le thé vert. J'avais repensé à ses abdos pour tenir bon jusqu'à la fin du repas.

Ne vous méprenez pas, j'aime beaucoup Casey. Il est sexy, mignon, souvent drôle même s'il ne le fait pas exprès, il est viril et généreux. Ses deux seuls défauts sont qu'il n'écoute que du David Guetta et qu'il n'est pas Matthew. Ce qui pèse drôlement lourd dans la balance.

Si je n'ai pas encore couché avec lui, c'est justement pour ne pas lui donner l'impression que je m'investis trop, je n'ai pas envie de lui faire du mal ni de lui laisser miroiter une relation à long terme. Mais en attendant de déterminer mes sentiments et ce que je ressens pour Matthew et pour Casey, nous passons des journées très agréables à nous balader et à visiter Montréal.

Je lui souris et lui rends son téléphone :

— C'est vrai qu'elle est jolie, cette photo.

— Je t'ai réservé deux places dans les loges demain soir pour assister au game et j'ai dit à tout le monde que j'allais enfin leur présenter ma blonde. Cette fois, tu ne peux plus te défiler. Emmène une amie avec toi !

La dernière fois qu'il m'avait proposé de venir le voir jouer, j'avais eu un imprévu à cause de l'émission. Donc, impossible de refuser cette fois-ci, je suis à cours d'excuse. J'acquiesce en réalisant que Diane ne sera pas là et que la seule autre femme que je côtoie à Montréal, une grande brune que vous connaissez bien, est loin de pouvoir être qualifiée de « bonne copine ».

— Je serai là demain, je te promets. D'ailleurs, je me réjouis vraiment de découvrir l'ambiance d'un match de hockey au Québec : d'après ce que j'ai vu à la télévision, c'est complètement fou !

Casey acquiesce avec enthousiasme puis me serre contre lui dans ses bras puissants, l'air ravi. Je dépose un baiser rapide sur ses lèvres avant de le prendre par le bras pour poursuivre la visite de l'immense jardin.

En fin d'après-midi, je me rends en traînant les pieds aux locaux de Play Record pour les ultimes répétitions de la finale de *Best Singer*. Si je me réjouis de chanter et de profiter de l'ambiance agréable du plateau de tournage, j'appréhende toujours de revoir Matthew. Chaque fois que je le croise, mon ventre se serre. Quant à mon cœur, n'en parlons même pas. Un simple regard du producteur me donne le sentiment que mon organe se tord dans tous les sens, comme si on m'avait jeté le sortilège Doloris de *Harry Potter*.

Pour rejoindre le lieu du tournage, il me faut emprunter les couloirs où se situent les bureaux d'Arvana et de Matthew. J'essaie d'être le plus discrète possible pour ne pas me faire remarquer et avance en catimini, presque sur la pointe des pieds. Mais juste avant de passer devant le bureau de l'attachée de presse, j'entends la voix de la belle brune proclamer sévèrement.

— Le problème, c'est Mélissa !

Je me fige ! Moi, un problème ? Je me recroqueville contre le mur pour écouter la suite de leur conversation. Après tout, ce n'est pas ma faute si j'ai entendu mon prénom. Le producteur hurle dans le bureau, l'air vraiment furieux.

— Alors c'est ça, ton job ? Caser nos candidates avec des joueurs de hockey pour entretenir le buzz ? Tu trouverais vraiment n'importe quoi pour faire parler de l'émission.

Apparemment, il a lu l'article de *People*.

— On sait tous les deux que le vrai problème n'est pas là, Matthew.

J'entends un bruit violent comme s'il venait de donner un coup de poing dans le mur. Il gronde :

— Arrête de te mêler de ce qui ne te regarde pas.

— Je le fais pour toi et… pour elle. Soit tu es honnête avec elle, soit tu laisses tomber. Mais ne lui fais pas de mal. Ton attitude est tellement contradictoire.

— Je suis complètement perdu.

L'émotion que je perçois dans sa voix me fait de la peine.

— Je sais, et je comprends.

— Je ne veux pas m'attacher à elle, je ne veux pas lui faire du mal. Tina ne…

— Ne parle pas de Tina.

Sa voix s'étrangle.

— Putain, c'est…

— Laisse-toi du temps.

— Ça fait dix ans.

Je l'entends soupirer, puis je perçois des bruits de pas qui, très logiquement, se rapprochent de la sortie de la pièce, donc de l'entrée du couloir. Prise de panique, je me mets à courir pour éviter de croiser Matthew qui sort quelques secondes après.

En nage et sans avoir compris leur conversation et ce qu'une certaine Tina venait faire là-dedans, je pénètre sur le plateau où Tim dodeline de la tête en chantant *No woman no cry* de Bob Marley dans une version plus pop. Il me jette un regard froid et m'ignore tandis qu'il se déchaîne sur la chanson. Je m'assieds sur un rebord, le plus loin possible de lui.

Tim chante bien, Tim est beau, Tim a du talent mais Tim a vraiment l'air d'un con. Il traite les techniciens avec arrogance, ne répond pas aux saluts des maquilleuses, il se pavane devant les fans et devant Arvana, montrant un double visage que je n'apprécie pas du tout.

Après lui, je me lance sur le plateau, je termine d'accorder ma guitare, puis m'installe devant le micro, heureuse de pouvoir enchaîner mes cinq chansons sans interruption. Après ma session, Tim reviendra pour répéter les titres prévus en commun.

Avec dédain, le chanteur se plaint de tout. Du son de son micro, pas assez fort pour servir sa voix, de la lumière, trop aveuglante pour ses yeux sensibles, du sol, devenu tout à coup trop glissant pour lui. J'ai envie de le pousser dans la fosse pour qu'il arrête de parler. Et, à voir l'exaspération du staff, je ne suis pas la seule.

J'appréhende la fin de l'aventure, mais je ne serai pas fâchée de ne plus côtoyer Tim.

À la fin du filage de l'émission, j'aperçois Arvana passer dans le couloir et je me rue vers elle pour l'inviter, et la supplier au besoin, de m'accompagner au match de hockey de demain soir. Je suis certaine qu'avec une bonne dose d'alcool, on parviendra à se supporter toutes les deux.

Devant l'immense Centre Bell, j'attends Arvana depuis une quinzaine de minutes et commence à perdre patience malgré le paquet de pop-corn XXL que je suis en train d'engloutir pour m'occuper. Mais quand je vois une haute silhouette avancer vers moi, la mine sérieuse et le regard sombre, je me frotte les yeux : suis-je en train d'halluciner ? Oh non !

— Bonsoir, Mélissa.

Un frisson me parcourt des pieds à la tête et j'avale tout rond le pop-corn que j'avais dans la bouche.

— Bonsoir, Matthew.

Il se racle la gorge, visiblement mal à l'aise, et m'explique en évitant mon regard :

— Arvana a eu un empêchement de dernière minute et elle m'a demandé de la remplacer pour la soirée. Elle est navrée, mais elle ne pouvait apparemment pas faire autrement et elle ne voulait pas te laisser toute seule.

— Génial, je m'exclame dans ma barbe en me mettant en route vers les loges.

C'est encore pire que ce que j'imaginais. La tension entre Matthew et moi est toujours palpable et j'ignore quoi faire pour détendre l'atmosphère.

Pour le dérider, je pourrais entonner l'alphabet en rotant ? Cette tactique fonctionnait parfaitement avec ma meilleure amie. Bon, OK, on avait six ans à l'époque.

Devant un grand malabar en costume noir, je sors les badges qui donnent accès à la zone VIP mais, quand il reconnaît Matthew, il sourit de toutes ses dents et serre la main du producteur en s'exclamant :

— Bienvenue, monsieur Thornton, c'est un plaisir de vous voir. Vous avez apprécié le match lundi dernier ?

— C'était formidable, Ronald, merci !

Nous marchons côte à côte jusqu'à un espace où des hôtesses vêtues de robes noires très élégantes distribuent des petits fours et des coupes de champagne. On a une vue plongeante sur la patinoire et je m'extasie en arrivant au bord :

— Wow, c'est sacrément beau ! C'est immense !

J'ai l'impression d'être une gamine au spectacle de *La Reine des neiges*. Des milliers de supporters arborent le maillot des Canadiens et s'installent dans l'arène construite comme une rizière. Quand l'intensité des spots diminue pour laisser la place à un show de lasers, de son et de lumière, la fébrilité du public monte encore d'un cran. Puis les joueurs sont appelés sur la glace par le speaker et tous les fans scandent leurs noms. Casey récolte le plus grand nombre d'applaudissements, me laissant mesurer une fois de plus sa popularité auprès des Québécois. Je tape dans mes mains et tente de suivre au mieux les chants, même si j'invente les paroles, vite emportée par la ferveur et la passion qui gagnent les tribunes.

La seule chose que je n'arrive pas à suivre, c'est la rondelle. Comment peut-on garder les yeux dessus et suivre les déplacements rapides de ce minuscule machin noir ? C'est impossible. Enfin, pas pour Matthew, pris dans la partie, qui réagit au moindre arrêt de jeu et à la moindre faute annoncée par un arbitre. Moi, quand je comprends qu'il y a faute, j'ignore de quoi il s'agit. Je vois juste un petit bonhomme faire de drôles de gestes, croiser les bras ou mettre les poignets de côté comme s'il tenait une canne. Parfois, un hockeyeur est envoyé en prison pour deux minutes et les autres se retrouvent en power-play, ce qui leur donne une chance de plus de marquer. En fait, j'aime bien le hockey. L'ambiance est grandiose, le jeu va vite et il se passe toujours quelque chose (des batailles, des insultes, des buts), pas comme au football où je m'ennuie toujours prodigieusement. Le seul point négatif ? Matthew ne me regarde pas. Il m'a frôlé deux fois le bras, mais c'était au moment où les Canadiens ont failli marquer.

Pour supporter cette situation des plus gênante – mon mec sur la glace et l'homme dont je suis amoureuse à mes côtés (mais qui m'ignore comme si j'étais une chip nature au milieu de toasts au foie gras) –, je bois du champagne. Coupe sur coupe. J'ai arrêté de compter à la huitième.

À la fin du match, je hurle des encouragements comme une forcenée chaque fois qu'un attaquant s'approche du but en poussant la rondelle, même si c'est un joueur de l'équipe adverse. Matthew reste absorbé par la glace comme s'il n'en avait jamais vu de sa vie et ne m'adresse toujours pas la parole. Je me demande s'il a des ancêtres dans la famille des manchots.

Au moment où la sirène résonne dans la patinoire, indiquant la fin du match, je suis bourrée et incapable de tenir debout. Après un nouveau pas de travers, Matthew me fixe d'un regard désapprobateur et s'adresse à moi pour la première fois de la soirée :

— Je vais te commander un taxi, Mélissa. Vu ton état, tu ferais mieux de rentrer.

Je considère que sa phrase est une invitation à la discussion et je saisis la perche comme s'il m'avait demandé de lui raconter en détail mes sensations. Grave erreur ! Les questions qui me brûlent le cerveau et tournent en boucle dans ma tête depuis des semaines ne demandent qu'à sortir de ma bouche et je demande d'une traite :

— Pourquoi Arvana a évoqué un problème en parlant de moi hier ? Pourquoi ton père m'a-t'il confié que tu avais peur de t'attacher et que tu avais besoin de temps ? Pourquoi tu me rejettes ? C'est quoi, cette brûlure sur ta jambe ? Et qui est Tina ?

Matthew me jette un regard horrifié ; je suis devenue une pieuvre maléfique qui lui demande de sacrifier son père et de lui couper les doigts de la main un par un avant de me les offrir sur un plateau avec de la sauce tomate.

Le problème, c'est que je conclus ma tirade en trébuchant sur un tapis et je m'étale de tout mon long. Adieu, dignité. Adieu, monde cruel. Adieu, réponses à mes questions. Je suis tellement mortifiée que je me relève en prétextant que, si je ne sais pas voler, ce n'est pas ma faute, je ne suis pas un oiseau, et je m'appuie sur Matthew venu à la rescousse.

— Je vais te ramener moi-même, Mélissa.

Il passe un bras puissant autour de ma taille et m'attire à lui pour m'empêcher de retomber comme une merde. Je balbutie, perturbée par la proximité de son corps et par le champagne qui me fait toujours tourner la tête :

— J'ai promis à Casey de passer le voir au vestiaire.

Il s'exclame d'une voix grave :

— Je n'en ai rien à foutre de Casey.

Je lui jette le regard le plus noir dont je suis capable et essaie de partir dans la direction opposée, mais il referme sa poigne et m'interdit de bouger. Je couine. Je couine ? Arrête de produire un son, rien de bien ne sort de ta bouche après avoir ingéré autant d'alcool.

Une fois dans sa voiture, je le regarde conduire. Les yeux rivés sur la route, il reste silencieux, mais ses gestes et sa conduite nerveuse m'indiquent qu'il n'a pas l'esprit tranquille. Quand il s'arrête devant la maison de Diane, il pose ses deux bras sur le volant et pousse un soupir avant de tourner la tête vers moi. Il y a du progrès dans l'air. Je serais heureuse si je n'avais pas l'impression de recevoir un puck en pleine figure. Je déglutis péniblement et mes yeux plongent dans les siens. Je cherche à comprendre ce qui se passe entre nous. Je me sens mal à l'aise de l'avoir mitraillé de questions indiscrètes, mais ses secrets sont en train de me foutre en l'air.

— Je ne suis plus bon à rien, Mélissa. J'espérais pouvoir lutter, mais c'est plus fort que moi, je suis terrorisé.

— Qu'est-ce qui t'effraie à ce point ?

— L'amour.

— Pourquoi ?

— Une fois qu'on le perd, on n'a plus rien. On n'est plus rien... Aimer, c'est accepter de se rendre vulnérable, de ne plus rien maîtriser.

Je demande le plus doucement possible pour ne pas rompre le fil de ses confidences :

— Qu'est-ce qui t'es arrivé, Matthew ?

Il se contente de murmurer un énigmatique :

— J'ai tout perdu. Maintenant, tu ferais mieux de rentrer te reposer, Mélissa. J'aimerais que tu sois en forme pour la finale de demain, il faut que tu donnes le meilleur de toi-même, tu mérites de gagner.

— Il y a des choses plus importantes qu'un concours.

Prenant mon courage à deux mains, je m'approche de lui, tourne doucement son menton vers moi et dépose un baiser sur ses lèvres. Cette fois, il ne me repousse pas, mais je le sens toujours aussi hésitant. Il me gratifie d'un sourire triste quand je quitte la voiture en lui faisant un petit signe de la main.

Une fois au lit, j'écris un message à Casey pour le féliciter de cette belle victoire et pour m'excuser d'être partie aussi vite, avouant que je m'étais sentie si mal dans les tribunes que j'avais dû rentrer de peur de vomir sur les petits fours.

Je tremble comme une feuille. J'ai perdu le contrôle de mes membres et de mon cœur, j'ai l'impression que je vais exploser. Vêtue d'une improbable combinaison rouge, j'ai les cheveux tirés en arrière dans une queue-de-cheval sophistiquée qui me fait ressembler à une superhéroïne, et un maquillage si appuyé que je ne me reconnais presque plus. Je pince les lèvres et respire plusieurs fois pour me concentrer, j'essaie de me rassurer en répétant les paroles de mes chansons comme un mantra.

Le moment est venu.

La finale de *Best Singer* commence dans cinq minutes.

Tim drague une assistante, l'air plus décontracté que jamais, tandis que moi, je n'aurai bientôt plus de sangle à ma guitare à force de tirer dessus.

Matthew et les autres jurés sont installés et Soraya sourit mécaniquement devant la caméra qui vient de s'allumer.

— Bonsoir à tous, ce soir nous vous proposons une émission exceptionnelle pour clore cette sixième saison de *Best Singer*. Mélissa et Tim sont prêts à vous émouvoir, ils trépignent dans les coulisses. Alors, qui remportera la grande finale ? Vous le saurez dans deux heures, restez avec nous !

C'est à nous. Nous entrons en scène dès que les premières notes de *Tu trouveras* de Natacha Saint-Pier résonnent et jouons le petit duo qui s'entend à merveille devant les caméras.

La production a vu les choses en grand pour ce dernier direct puisqu'elle a invité des chanteurs célèbres qui ont accepté de chanter avec nous. Tim a la chance de partager la scène avec Garou et Mika tandis que moi, je jouerai avec Cœur de Pirate et Olivier Dion, deux artistes que j'adore même si je n'ai découvert le second que récemment. Je suis aussi excitée que terrorisée à l'idée de me planter dans les paroles ou les accords. Mais la passion reprend vite le dessus et, une fois que j'ai foulé le sol du plateau, mon stress s'évanouit, je me défonce pour donner le meilleur de moi-même. Je dois n'avoir aucun regret.

Alors je m'éclate. Cœur de Pirate est adorable et tout se passe bien, les gens applaudissent, hurlent nos prénoms et leur enthousiasme me redonne confiance.

Mais la fin de l'émission arrive bien trop vite. Bien sûr, je suis impatiente de connaître le gagnant, mais j'ai la trouille que tout s'arrête du jour au lendemain.

L'huissier, la mine toujours sérieuse, arrive sur scène chargé de l'enveloppe et la remet à Soraya. Une première coupure de pub est envoyée et mes mains commencent à trembler alors que je patiente, seule dans un coin du plateau, à l'abri des regards. Sans que je l'entende venir, focalisée sur les téléspectateurs présents que j'observe depuis mon poste, je sens une présence derrière moi. Deux bras puissants m'enlacent la taille et me serrent tendrement. Mon cœur s'emballe, je ferme un instant les yeux pour profiter de la chaleur de ce corps qui me fait un bien fou. Pendant quelques secondes, je respire enfin calmement, je me sens bien, je flotte, je vole, je suis au paradis. Cette douce torpeur est interrompue par un assistant qui hurle que le direct reprend dans dix secondes et le froid m'envahit, le stress aussi.

Je vois Matthew s'éloigner et regagner sa place sur le banc des jurés. Quand nos regards se croisent au moment où je reviens sur le plateau, j'articule un « merci » et il me répond par un très léger sourire.

Soraya maintient le mystère, tout le monde est suspendu à ses lèvres, attendant qu'elle crache enfin le morceau. Tim me tient mollement par la main, comme il est de coutume de le faire à la fin de l'émission entre candidats, et je le sens tout aussi stressé que moi. Le silence s'établit, on pourrait entendre une plume se poser sur le sol, et elle annonce enfin :

— Le gagnant de l'édition 2015 de *Best Singer* est...

Je vais mourir. Je n'arrive plus à sourire tellement je suis crispée, mon corps ressemble à de la bouillie tant j'ai traversé d'émotions : la peur, la joie, le stress, l'euphorie. Si je remporte *Best Singer*, je pourrai sortir mon CD avec une grosse maison de disques. Si je gagne, je serai distribuée à grande échelle, je ferai des concerts et me produirai dans des spectacles. Si j'arrive la première, ma vie changera.

Et je réaliserai mon rêve !

La voix de Soraya coupe mes pensées :

— Tim Broder ! Félicitations, Tim !

Quoi ? Qui ? Mais je ne m'appelle pas Tim ! C'est tout ? Je... mais non. C'est impossible, j'ai tellement travaillé, l'aventure ne peut pas se terminer ainsi !

Je tourne la tête en direction du tableau qui affiche les résultats du vote : 49,9 % pour moi et 50,1% pour Tim. L'écart est si ridicule et insignifiant qu'il me donne envie de pleurer.

Pourtant, je fais bonne figure et serre Tim dans mes bras avant de le laisser rejoindre Soraya, mais intérieurement, je suis effondrée. Une douche glacée vient de s'abattre sur moi, un goût amer a envahi ma bouche, un frisson douloureux parcourt mon corps. Je retiens de toutes mes forces les larmes qui me montent aux yeux pour prouver que je ne suis pas mauvaise perdante. Je suis juste triste, détruite.

Je jette un coup d'œil à Matthew. Il me regarde, les mâchoires serrées, l'air furieux.

Puis, je quitte la scène. Tout est fini. J'ai échoué. Je ne sortirai pas mon CD. Je ne verrai plus Matthew.

Rideau.

# 19

# ET MAINTENANT ?

*Diane*

Ma pauvre pitoune peine à remonter la pente depuis sa défaite à l'émission. Elle continue ses concerts à la boutique, mais elle a décidé de faire une pause dans la composition pour se ressourcer et prendre des vacances côté musique.

Aujourd'hui, nous travaillons ensemble et j'espère bien lui changer les idées. Je suis en train de brasser la pâte à cookies pendant que Mélissa réalise le nappage des derniers gâteaux sortis du four.

— Mélissa ?

La langue entre les dents et le front plissé, elle se concentre pour ne pas déborder et mettre de la crème partout.

— Mmmh ?

— Je t'ai déjà parlé des cours de fabrication et de décoration de cupcakes que j'aimerais lancer à la boutique ?

Elle lève un instant la tête, s'essuie le front avec son avant-bras pour écarter des mèches de cheveux qui lui tombent sur le visage :

— C'est une idée que tu avais eue avec ton mari, non ?

— Oui, c'est ça. Qu'est-ce que tu dirais si je la proposais au site *Ensemble* comme nouvelle activité pour les personnes inscrites ?

— Diane, c'est une merveilleuse idée ! Je suis certaine qu'ils vont adorer !

Je souris et me retourne pour jeter un œil discret à mon téléphone, attendant toujours impatiemment les réponses de mon nouveau prétendant. Nous avons déjà échangé de nombreux mails depuis qu'il m'a contactée. C'est la première fois que je discute autant avec un homme du site – qui ne m'a d'ailleurs pas encore proposé de rendez-vous. Je commence vraiment à l'apprécier. Sa sensibilité et son humour me plaisent tout autant que son intelligence et sa franchise. Même si j'ai envie de le rencontrer, j'appréhende ce moment. En fait, j'ai encore peur d'être déçue et, pour le moment, je peux l'imaginer comme je le souhaite. D'ailleurs, il pourrait très bien rester un ami, mais je sens au plus profond de moi que je cherche plus que ça.

— Alors, il t'a répondu ?

Ma stratégie pour rester discrète n'est apparemment pas encore au point et je tente une mine innocente, espérant m'en tirer, mais Mélissa n'est pas dupe :

— Diane, tu crois que je ne t'ai pas vue passer des heures sur l'ordinateur ? Tu crois que je ne sais pas que tu parles avec le fameux monsieur qui t'a écrit sur le site l'autre jour ? Je t'avais prévenue que son mail allait t'intéresser.

Elle a l'air fière comme un coq et son sourire en dit long sur ce qu'elle pense. Mais, alors que je cherche une réponse à lui fournir, une enveloppe apparaît sur le site *Ensemble* et mon cœur fait un bond. Aussi vite que possible, je clique dessus et pousse un « oh » qui n'échappe pas à Mélissa. Elle abandonne les nappages pour me rejoindre en courant et passe la tête par-dessus mon épaule, essayant de lire le message qui s'affiche sur l'écran, puis hurle dans mes oreilles :

— Mais c'est génial, Diane ! Tu vas y aller, n'est-ce pas ?

L'émotion provoquée par le mail me gèle les neurones et je balbutie.

— Je... je...

Mélissa pose la tête contre mon épaule et me serre contre elle en disant doucement :

— Qu'est-ce qui se passe, ma Diane ?

— J'ai un peu peur. Tu sais, nous avons échangé beaucoup de messages et je me sens proche de lui, mais j'ai peur que cette proximité disparaisse dans la vraie vie. J'ai peur de perdre tous les espoirs que j'ai mis dans nos conversations virtuelles.

— Je comprends, mais il va bien falloir le rencontrer, sinon tu resteras dans un fantasme pour toujours.

— On dirait une phrase de film.

Mélissa s'essuie les doigts sur son tablier et vient se planter en face de moi :

— Tu as confiance en moi, Diane ?

J'acquiesce et elle continue :

— Alors tout se passera bien. Accepte ce rendez-vous.

D'accord. Demain, j'irai boire un café avec cet homme, je confronterai mon fantasme à la réalité, je vérifierai si mon cœur peut toujours battre aussi fort qu'avant, je serai fixée.

L'air de rien, je me remets à ma pâte à cookies, ajoute des pépites de chocolat noir, puis interpelle ma jeune amie aussi innocemment que si je lui demandais de me passer le jus de citron :

— Et avec Matthew ?

Un gros boum retentit et je constate qu'elle a laissé tomber un plat vide en se tournant trop rapidement vers moi. Elle répond d'une traite :

— Quoi, Matthew ? C'est de l'histoire ancienne, je suis passée à autre chose.

— C'est vrai ?

Elle se penche pour ramasser le plat, le fixe un instant d'un regard vide et se relève :

— Non. Je n'arrête pas de penser à lui et il me manque.

— Et avec Casey ?

— Je lui ai dit que je voulais rester vierge jusqu'au mariage.

J'éclate de rire.

— Il t'a crue ?

— Je crois que oui. C'est un gentil garçon, mais...

— … il n'est pas très futé et tu es amoureuse d'un autre.

— Pourquoi c'est si difficile de maîtriser son cœur ?

— Ah ! ma pitoune, si je connaissais le remède aux chagrins d'amour, crois-moi, j'aurais partagé le secret avec toi depuis longtemps.

Elle me sourit, un air nostalgique dans ses beaux yeux. Si je pouvais trouver le moyen de la rendre heureuse, je mettrais tout en œuvre pour elle. Je lui serre tendrement la main et nous nous remettons au travail, les premiers clients du samedi matin ne devraient pas tarder à arriver.

Dimanche, dès l'aube, je me réveille en sursaut après une nuit agitée pleine de rêves incompréhensibles. C'est aujourd'hui le grand jour. Je vais rencontrer mon prétendant pour la première fois. Dans la douce lueur du matin, je me frotte les yeux et mon regard tombe par habitude sur la pile de lettres de Charles, j'avance la main pour en saisir une, mais retiens finalement mon geste. Pas aujourd'hui, mon amour. Je n'ai pas envie d'être hantée par ton fantôme.

Je descends avec l'espoir qu'un bon café me remettra les idées en place, resserre la ceinture de mon peignoir autour de ma taille et grimace quand mes pieds se posent sur le carrelage gelé. En mettant la cafetière italienne sur la plaque chauffante, je remarque que Mélissa m'a laissé un mot qu'elle a déposé sur la table de la cuisine.

*Ma chère Diane, je penserai fort à toi aujourd'hui. Je dois malheureusement m'absenter en urgence mais sache que je serai en pensée avec toi tout au long de la journée. J'ai hâte que tu me racontes comment est ce fameux monsieur.*

Curieux… ça ne lui ressemble pas de me laisser seule avant une rencontre aussi importante. D'habitude, elle m'aurait dispensé des conseils, elle m'aurait aidée à choisir ma tenue, elle m'aurait recoiffée en arrangeant mes mèches rebelles. Je souris, elle est jeune, elle a le droit de vivre sa vie.

Alors j'entame les préparatifs, les mains tremblantes.

J'enfile une robe à fleurs sur un épais collant. Je peste au moment où elle passe ma poitrine et mes hanches, parce qu'elle me serre un peu.

Je me peigne et râle contre ces nœuds rebelles qui emmêlent mes cheveux.

J'ourle mes lèvres d'un rouge à lèvres vermillon et je grommelle parce qu'il déborde.

Mais quand j'ai terminé, j'ai les larmes aux yeux sans que je puisse vraiment en expliquer la raison.

La porte fermée, je marche d'un pas rapide en direction du café M, un repère calme et tranquille avant l'après-midi sur le plateau de Montréal, le cœur battant déjà la chamade. L'air glacé paralyse mes poumons, les flocons de neige volent dans les rues, mes talons claquent sur le béton couvert de verglas malgré le soleil qui chasse les derniers nuages du matin. Devant l'entrée de l'établissement, je marque une pause, j'hésite. Je respire. Puis je pousse la porte et avance en regardant chaque visage attentivement, en me demandant s'il sera bien là, s'il sera comme je l'ai imaginé, s'il sera à la hauteur du rêve. Des effluves de café me parviennent et une musique douce emplit la pièce. On entend des rires, des bruits de tasses qui s'entrechoquent, des chaises qui raclent le sol.

Un pas de plus et je fronce les sourcils. Mon cerveau ne comprend pas la scène qui se déroule devant mes yeux. Dès qu'elle me voit, Mélissa bondit de son siège et s'avance vers moi, un sourire aux lèvres, accompagnée de son attachée de presse qui me sourit également. Je crois deviner une présence derrière elles, attablée dans le coin, mais le câlin de Mélissa m'empêche de distinguer quoi que ce soit. Une fois qu'elle desserre son étreinte, j'entends une voix grave, une voix que j'ai déjà entendue et que je n'ai jamais oubliée :

— Bonjour, Diane.

Je frissonne. Il ne peut pas être ici. C'est impossible. Ce n'est pas lui, j'hallucine. Mon cerveau est malade, c'est la seule explication plausible.

Mélissa s'écarte et je le découvre.

Je n'y crois pas. Il est là.

John est là.

Je murmure :

— Oh, John, mais qu'est-ce que vous faites ici ?

Il s'approche de moi et plante ses yeux dans les miens ce qui fait battre mon cœur un peu plus vite.

— Je crois que le destin ne voulait pas nous laisser seuls dans notre coin.

— Je crois surtout que Mélissa ne voulait pas nous laisser seuls dans notre coin.

La petite sourit, fière de son coup, et nous invite à nous asseoir autour de la table. Elle boit une gorgée de café en nous lançant des regards malicieux et m'explique toute l'histoire depuis le début. L'aide d'Arvana, le rendez-vous avec John, la création de son profil sous le pseudonyme du « Solitaire », la découverte des lettres de Charles, l'envie de donner un coup de pouce à la vie. Quand elle termine, j'ai les larmes aux yeux.

— Oh ! ma pitoune.

Je la prends dans mes bras pour la serrer fort contre mon cœur et elle chuchote à mon oreille :

— Tu mérites d'être heureuse, Diane.

Je regarde les deux jeunes femmes et les remercie chaleureusement :

— Merci, merci infiniment à vous deux.

Mélissa avale le reste de sa tasse, s'essuie les lèvres avec sa serviette et lance un regard à Arvana qui comprend tout de suite le message et fait de même.

— Bon, eh bien, nous allons vous laisser discuter entre vous ! C'était un plaisir de vous voir, j'espère que ce n'est pas la dernière fois, s'exclame Mélissa en attrapant sa veste et son sac.

Avant de nous laisser en tête à tête, elle lance, les yeux pétillants de malice en désignant un sac rempli d'affaires :

— Ah, juste une petite chose. J'ai mis quelques vêtements à toi dans ce sac, Diane. Tu en auras besoin pour la suite de ton après-midi.

Elle me fait un clin d'œil et quitte le café avec Arvana. Curieuse, je jette un regard interrogateur à John qui hausse innocemment les épaules comme s'il ignorait de quoi il s'agissait, et je fouille directement : des chaussettes, un pantalon et un pull.

— C'est une petite surprise, avoue-t-il, les yeux brillants.

Mon cœur fait un bond et j'ai l'impression de redevenir une gamine de quinze ans. Comme c'est bon ! Nos yeux ne se quittent plus, nos sourires en disent bien plus long que nos mots, j'ai la sensation d'être à ma place et de l'avoir toujours connu.

Après avoir discuté pendant deux heures, nous quittons le café pour une autre aventure. John m'entraîne vers son char et m'ouvre la portière. Une heure de route plus tard, nous arrivons dans un petit aéroport de plaisance où quelques avions blancs côtoient des planeurs longilignes.

J'ai soudain un doute sur l'activité prévue par John et je m'agite sur mon siège. Je tente de repérer des signes, de plus en plus persuadée que c'est un nouveau coup monté par lui et Mélissa, et déjà, les larmes me montent aux yeux.

Mes doutes se confirment alors que nous approchons d'une piste de décollage. Je souris comme une enfant, inquiète et heureuse à la fois, puis me tourne vers John, à qui j'avoue avec enthousiasme :

— Oh, là, là, je n'y crois pas ! John, je... je rêve de ça depuis si longtemps !

— Je sais, Mélissa m'en a parlé. J'espère que tu ne regretteras pas de commencer avec… moi ?

Il me tend une main que je saisis avec joie. Puis, nous nous approchons ensemble du moniteur de saut en parachute qui accueille les autres participants.

Devant la porte grande ouverte de l'avion, je ne sens plus que mon cœur qui menace d'exploser dans ma poitrine. John est sanglé à un autre moniteur et nous nous apprêtons à sauter dans le vide à une altitude d'environ quatre mille mètres. La durée de la chute libre oscillera entre quarante-cinq secondes et une minute pour une vitesse de plus de deux cents kilomètres à l'heure, puis nous pourrons profiter du paysage pendant cinq minutes après l'ouverture du parachute.

John serre une dernière fois ma main, et c'est le grand saut.

Je hurle à l'instant où mon corps est projeté dans les airs. Mais ce que je vois, ce que je ressens est indescriptible.

Je suis libre, libérée.

Je suis moi.

Heureuse.

Apaisée.

Prête.

Puis je ris. Je ris comme une folle et j'écarte les bras pour profiter de l'air qui fouette mon visage, de l'adrénaline qui gagne mon corps, de l'amour que je sens renaître.

Quand je touche terre, je reste plusieurs secondes sur le sol. Oh ! mon Dieu, c'est incroyable !

John atterrit élégamment à quelques mètres de moi, se détache rapidement de son moniteur et me rejoint sur la neige, les yeux pétillants de bonheur. Il se laisse rouler à mes côtés et observe le ciel en riant avec moi. Je m'exclame, complètement euphorique :

— Oh, John ! C'était merveilleux !

Penché au-dessus de moi, il plante son regard dans le mien et des frissons envahissent mon être tout entier.

— C'est toi qui es merveilleuse.

C'est comme ça qu'on se sent quand on sait qu'une histoire sera importante, qu'elle comptera peut-être pour toujours ? Des fourmillements, des picotements, un cœur qui bat à cent, les mains moites, la joie qui se répand dans le corps et dans la tête ? J'aimerais que ces sensations ne me quittent jamais. Là, mon cœur manque de s'arrêter.

John vient de poser ses lèvres sur les miennes.

Je suis au paradis.

# 20

# TIM CACHAIT BIEN SON JEU

*Mélissa*

Ce soir, je suis invitée au lancement du CD de Tim Broder par Play Record, comme tous les anciens candidats de *Best Singer*. Je n'ai pas revu Matthew depuis la finale, il y a deux mois tout pile, et j'oscille entre l'envie de vomir et... l'envie de vomir.

Je me suis tout de même préparée, maquillée et coiffée pour être présentable, bien que le joli carré que j'arborais au début du concours se soit un peu allongé.

Avant d'entrer dans la salle de réception, au centre de la grande bâtisse de Play Record, je souris tristement en faisant le bilan de l'expérience *Best Singer*. Il y a quelques mois, je nourrissais le rêve de sortir mon CD et je croyais avoir trouvé l'amour. Au final, je n'ai ni l'un ni l'autre. La réception bat déjà son plein quand je pénètre dans la pièce et je me dirige vers le buffet pour prendre un verre. Les anciens participants parlent de musique et de leurs parcours depuis la fin de l'émission, les journalistes interviewent Tim, les présentoirs débordent de son CD et les politiques côtoient des mécènes importants. Que du beau monde.

Arvana me rejoint en chaloupant élégamment, le corps moulé dans une incroyable robe bleue pailletée, et avec un sourire me tend une coupe de champagne. Depuis l'affaire John et Diane, nos rapports se sont améliorés et je commence à l'apprécier, un sentiment qui me semble d'ailleurs réciproque même si nous ne connaissons pas grand-chose l'une sur l'autre. Elle trinque avec moi, remet une mèche de son carré toujours impeccablement coupé derrière son oreille et semble attendre de moi une réaction particulière. Oui, mais laquelle ? Elle finit par céder et par demander en parlant si vite que j'ai du mal à comprendre tous les mots qui s'échappent de sa bouche :

— Tu as pu voir Matthew ? Est-ce que tu as accepté sa proposition ?

Le mot que je capte et que j'identifie du premier coup est « Matthew » et j'ai la gorge nouée rien qu'en pensant à lui. Je réplique :

— Voir Matthew ? Pourquoi ? Tu sais que c'est un peu compliqué entre nous. Et de quelle proposition tu parles ?

La seule proposition qui pourrait me rendre folle de joie serait : « Acceptes-tu de m'aimer et de vivre avec moi ? » Mais j'imagine qu'elle ne parle pas de ça. Elle plisse les yeux et fronce le nez en signe de mécontentement :

— Quel abruti, il ne t'a rien dit ? Attends, il arrive !

En effet, Matthew nous a vues et accélère le pas pour nous rejoindre, une flûte de champagne à la main, la mine toujours aussi sérieuse. Je me force à lui sourire malgré la tempête qu'il provoque dans mon corps. À peine arrivé à notre hauteur, il se plante devant moi :

— Ravi de constater que tu es toujours vivante. Tu trouves normal de ne pas m'avoir donné de nouvelles depuis deux mois ?

Je... quoi ? Il plaisante ? La colère dépasse mon émotion et je ne parviens pas à masquer mon énervement :

— Quoi ? Parce que c'était à moi de t'écrire après tout ce qui s'est passé entre nous ? C'est à moi de comprendre ton attitude contradictoire, c'est à moi de deviner ce que tu veux ?

Il me fusille du regard. Je suis complètement perdue. Arvana tente désespérément de calmer le scandale qui se prépare, des journalistes ont déjà tourné la tête vers nous, et elle reprend le contrôle de la conversation en posant sa main sur le bras du producteur :

— Matthew, pourquoi tu n'as pas évoqué avec Mélissa ce dont on a discuté ? Tu attends quoi, qu'un autre lui fasse une proposition ?

Mes yeux passent d'Arvana à Matthew sans que je comprenne rien à leur discussion mais l'attention du producteur est tout à coup attirée vers la porte d'entrée. Il grogne :

— Arvana, tu peux me dire ce qu'un joueur de hockey fait à notre soirée de lancement, bordel ?

Je tourne la tête et aperçois Casey, vêtu d'un complet noir qui lui va à merveille, qui avance vers nous en souriant, suivi de quelques photographes. Arvana argumente du ton le plus professionnel que je lui connaisse :

— Le couple Mélissa et Casey fait parler de lui dans la presse, c'est important pour nous et pour ce qu'on prévoit de faire. Tu le sais.

Une veine bat sur le front de Matthew, je l'ai rarement vu dans un tel état de tension. On dirait qu'il va sauter à la gorge de Casey, lui arracher le nez, les yeux et, pourquoi pas les oreilles, ce qui doit être plutôt douloureux. Il peste :

— Quelle connerie !

Je ne peux m'empêcher de lui lancer un regard noir de reproches :

— Cette fois, tu vas trop loin, Matthew. Suis-moi, il faut qu'on parle. Arvana, peux-tu dire à Casey que je reviens tout de suite ?

Elle acquiesce et je tire Matthew par la manche pour l'entraîner à l'écart de la foule. Une fois installés dans une pièce adjacente, à l'abri des regards et des oreilles indiscrètes, je me plante devant lui, furieuse :

— Non, mais c'est quoi ton problème ?

Il soupire, frotte sa barbe naissante et respire profondément pour se donner du temps. Ses yeux noirs ne quittent pas les miens mais il ne dit rien. Par contre, il s'approche de moi, si près que je pourrais l'embrasser rien qu'en avançant les lèvres. Là j'explose et le repousse de mes deux mains :

— Tu ne veux pas de moi, alors laisse-moi faire ma vie ! Et arrête avec tes scènes de jalousie à la con ! Casey est gentil, il est...

— Il a des dents en moins.

Je lui lance un regard qui le fait taire et, les mains sur les hanches, j'enchaîne :

— Il est bienveillant et attentionné.

Matthew peine à contenir sa colère :

— C'est un petit con ! Il a le QI d'une loutre à cause des commotions cérébrales à répétition. Il est égocentrique et c'est un gamin. Il est plus jeune que toi !

Intérieurement je souris. Le fait qu'il ne supporte pas de me voir avec un autre homme me prouve qu'il n'est pas indifférent, contrairement à ce qu'il veut me faire croire. Pour la forme, je gronde quand même :

— Matthew ! Qu'est-ce que ça veut dire : « il est plus jeune que toi » ? Tu insinues que je suis vieille ?

— Je n'ai pas dit « vieille » ! Je dis juste que ça te donne un air de cougar et que c'est mauvais pour ton image.

— J'ai vingt-quatre ans et il en a vingt-deux. Sans oublier certains atouts indiscutables. Avec le sport, il a de ces muscles et ses abdos sont...

Il m'attrape par le bras, me plaque contre le mur et murmure à quelques centimètres de mes lèvres :

— Ne me provoque pas, Mélissa.

— Mais qu'est-ce que tu veux à la fin ?

Il déglutit, passe sa langue sur ses lèvres ce qui déclenche une vague de désir dans mon ventre puis s'écarte de moi. Ses yeux tristes me fendent le cœur. J'aimerais tellement comprendre ce qui lui arrive, ce qui se passe dans sa tête, ce qu'il a vécu pour devenir comme il est aujourd'hui. J'aurais dû écouter son père, j'en saurais certainement plus sur son passé si je n'avais pas été aussi bornée. Alors, je pose mes mains contre sa poitrine, ce qui le fait tressaillir, et conclus posément :

— J'en ai marre de ton attitude, Matthew. Arrête, laisse-moi vivre ma vie sans me torturer sans arrêt avec des questions auxquelles je n'aurai jamais de réponse. Arrête. Je t'en supplie.

Son regard passe sur mon visage de longues secondes :

— OK, j'ai compris.

Il s'écarte et j'aspire une longue bouffée d'air pour faire fonctionner mes poumons qui semblaient s'être mis en pause durant toute la scène. Matthew tourne le dos et s'apprête à sortir, mais il se ravise :

— J'aimerais que tu passes dans mon bureau après la présentation officielle du CD de Tim. Arvana a raison, il faut qu'on discute de ton avenir professionnel.

Il me fait un sourire triste et ouvre la porte. Mais, avant d'avoir réfléchi, je lui balance d'une traite comme si c'était une information des plus banale :

— Je n'ai pas couché avec lui...

Son air étonné me ferait presque rire si la situation n'était pas aussi tendue :

— Quoi ?

Je répète, plus doucement :

— Je n'ai jamais couché avec Casey.

Pourquoi ai-je dit ça ? Je suis complètement tarée ! Je détourne le sujet :

— Je viendrai te voir dans ton bureau après la présentation officielle. Je crois que je sais toujours où il se trouve.

Matthew sort et, moi, je me tape la tête contre les murs. Quelle conne !

Quand je reviens dans la salle de réception, tout le monde est tourné vers le podium. Arvana prend place pour rappeler le parcours de Tim dans la compétition, après quoi le chanteur évoque la manière dont il a travaillé et les thèmes qui l'ont inspiré pour la composition de ses dix morceaux. Puis vient la première écoute du CD de Tim avec la présentation des chansons qui sortiront en single. Mais, alors que les invités s'extasient sur certains titres, je fronce les sourcils. Se pourrait-il que... ?

Non, je dois me tromper.

Pourtant, certaines mélodies résonnent en moi, je suis persuadée d'une chose : je les ai déjà entendues bien avant ce soir.

Quand Arvana descend de l'estrade, je lui pose la question qui me brûle les lèvres :

— Dis-moi, est-ce que c'est vraiment Tim qui a composé les chansons de l'album ?

— Majoritairement, oui. Je croyais qu'il était avant tout interprète mais, apparemment, il a de nombreux talents cachés !

Merde, si c'est bien ce que je crois, il faut que j'informe Arvana et Matthew au plus vite, sinon on va à la catastrophe.

— Est-ce que le CD est déjà dans les bacs ?

— La mise en rayons a débuté ce soir pour un lancement national demain, pourquoi ?

— Est-ce que tu pourrais m'accorder cinq minutes ? J'ai quelques morceaux à te faire écouter. Tu ne connais peut-être pas, mais le groupe s'appelle The Corner et je pense que leur musique ne t'est pas totalement inconnue.

Après avoir tout dit à Arvana qui est retournée dans son bureau vérifier consciencieusement les éléments que je lui ai soumis, je me dirige vers celui de Matthew. Je frappe trois coups, le souffle court. La scène de tout à l'heure n'a pas existé… Il m'ouvre et me propose de m'asseoir face à lui. Il sort plusieurs feuilles de papier de l'imprimante derrière lui, vérifie deux copies et les agrafe avant de les poser devant moi. Impossible de me concentrer sous le regard intense de Matthew posé sur moi (ce qui suffirait à déstabiliser Obama pendant un discours à la Maison Blanche). Très logiquement, je demande donc :

— Qu'est-ce que c'est ?

— Une proposition de contrat. J'aurais dû te la faire bien avant.

Soudain, je me vois assise sur cette chaise, dans ce bureau, comme si mon esprit avait quitté mon corps. Le moment que je suis en train de vivre est trop irréel. Les doigts tremblants, je saisis l'un des documents : contrat de production pour le CD de Mélissa Müller.

Toute ma vie, j'ai rêvé de cet instant. J'ai travaillé des années entières pour vivre ce moment.

Alors pourquoi je m'entends dire :

— Et nous deux ?

Matthew se fige. J'imagine qu'il ne s'attendait pas à ce genre de réaction de ma part. Évidemment, quand on propose un contrat à une jeune artiste, on s'attend qu'elle hurle de joie, qu'elle saute partout dans la pièce, voire qu'elle fasse la danse du poulpe. Et moi, moi je gâche tout par des considérations purement non professionnelles. Mais imaginer travailler avec Matthew sans pouvoir le toucher, jour après jour, c'est une torture bien trop cruelle que je ne souhaite pas m'infliger. Il me lance un regard d'incompréhension :

— Ce n'est pas la question. Je te propose de produire ton premier CD.

— Si je ne peux pas être avec toi, ça ne m'intéresse pas. Mais je te remercie pour ta confiance.

Je tourne les talons et claque la porte derrière moi avec une seule question en tête : est-ce que je viens de faire la plus grosse connerie de ma vie ?

Diane vient frapper doucement à ma porte et l'entrebâille pour vérifier que je suis réveillée. Dans la mesure où je n'ai pas dormi de la nuit, je dois avoir une tête qui fait peur. Mais elle le sait déjà puisqu'elle a passé une bonne partie des dernières heures avec moi à me réconforter par des paroles rassurantes et un délicieux thé vert.

— Comment tu te sens, ma pitoune ?

— Comme une grosse merde qui se serait prise pour une star et pour une personne digne d'être aimée.

Elle s'approche, pose le plateau sur le bureau et m'apporte un gros mug de café au lait fumant. Je la remercie d'un sourire et entoure la tasse de mes deux mains pour souffler sur le liquide brûlant. Avant de s'asseoir près de moi, elle repart chercher quelque chose : le *Journal de Montréal* dont la une attire tout de suite mon attention.

Je manque de renverser ma tasse.

***Le CD de Tim Broder retiré de la vente***

*Le chanteur Tim Broder, gagnant de l'émission* Best Singer, *est accusé de plagiat par Play Record, sa maison de disques. « Il a été prouvé en interne que les chansons contenaient de nombreuses similitudes avec les compositions d'un jeune groupe suédois, The Corner, explique Matthew Thornton, le directeur général et producteur du CD. Nous ne tolérons pas la pratique du plagiat et condamnons l'attitude de Monsieur Broder et son non-professionnalisme. » La sanction est lourde puisque le contrat est rompu et que tous les opus du chanteur ont été retirés de la vente. Il est également apparu que Tim Broder s'est défait de ses engagements humanitaires le jour suivant sa victoire à l'émission.*

*La rumeur raconte qu'une autre artiste bien connue des téléspectateurs, puisqu'il s'agirait de la talentueuse Mélissa Müller, a signé un contrat pour un CD. Les deux affaires ne sont pas liées puisque la proposition à la jeune compositrice-interprète de vingt-quatre ans aurait été faite avant le scandale.*

Je replie le journal, perdue par cette nouvelle, et me tourne vers Diane :

— Quel malhonnête, ce Tim ! Il devait construire une école au Bénin, c'est dégueulasse qu'il ait laissé tomber ! De mon côté, je n'ai rien signé, j'ai refusé leur proposition. C'est quoi, ces informations à la noix ?

— Tu connais les journalistes, ils ne sont pas toujours très professionnels et cherchent à dégoter un scoop à tout prix. Peut-être qu'une bonne journée à la boutique te fera oublier tout ça ? Je vais te préparer le meilleur cupcake au chocolat de ta vie !

Je termine mon café, mais repousse la tartine que Diane m'a préparée, encore trop secouée par les derniers événements pour avoir envie de manger.

La cloche de l'entrée de Sweet Cuppins ne tarde pas à tinter, annonçant le début de la journée, je pose la plaque de cupcakes et sors de la cuisine. C'est là que je constate que le premier client de la journée est... Matthew. Matthew ? Il s'approche, de son habituelle démarche déterminée, et se plante devant moi avant d'ordonner plutôt que de demander :

— On peut discuter ?

Je ravale tous les mots que j'aimerais lui dire, acquiesce et l'entraîne dans la réserve où je m'assieds sur un paquet de pâte à sucre rose. Il parcourt l'endroit des yeux, l'air toujours aussi sérieux, puis pousse un long soupir en ramenant son regard sur moi.

— Je suis désolé pour l'article paru dans le *Journal de Montréal* ce matin mais… Mélissa, tu dois faire ce CD. Tu as du talent, tu dois partager ta musique avec le public. Tu es faite pour ça et je peux t'offrir mes compétences. Ne mets pas tes rêves de côté pour une histoire sentimentale. Les histoires d'amour sont fugaces, la musique, elle, fera partie de ta vie pour toujours. Ne te trahis pas.

Je joue avec mes doigts pour chasser la tension et l'effet que me fait toujours le producteur quand il ne maintient pas une distance de sécurité de dix mètres entre nous.

Je m'avance vers lui, j'effleure sa joue, je me hisse sur la pointe des pieds et plante mon regard dans le sien, puis je ferme les yeux et l'embrasse. Il me rend mon baiser et pose sa main derrière ma nuque pour me maintenir contre lui. Je sens tout son être se tendre, son corps se presse contre le mien et j'éprouve la passion, l'envie, le désir qui nous traversent tous les deux. Encore. Nos langues jouent l'une avec l'autre, ses dents me mordillent et notre baiser devient plus profond.

Essoufflés, nous finissons par nous écarter, tremblants, et je murmure contre ses lèvres :

— Pourquoi tu ne nous laisses pas une chance ?

— Parce que tu ignores ce qui s'est passé dans ma vie et que je n'en parlerai plus jamais. Personne ne prendrait le risque de m'aimer après ce que j'ai traversé et tu mérites mieux, Mélissa. Alors, je te propose de travailler avec Arvana sur ton CD, elle assurera la coordination entre toi et moi. Sors ce CD, s'il te plaît.

Je cède, épuisée par ces affrontements incessants :

— D'accord. D'accord, je vais travailler avec vous, mais sache que je n'arriverai jamais à faire une croix sur toi. OK pour le CD.

— Magnifique. Je suis certain d'une chose, tu vas cartonner.

Il esquisse un geste dans ma direction mais s'interrompt et me gratifie d'un sourire triste avant de quitter la réserve.

Ce matin, j'ai rendez-vous chez Play Record pour la première session en studio, les douze titres sont prêts de mon côté et Matthew a compté douze jours de prise de son avant le mixage et le mastering. Je suis excitée comme une puce malgré ma peur de ne pas assurer. Toute la production a été accélérée pour compenser la catastrophe du CD de Tim et l'échec de sa sortie. J'ai donc une équipe au complet motivée et prête à travailler avec moi vingt-quatre heures sur vingt-quatre, c'est grandiose ! Dans moins de deux mois, mon CD sera mis en vente à l'échelle nationale. Et vous voulez savoir le plus fou ? L'opus sortira juste avant mon vingt-cinquième anniversaire ! Il n'y a pas de hasard dans la vie.

Je suis en train de réaliser mon rêve et je ne parviens toujours pas à y croire.

# 21

# ATELIERS DE CUPCAKES ET AMOUR À LA PELLE

*Diane*

Le magasin Sweet Cuppins est rempli de rires et de joie. Des odeurs de beurre fondu, de vanille et de chocolat flottent dans les airs et des ustensiles de cuisine recouvrent la totalité des plans de travail. Je sors la plaque de cupcakes du four et la pose sur la cuisinière, bien vite imitée par trois couples pas tout à fait assortis, mais néanmoins adorables ! Le site *Ensemble* a adoré ma proposition d'ateliers de cupcakes et, depuis la semaine dernière, j'anime un cours de 19 heures à 22 heures tous les jeudis soir pour les couples qui s'inscrivent sur la plate-forme à la recherche de l'amour.

— Pendant que les gâteaux refroidissent, nous allons préparer des décors en pâte à sucre à poser sur la garniture.

Les participants laissent leurs maniques sur la table et me suivent autour de la grande table en chêne sur laquelle j'ai disposé un choix de motifs — des fleurs, des papillons, des chaussures, une lune... — ainsi que plusieurs pâtes à sucre de couleurs différentes. Sophie, une petite brune d'une cinquantaine d'années venue avec Bruno, un jardinier à la retraite aux sourcils broussailleux, me réclame :

— Diane, raconte-nous encore une fois comment tu as rencontré John !

Apparemment, mon histoire avec John est devenue la nouvelle légende du site Internet. Les responsables du département marketing ne cessent de relater nos aventures comme s'il s'agissait de la comédie romantique à la mode. Pour leur faire plaisir, je conte à nouveau le coup de foudre à la soirée organisée avec les nouveaux inscrits, le plan de Mélissa et Arvana, puis les échanges de mails et le saut en parachute. Sophie pousse un long soupir et lève les yeux au ciel, l'air rêveur :

— Comme c'est inspirant…

— Il ne faut jamais perdre l'espoir de trouver l'amour, lui réponds-je en distribuant aux participants des petits rouleaux pour étaler la pâte à sucre.

Je leur montre ensuite comment fabriquer des décors et observe les différents duos, attendrie par leur manière de se regarder, de répéter les gestes à deux, de s'amuser ensemble tout simplement.

À la fin de la soirée, ils repartent tous heureux, emportant une boîte de quatre cupcakes chacun. J'espère de tout cœur qu'ils ont trouvé, ce soir-là, la personne avec qui ils partageront un bout de chemin. Je range le matériel en chantonnant avant de retrouver Mélissa à la maison.

Ma pitoune n'arrête pas ces temps-ci de répéter ses futurs concerts et, quand je pousse la porte d'entrée, j'entends le merveilleux son de la guitare et de sa voix s'élever dans le salon. Par un geste, je lui signifie qu'elle ne doit pas s'interrompre pour moi et je file dans la cuisine préparer du thé. Il est venu, le temps de lui parler et de lui raconter mon histoire avec Charles, de répondre à ses interrogations et de lui dévoiler cette partie de mon âme que je n'ai jamais livrée à personne.

Les bras chargés d'un plateau, je reviens au salon et dépose le thé et une assiette de sablés aux pépites de chocolat sur la table basse. Mélissa vient de ranger sa guitare et bâille à s'en décrocher la mâchoire en s'étirant. Elle remonte les pieds sur le vieux canapé et s'installe en tailleur, attrape un sablé et le fourre dans sa bouche. Le premier biscuit englouti d'une traite, elle en saisit un autre qu'elle grignote lentement cette fois-ci, puis lève les yeux vers moi :

— Alors ces ateliers, comment ça se passe ?

Je sirote une gorgée de thé et lui souris, réalisant à quel point Mélissa a pris une place importante dans ma vie et à quel point je l'aime.

— C'est merveilleux ! J'adore ça. Si tu voyais comme ils sont attendrissants. Je passe de magnifiques moments avec eux. Tout ce que je leur souhaite, c'est de trouver le bonheur.

— C'est mignon. Dommage que je ne puisse pas encore m'inscrire sur le site *Ensemble*.

— Tu n'as pas besoin de ça, ma pitoune. Ton cœur appartient déjà à quelqu'un.

Son regard devient vague et se couvre d'un voile de tristesse. Je poursuis :

— Quand j'ai perdu Charles, j'étais persuadée que je ne tomberais plus jamais amoureuse de qui que ce soit. Mon tour était passé, j'avais goûté à l'amour et le manège était fini. Je devais m'y faire. Tu sais, à un moment, j'ai cru que Charles me trompait. Ses absences, son air triste… Il rentrait tard et multipliait les voyages d'affaires, sa manière de cacher les mails qu'il écrivait à son bureau dès que je m'approchais, tout en lui changeait et je ne comprenais pas ce qui se passait. Il avait l'air si fatigué, si préoccupé. J'aurais tellement souhaité qu'il me parle, j'aurais tellement voulu le soutenir. Le soir d'avant son départ en soins palliatifs, comme je l'ai compris plus tard, nous avons vécu une soirée exceptionnelle dans notre restaurant préféré après avoir passé la journée sur les traces de notre histoire. J'avais peur qu'il me trompe et je croyais que c'était sa façon à lui de s'excuser. Comment ai-je pu croire qu'il était infidèle alors qu'en réalité il me disait au revoir ?

— Oh ! Diane, ça a dû être terrible.

Je ravale mes larmes, mais mon nez me pique et mon cœur menace d'exploser. L'émotion est toujours aussi vive quand j'évoque les derniers moments de Charles. Je saisis un mouchoir, m'éponge les yeux et renifle avant de lui confier la suite :

— Il a prétexté un séjour pour son travail. Une semaine. Il était à l'hôpital. C'était la fin et... et il ne me l'a même pas dit. Je suis allée au service des soins palliatifs quand l'hôpital m'a appelée et je n'ai rien compris. C'était forcément une erreur. L'infirmière m'a remis ce paquet de lettres que Charles avait écrites tout au long de sa maladie pour m'expliquer son raisonnement, pour m'expliquer qu'il voulait me protéger...

Mélissa se glisse près de moi et m'entoure de ses bras pour me serrer contre elle tandis que je lutte toujours contre les larmes. Ma voix tremble :

— Je m'en suis tellement voulu. J'avais douté de lui, j'avais douté de nous alors qu'il était en train de s'éteindre. Il faut parler avec les gens qu'on aime, ma pitoune, il ne faut pas garder des secrets au fond de son cœur, ils peuvent faire beaucoup de mal. Essaie de discuter avec Matthew, essaie de comprendre ce qui lui est arrivé. Il a perdu sa maman dans un incendie, il a du mal à s'attacher. Laisse-lui une chance.

— Tu as raison, ma Diane, mais j'ai déjà essayé. Il ne veut plus parler du drame et je reste persuadée que la perte de sa mère n'est pas la seule catastrophe qu'il a dû traverser.

— Laisse-lui du temps.

— Je préfère ne plus me faire de film pour ne pas souffrir. Il ne veut pas de moi, j'arrête d'y croire et je me concentre sur la musique. Sans compter que je dois parler à Casey, il faut que je sois honnête avec lui et que je cesse cette mascarade. Et puis… un de perdu, dix de retrouvés, non ?

— Oui, mais puisque que tu as déjà trouvé le bon ! Tiens, prends un autre sablé, ma pitoune, ça te fera du bien.

Elle m'obéit et fourre deux biscuits directement dans sa bouche. Les joues pleines, elle affirme :

— La bouffe, il n'y a que ça de vrai !

— Ma pitoune ?

Elle tourne la tête vers moi, surprise par le ton de ma voix.

— J'ai autre chose à te dire.

Mon sourire doit la rassurer parce que je vois sa mine tout d'abord inquiète se détendre en me regardant. Pour faire durer le suspense, je bois une autre gorgée de thé, la fixant par-dessus le rebord de la tasse, puis je la repose avec précaution sur la soucoupe. Mélissa pince les lèvres et je pourrais jurer voir les rouages de son cerveau lancer le branle-bas de combat. Ma jeune amie n'est pas très patiente et son niveau de tolérance approche gentiment de sa limite. La preuve ? Elle finit par demander :

— Quoi ?

Je souris, ménage mon effet et lui avoue :

— John m'a proposé d'emménager avec lui. Et je lui ai dit oui ! J'ai besoin de laisser derrière moi cette maison et les souvenirs qu'elle contient pour avancer dans ma vie. La maison est toute à toi le temps que tu trouves toi aussi le bonheur, que ce soit dans un autre appartement ou avec quelqu'un, évidemment.

— Oh ! ma Diane, je suis tellement heureuse pour vous deux, c'est fantastique ! Je vous souhaite tout le bonheur du monde, vous le méritez tellement ! Je te mentirais en disant que tu ne me manqueras pas, mais je suis sincèrement heureuse pour vous deux.

— Moi aussi, je suis heureuse, ma pitoune. Qui aurait cru qu'à cinquante-cinq ans, je trouverais une fille de cœur et un nouvel amoureux, hein ?

Je la serre fort contre moi, reconnaissante de ressentir à nouveau autant de joie. La vie réserve parfois de belles surprises. On serait fous de ne pas en profiter, non ?

# 22

# ET SI ?

*Mélissa*

Le café Neve est plutôt tranquille en ce lundi matin d'avril, le bruit de la machine à café et des tintements de verre résonnent de temps à autre tandis que des couples en pleine discussion me rappellent ce que je suis venue faire ici. Je tortille une mèche de cheveux entre mes doigts et fixe la porte d'entrée, le ventre noué. J'attends Casey en avalant ma troisième tasse de café, la gorge sèche et la respiration sifflante. J'aurais mieux fait de prendre un thé pour me détendre. Quelle conne ! En plus, j'ai envie de faire pipi toutes les dix minutes. Je m'apprête à aller fair un tour aux toilettes quand j'aperçois le hockeyeur qui franchit le seuil du café et avance vers moi avec un grand sourire.

— Hey, ma puce, qu'est-ce qui se passe ? Tu avais l'air stressée au téléphone. Tout va bien ? C'est le lancement de ton CD qui t'affole comme ça ?

Si seulement il s'agissait uniquement de CD ! Il dépose un baiser sur mes lèvres, tire la chaise d'en face et s'installe, ses yeux inquiets rivés sur moi. S'il y a bien une chose que je déteste faire, c'est de blesser quelqu'un. La bouche pâteuse, je tente vainement de lui sourire mais j'en suis incapable et je lui prends la main.

— Écoute, Casey, tu es un homme vraiment formidable et j'ai apprécié chaque minute que nous avons passée ensemble.

Je marque une pause, le cœur battant la chamade, observe Casey qui me fixe toujours et je termine ce que j'ai commencé, la voix légèrement tremblante :

— Mais je ne suis pas amoureuse de toi.

Il lâche ma main dans la seconde et frotte sa joue en s'agitant sur sa chaise, apparemment touché par mes paroles.

— Tu ne m'aimes pas ? C'est ça que tu essaies de me dire ?

— Je suis désolée, Casey, mais je dois être honnête avec toi. Tu mérites quelqu'un qui t'aime profondément, comme n'importe quel être humain mériterait qu'on l'aime, d'ailleurs. Mais je ne suis pas la bonne personne pour toi.

Il prend un instant pour réfléchir à ce qu'il va me dire, et je suis heureuse de constater que je sous-estimais sa maturité puisqu'il me répond calmement :

— Bon. Je ne m'attendais pas à ce que tu rompes avec moi, mais OK, Mélissa. Je sentais bien que tu n'étais pas très investie dans notre histoire et puis cette histoire de virginité jusqu'au mariage, c'est vraiment pas pour moi.

Je retiens un rire, les lèvres pincées pour rester sérieuse, ce qu'il prend certainement pour une marque de contrariété puisqu'il continue :

— Oh ! je respecte ton choix, hein, mais j'ai besoin d'une copine qui souhaite vraiment construire quelque chose avec moi, ici et maintenant.

— Je comprends. Et je dois t'avouer qu'avec la sortie du CD et la tournée américaine qui suivra, je n'aurai pas beaucoup de temps à consacrer à une histoire d'amour.

Nous nous regardons un instant par-dessus nos cafés et, malgré la certitude que je suis en train de faire ce qui est juste, je ne peux m'empêcher de penser que je vais de nouveau me retrouver célibataire. Plus personne ne m'appellera pour sortir au restaurant, plus personne ne m'écrira avant de dormir, plus personne ne m'embrassera avec fougue, plus personne ne me prendra dans ses bras. Retour à la case départ. Le cœur en miettes en plus. Alors que je termine mon café, Casey se balance d'une fesse à l'autre, mal à l'aise. Il se mord la lèvre, puis enfin se lance et me demande :

— J'ai une petite question. Ne le prends pas mal mais... est-ce qu'Arvana est libre ? Tu sais, j'aimerais bien l'inviter au restaurant un de ces jours.

Surprise par sa demande, je lui souris malgré tout, sors mon téléphone portable de mon sac avec un profond sentiment de soulagement.

— Appelle-la et pose-lui la question !

Il enregistre le numéro et me gratifie d'un sourire rayonnant, puis il se lève et me fait signe d'approcher. Il me serre longuement dans ses bras, enfouit son nez dans mon cou et murmure à mon oreille :

— Tu es une sacrée femme, Mélissa Müller, et j'espère sincèrement que tu trouveras le grand amour, tu le mérites.

C'est ainsi que je laissai repartir mon bel hockeyeur dans la nature, en me demandant tout de même ce qu'une éventuelle relation avec Arvana pourrait donner. Un pincement au cœur me surprend et je me rends compte qu'une fois de plus et malgré mes tentatives pour ne pas penser à lui, Matthew me manque.

La machine Play Record est lancée et des centaines de milliers de disques s'apprêtent à aller vivre leur vie de CD dans le monde. Arvana a travaillé comme une folle ces dernières semaines en me décrochant des dizaines d'interviews radio, télé et presse écrite pour la promotion de mon premier opus, et je suis déjà épuisée alors que l'album n'est même pas encore dans les bacs. Des publicités passent même à la télévision et des affiches de ma tête couvrent les murs de Montréal du métro à la rue Sainte-Catherine. Quand je les vois, je ne me reconnais même pas ! Apparemment, mon cerveau ne parvient toujours pas à comprendre ce qui m'arrive.

Ce soir, c'est la soirée de lancement officielle avec un showcase privé auquel assisteront quelques privilégiés et le gratin des médias et des people. De mon côté, j'ai toujours l'impression que je suis un imposteur, pas à ma place, comme si je n'étais pas la Mélissa Müller dont parlent les gens. Je suis à la fois galvanisée, heureuse et terrifiée. Si le public n'appréciait pas ma musique ? Si je me cassais la figure cette fois-ci, qu'est-ce qu'il me resterait ?

C'est la boule au ventre que j'entre dans le bâtiment de Play Record, trois heures avant le début des festivités. La peur de décevoir ne me quitte pas. Cependant, mon rêve est en train de se réaliser, la musique est devenue le centre de ma vie et c'est la plus belle chose qui pouvait m'arriver pour récompenser mon travail acharné. Alors pourquoi ce sentiment d'inachevé me tord l'estomac ?

Dans la loge, je retrouve Xavier avec bonheur. Son visage serein, ses dreadlocks familières et sa dégaine décontractée me calment presque instantanément. À vrai dire, je l'ai vu il y a quelques semaines à peine pour enregistrer un titre avec lui au studio. C'était l'un de mes souhaits pour l'album et Matthew m'a confirmé (par l'intermédiaire d'Arvana) que nous pourrions travailler ensemble sur une chanson. Ce sera normalement le troisième single à sortir et nous avons prévu de le chanter ce soir pendant le set. Xavier fait trois bonds et me prend dans ses bras avec son enthousiasme légendaire :

— Alors, comment tu te sens ?

— Merveilleusement bien !

— T'es pas stressée là ?

— Bien sûr que si ! J'ai envie de vomir, mais je me retiens, je crois que ça se nettoie très mal sur des dreadlocks !

Il fait mine d'être choqué et nous partons d'un éclat de rire bienfaiteur qui me détend d'un coup.

— Tu as vu Matthew ? Il était dans le couloir avant que tu arrives, il voulait voir les derniers détails du show avec nous.

La simple évocation de son nom déchaîne mon cœur dans ma poitrine.

— J'imagine qu'il a pris ses jambes à son cou en me voyant arriver.

Je lève des yeux tristes sur Xavier. Nous n'avons pas le temps de discuter davantage puisque Francis, mon adorable coiffeur, suivi d'une maquilleuse et de la styliste, entre dans la loge pour nous aider à nous préparer.

Le moment que je redoute depuis mon arrivée dans les locaux se produit au pire moment de la soirée, juste avant de monter sur scène ! Il est là, dans un coin, derrière les invités qui se sont regroupés au bord de la scène. Nos yeux se croisent et j'ai l'impression que mon cœur explose. Boum ! Comme une bombe dans ma cage thoracique. Il est toujours aussi beau dans son costume noir, sombre, charismatique. Il m'a tant manqué. J'ai l'impression de pouvoir sentir son corps, son parfum, sa peau contre la mienne, même à distance. Au moins, quand je ne l'ai pas sous les yeux, je peux me persuader que je l'idéalise et qu'il n'est pas aussi irrésistible. Tu parles. En vrai, il est encore bien plus que ça. Il fait battre mon cœur, il me donne envie de me dépasser, d'être une meilleure personne.

Je déglutis et, les yeux toujours rivés à son regard, monte sur scène. Il me sourit. Il sait tout comme moi que je suis à ma place, qu'il a eu raison de me pousser à sortir ce CD, qu'à ce moment précis je suis heureuse, mais qu'il me manquera toujours. Les premières notes de piano et de guitare résonnent et je me laisse emporter par la musique qui emplit la pièce sous son regard bienveillant.

À la fin, les applaudissements claquent, les sifflets fusent, les cris de joie me vrillent les oreilles, mais Matthew a disparu. Pourtant, c'est avec lui que j'aimerais partager ma joie, mon euphorie et le bonheur que je ressens. Avec lui et personne d'autre.

Après des semaines de promotion pendant lesquelles nous avons enchainé les concerts, les dédicaces et les enregistrements, j'ai besoin de prendre des vacances et de me ressourcer loin de Play Record et du Québec, avant de commencer la grande tournée américaine. Voir Matthew régulièrement, le croiser au détour d'un couloir, l'apercevoir de loin à tous les événements, les show-cases et les concerts me tord toujours autant le cœur. Alors, j'ai décidé de faire une pause et de m'accorder des vacances chez mes parents dans le sud de la France pour m'éloigner de lui et tirer un trait définitif sur notre hypothétique histoire d'amour. Tant qu'il est là, si près de moi et en même temps si loin, je garde toujours un espoir qui me torture, l'espoir qu'il change enfin d'avis sur nous deux et nous laisse une chance.

Mais ça n'arrivera jamais. Mes valises sont bouclées, prêtes pour le voyage jusqu'en Europe où je compte tout de même faire un crochet par la Suisse pour manger une fondue, refaire mon stock de Cénovis, de Rivella, de chocolat et de Parfait, et voir quelques amis. La tournée devrait débuter dans trois mois, je reviendrai juste à temps pour la première date à Montréal.

J'avance dans les couloirs de la maison de disques pour dire au revoir à Arvana et frappe trois coups sur la porte de son bureau avant d'entrer. Elle range des dossiers tout en écoutant une musique rock que je connais bien et me demande, des étoiles plein les yeux :

— Tu les reconnais ?

— Bien sûr ! The Corner, ils déchirent tout !

— J'ai convaincu Matthew de les produire !

— C'est pas vrai ? Génial !

Elle me sourit, mais remarque tout de suite que mon expression ravie s'est rapidement transformée. Elle me connaît et sait très bien que c'est à cause de Matthew. Du coup, elle me regarde, une lueur bienveillante dans le regard, et tente de me persuader :

— Vous ne voulez pas vous parler ?

— Non.

Elle laisse tomber sa tête sur ses bras dans un mouvement d'abattement et de désespoir, puis relève le menton pour me faire la morale :

— Vous vous comportez comme deux enfants !

— Ce n'est pas moi qui ai provoqué cette situation !

— Et alors ? Tu ne veux pas montrer que tu es plus mature que lui ? On croirait deux personnes au régime qui refusent de passer devant une boulangerie pour éviter la tentation.

— C'est quoi, cette comparaison ?

— Je ne sais pas ! Une comparaison que tu pourrais comprendre vu ton comportement puéril ?

— Très drôle.

Un silence s'installe pendant lequel elle me fixe sévèrement. Pour qu'elle comprenne bien la situation, je me sens obligée de lui expliquer :

— Je l'aime depuis des mois, Arvana. Je suis tombée amoureuse de lui mais il n'a pas cessé de me rejeter en prétextant que son passé était trop compliqué, qu'il ne voulait pas s'attacher à quelqu'un, que c'était trop difficile pour lui. Peu importe, je l'aime et je n'arrive pas à l'oublier, mais je ne trouve pas de solution. Il ne veut pas me parler.

— Et du coup, tu crois que de partir à des milliers de kilomètres va t'aider à l'oublier ? Tu sais très bien que ça ne fonctionne pas comme ça.

Un court silence s'installe et je ne juge pas nécessaire de répondre à sa question que j'interprète comme étant purement rhétorique. Arvana se lève, marche jusqu'à moi et me prend par le bras en expliquant sur un ton énigmatique :

— Tu as aidé Diane. Je vais t'aider à mon tour.

Je me demande si elle va sortir une baguette magique et grommeler une incantation bizarre avant de sortir une patte de poulet de son tiroir, mais rien de tout ça ne se produit et elle poursuit simplement en m'entraînant hors du bureau :

— Avant que tu partes en France, tu dois savoir deux choses. La première, c'est que Matthew a des sentiments pour toi. Il t'aime mais il a peur de t'effrayer, il a peur que tu ne le rejettes en apprenant la vérité.

Je veux réagir et parler, mais elle m'arrête en levant la main :

— La seconde est plus compliquée et trouve ses racines dans son passé. Il est temps que je t'explique pourquoi Matthew a changé et pourquoi il se comporte de cette manière avec toi.

Nous pénétrons dans une salle de conférence cosy meublée de canapés, de fauteuils et d'une table basse. Arvana se dirige vers un petit bar, nous sert deux verres d'un liquide brun caramel et m'invite à la rejoindre. Je m'assieds à côté d'elle et accepte l'alcool qu'elle me tend, je sens que je vais avoir besoin d'avaler quelque chose de fort. Je bois une gorgée en appréciant la douceur du rhum, puis ose lui demander :

— Ça a un rapport avec la fameuse Tina dont vous avez parlé un jour dans ton bureau ? Désolée, je ne voulais pas écouter aux portes mais je passais dans le couloir à ce moment-là.

Elle sourit, pas dupe du tout, avale une gorgée d'alcool et laisse le rhum infuser une seconde dans sa bouche avant de l'avaler, puis m'explique :

— Oui. En fait, Tina était ma meilleure amie depuis l'enfance. Nous avons passé toute notre adolescence ensemble à faire les quatre cents coups. À quinze ans, elle a rencontré Matthew et ça a été le coup de foudre alors qu'il venait tout juste d'arriver de Vancouver avec sa famille. Lui et Tina étaient inséparables…

Elle marque une pause et sourit :

— Ils se sont mariés très jeunes et je n'avais jamais vu un couple aussi uni. Alors quand ils m'ont annoncé quatre ans plus tard que j'allais être marraine d'un petit bonhomme, j'ai été aussi heureuse pour eux qu'on pouvait l'être. Ils venaient de terminer la rénovation d'une magnifique ferme dans la périphérie de Montréal avec John et Hélène, les parents de Matthew. Mais quelques mois plus tard, juste après la naissance du bébé...

Les yeux dans le vague comme si elle était ailleurs, Arvana ne parvient plus à contenir son émotion et des larmes roulent le long de ses joues. Elle pleure doucement quelques secondes et tout ce que je parviens à faire pour la réconforter, c'est de serrer sa main entre les miennes et de lui tendre un mouchoir. Arvana s'éponge le coin des yeux mais je sens qu'elle retient un nouveau sanglot et ça me fend le cœur. Je ne sais plus si j'ai envie de connaître la suite de l'histoire. Mais, après avoir pris une profonde inspiration, elle continue :

— Quelques mois plus tard donc, alors que Matthew travaillait au studio sur l'album d'un chanteur très prometteur, un incendie s'est déclaré à la ferme et a tout ravagé. Quand Matthew est arrivé sur place, il était trop tard. Il a bien essayé de pénétrer à l'intérieur mais...

Sa voix s'étrangle et ma gorge se serre en même temps que mon cœur. Non. Non, ce n'est pas possible. Arvana relève la tête et termine son récit en confirmant ma crainte la plus terrible :

— Il n'a rien pu faire. Tina, son fils et sa mère sont... ils sont morts tous les trois dans l'incendie.

Je ne peux retenir plus longtemps mes larmes qui coulent jusqu'à ma bouche, lentement. La tristesse m'enveloppe d'un voile froid, j'ai l'impression que des milliers d'aiguilles transpercent mon corps. Incapable de parler, j'écoute la suite de la terrible histoire de Matthew.

— Matthew s'en est sorti gravement brûlé après plus de dix jours de coma. Comme tu as déjà pu le constater, il culpabilise beaucoup. Il se croyait responsable de ce qui s'était passé.

Je reste sans voix, le cœur en miettes. Les larmes mouillent mon visage et s'écrasent sur mes lèvres alors que je me sens toujours incapable de prononcer le moindre mot. Quelle horreur ! Quelle tristesse ! Comment peut-on continuer à vivre après un tel drame ? Je renifle mais ma priorité, maintenant que je connais la vérité, c'est de voir Matthew. C'est vital. Je me lève d'un bond et demande à Arvana sur un ton décidé malgré le tremblement de ma voix :

— Où est-il ? Il faut que je le voie, je dois lui parler.

— Il est en voyage d'affaire, je ne sais pas quand il rentrera. À quelle heure décolle ton avion ?

— Je pars demain à 20 heures d'Eliott Trudeau. Je vais flâner au jardin botanique aujourd'hui avant de rentrer et de manger avec Diane pour ma dernière soirée en ville. J'ai besoin de réfléchir. Je t'en supplie, si tu le vois avant qu'il ne soit trop tard, appelle-moi. Je dois lui parler.

— Promis.

Elle se lève pour être à ma hauteur et me serre longuement dans ses bras. Avant de franchir la porte de la pièce, je me retourne vers elle et lui dis :

— Merci de m'avoir expliqué son histoire, je comprends mieux à présent.

Elle termine d'une voix douce :

— J'espère que ça vous aidera tous les deux. Et profite bien de ton congé Mélissa, reviens-nous en forme.

Après un dernier sourire, je quitte les bureaux de Play Record pour me rendre au jardin botanique de Montréal. Je paie mon entrée et me mets à flâner dans les différents espaces en commençant par suivre la flèche indiquant la direction du jardin japonais.

L'été pointe le bout de son nez, les températures remontent et je réalise que je suis arrivée à Montréal il y a près d'un an.

Tout s'est passé si vite ! La rupture avec Steve, le concours *Best Singer*, Matthew, le contrat avec Play Record. Douze mois de folie pure. Et des nouvelles amours : Diane, Matthew et Montréal dont je suis également tombée amoureuse.

Les fleurs colorées recouvrent les pelouses et je longe les bâtisses japonaises en réfléchissant à mon histoire avec Matthew. L'architecture zen et les espaces verts à perte de vue me donnent l'impression de respirer à nouveau. Depuis que j'ai quitté les bureaux de la maison de production, je n'arrête pas de penser à lui, à ce qu'il a vécu, à ce drame terrible qui le ronge depuis des années.

Je poursuis ma marche, entre dans le jardin chinois et erre un instant dans les petits pavillons qui ont été reconstitués avec lanternes rouges et sculptures de dragons. Puis, je ressors et me retrouve face à un magnifique lac qui s'étend au milieu de l'espace. Je m'installe sur le petit muret, les jambes pendantes et les mains sur le bitume rugueux pour l'observer.

Alors que je me perds dans la contemplation de l'eau, dos aux badauds qui se baladent, je sens une présence derrière moi. Une chaleur m'envahit et je ferme les yeux en reconnaissant le parfum de Matthew, je savais qu'il me retrouverait. Le regard toujours fixé sur le bassin, je reste immobile, j'attends qu'il se manifeste. Lui aussi patiente quelques secondes, peut-être pour prolonger cet instant paisible avant la discussion qui s'annonce ? Puis il s'assied à côté de moi, je sens sa cuisse contre la mienne, et je vois à la position de sa tête qu'il regarde dans la même direction que moi. Je murmure alors :

— Je sais.

Sur le même ton doux, il répond :

— Qu'est-ce que tu sais ?

— Tout. La vérité. Je sais ce que tu as traversé, je sais ce qui s'est passé cette nuit-là, il y a dix ans. Arvana m'a tout raconté.

Cette fois, je tourne la tête vers lui et tente de contenir mon émotion :

— Matthew, je suis tellement désolée.

Il me fixe de son regard si caractéristique, déterminé mais en même temps si triste, et il me demande :

— Qui voudrait d'un homme qui traîne autant de cadavres ?

— Oh ! Matthew...

Je ne résiste plus à l'envie de le toucher et lui caresse doucement la joue d'abord, puis prends son visage en coupe entre mes mains. Je le sens frémir et son corps se tend, mais je lui laisse le temps de laisser tomber ses dernières résistances, ses dernières barrières. Mon regard rivé au sien, je souffle :

— Je t'aime, Matthew Thornton. Je t'aime et je t'aiderai à surmonter les épreuves du passé. Je serai à tes côtés. Je serai toujours là parce que tu es l'autre moitié de mon âme. C'est comme ça, je le sens au plus profond de mon cœur, et tu l'as senti toi aussi, sinon tu ne m'aurais pas rejetée aussi violement.

Il me fixe toujours aussi intensément et j'ai l'impression que quelque chose en lui se passe, son regard s'adoucit, les traits de son visage se détendent et deviennent moins durs. Comme si c'était douloureux de l'avouer, il finit tout de même par murmurer contre mes lèvres :

— Moi aussi je t'aime, Mélissa Müller. Je t'aime et je...

Sa voix se brise et il regarde un instant le sol avant de m'avouer :

— Je ne te promets pas d'être toujours là pour toi parce que parfois la vie choisit à notre place, mais je te promets de tout faire pour te rendre heureuse aussi longtemps que je vivrai sur cette terre. Je ne te promets pas d'être parfait parce que je ne le suis pas, mais de travailler sur mes défauts pour qu'ils ne prennent jamais le pas sur mes qualités. Je ne te promets pas que le chemin sera facile, mais d'essayer de toutes mes forces.

Touchée au plus profond de mon cœur par ses paroles, je sens mon nez me piquer et mes yeux devenir humides. J'appuie mon front contre le sien pour lui dire doucement :

— Merci.

Il répond dans un souffle :

— Non, Mélissa, merci à toi.

Puis il passe une main sur ma nuque, replace une mèche de cheveux derrière mon oreille pour libérer mon visage et m'embrasse avec délicatesse. Tendrement, ses lèvres cherchent les miennes et, pour la première fois, je sens ses gestes qui se libèrent, sa retenue qui s'évapore. Pour la première fois, il m'embrasse vraiment. Et c'est encore meilleur. Plus vrai, plus profond. J'aimerais que ce baiser, sur le muret du jardin botanique, ne s'arrête jamais. J'aimerais graver ses sensations dans mon être pour toujours. Comblée, heureuse, je regarde Matthew et lui fais une proposition un peu folle, mais essentielle. Il rit et acquiesce avant de m'embrasser encore et encore.

Dans la cuisine de sa maison du plateau, Diane vient de mettre un pâté chinois au four tandis que je sors du vin blanc et quatre verres que je dispose pour l'apéritif. Dans le salon, j'entends Matthew parler avec son père et je souris. En les rejoignant, j'évite la grosse valise de Matthew qui trône à côté de la mienne et sens une bulle de bonheur éclater dans ma poitrine. Cet après-midi, devant le lac, il a accepté ma proposition de m'accompagner en Europe pendant quelques semaines. Nous allons profiter de la douceur de l'été au bord de la mer et je l'emmènerai ensuite en Suisse pour lui faire découvrir Lausanne, la cathédrale, le bord du lac, le Lavaux et toutes les merveilles de ma région.

La bouteille en main, je propose à la cantonade :

— Qui veut du vin ?

Matthew me lance un regard amusé et hoche la tête tout en précisant :

— Si tu n'en renverse pas sur mes vêtements, j'en prends volontiers !

— Sache que c'était une stratégie pour te draguer, mon cher.

— Tu voulais m'entraîner dans les toilettes des dames, c'est ça ?

— J'ai réussi, non ?

— Deux fois même.

Il s'approche de moi et dépose un baiser sur mes lèvres. Diane, assise à côté de John qui lui tient la main, nous observe, la larme à l'œil :

— Qu'est-ce que vous êtes mignons, les enfants.

John a levé son verre et s'apprête à porter un toast, un sourire éclatant aux lèvres. Nous nous taisons et levons la tête vers lui pour l'écouter, profitant de l'ambiance joyeuse qui flotte dans l'air de la maison.

— J'aimerais remercier Mélissa pour son aide. Grâce à elle, j'ai retrouvé le goût à l'amour... et à la vie.

Matthew qui a levé son verre fronce les sourcils et fait mine de s'insurger :

— Papa, tu me piques mon discours, là !

Nous éclatons de rire. Diane s'est approchée de moi et a passé son bras autour de mes épaules pour me murmurer à l'oreille :

— Merci pour tout, ma pitoune. Tu es une petite fée.

Je lui souris aussi, essuie une larme au coin de mon œil et les regarde tous avec amour. Diane, John et Matthew. La vie réserve parfois des surprises. De très belles surprises.

Merci, Montréal.

# TABLE

Aubin
IMPRIMEUR

Achevé d'imprimer en mai 2017
N° d'impression 1704.0016
Dépôt légal, juin 2017
Imprimé en France